メモリー 上

ロイス・マクマスター・ビジョルド

特命作戦の遂行中，マイルズは低温蘇生の後遺症による発作を起こし，救出すべき人質を死なせかけてしまった。だが彼は，発作の一件を隠して機密保安庁に報告し……結果，自分の育ての親のようなイリヤン長官から，予想もしなかった厳しい処分を受けることに。両親もいないヴォルコシガン館で，ひとり失意に沈み，日々を過ごすマイルズ。一方，彼の乳兄弟ともいえる青年皇帝グレゴールの婚約話がもちあがった。周囲が慌ただしさを増すなかで，マイルズのもとに非公式の知らせがもたらされる——イリヤン長官の身を，かつてない異変が襲ったのだ！

登場人物

マイルズ・ヴォルコシガン（マイルズ・ネイスミス提督）……バラヤー帝国の貴族の跡とり息子にして帝国軍中尉。デンダリィ自由傭兵艦隊の指揮官
エリ・クイン……傭兵艦隊幹部、マイルズの片腕にして恋人
シモン・イリヤン……バラヤー帝国機密保安庁長官
ルーカス・ハローチ……機密保安庁幹部。惑星内業務部長
ダグ・ガレーニ……機密保安庁司令部の分析官。コマール人
ヴォルベルグ……マイルズが重傷を負わせた機密保安庁中尉
ライザ・トスカーネ博士……コマール通商団の要人
イワン・ヴォルパトリル……マイルズの従兄弟。帝国軍中尉
アリス・ヴォルパトリル……イワンの母。グレゴール帝の後見人
マーチン……マイルズの使用人
ルイバル医師……機密保安庁医療部の神経科医
グレゴール・ヴォルバーラ帝……バラヤー帝国の青年皇帝

メモリー 上

ロイス・マクマスター・ビジョルド
小 木 曽 絢 子 訳

創元SF文庫

MEMORY

by

Lois McMaster Bujold

トルーディ・シニアとトルーディ・ジュニアへ

メモリー　上

1

意識をとりもどしたマイルズは、そのまま目を閉じていた。頭のなかは火のような夢の余《よ》燼《じん》が入り乱れて燻《くすぶ》っている感じだが、夢は形も残さずに消え去ろうとしていた。これはまたもや死んだのにちがいない、と彼は確信して恐ろしさに身を震わせた。ところが、やがて記憶と理性が、ばらばらになった経験を正しい位置に嵌《は》めこみはじめた。

ほかの五感が在庫調べをしようとしている。自分はゼロG空間にいて、ぺったりと伸びた短《たん》軀《く》は床の表面に縛りつけられ、軍標準仕様の薄いホイル製医療ラップで包まれているようだ。負傷したのだろうか。手足はみな無事のようだ。戦闘用スペース・アーマーはなくなっているが、下に着ていた柔らかいボディ・スーツはまだ身につけている。縛られているストラップはきつくはない。何度もフィルターを通ったらしい、さまざまな匂いの入りまじった、冷たく乾いた空気が鼻をくすぐっている。注意深く、ホイルの音を立てないように気をつけながらこっそり片腕を引き抜いて、覆われていない顔に触れてみた。制御導線はないし、セ

ンサーもついていない――血も出ていない――〈いったいアーマーと武器と司令ヘルメットはどこにいってしまったんだ？〉

救助ミッションは、いつもどおりスムーズに終わりかけていた。マイルズはクイン大佐と先鋒隊《せんぽう》を引き連れて、ハイジャックされた船に侵入し、営倉を見つけた。入口を爆破して、捕らえられていたバラヤー機密保安庁急使士官のヴォルベルグ中尉にたどりつく。中尉は鎮静剤で朦朧《もうろう》としてはいるがまだ生きていた。人質には機械的罠も化学的罠も仕掛けられていないと医療技術兵《メドテク》が断定したので、一同は待機しているデンダリィ隊の戦闘シャトルに向かって暗い通路を意気揚々ともどりはじめたのだった。ハイジャッカーたちはほかの場所で手が離せず、飛びかかってくるような者はいなかった。〈そこでどんなまずいことが起きたのだろう〉

いま、まわりは静かだ。装置の呼出し音。通常操作で循環している空気のささやき。低い話し声。けもののような唸り声がひとつ。マイルズは唇を舐《な》めて、その声を自分が出していないことを確かめた。自分は怪我をしていないのかもしれないが、そばにいる者が危険な容体《ようだい》らしい。濾過《ろか》された空気には、つんとする消毒薬の匂いが漂っている。マイルズは薄く目を開いて、いつでも意識のないふりができるように用意しながら、自分は敵の手に落ちたのだろうかとすばやく考えた。

だが、どうやら自分はデンダリィ艦隊の戦闘シャトルのなかにもどって――無事に、だといいが——機体の後部にとりつけられた四つの折り畳みベッドのひとつに縛りつけられているらしい。緊急医療ステーションは見慣れているはずだが、ふだんはこんな角度で見たことはない。ブルー隊のメドテクがマイルズに背を向けて、通路をはさんだべつのベッドに固定されている者の横に浮いていた。遺体袋はまったく見あたらない。〈負傷者がもう一人いるだけなのだな〉負傷者がそこにいなければ、〈よし〉といいたすところだった。〈いや、負傷者は一人だけだ〉マイルズは自分の考えを訂正した。脳の奥深くで激しい頭痛がうずいている。といっても、プラズマ・アーク銃による火傷《やけど》を負ったわけでもないし、神経破壊銃による麻痺症状でもない。点滴の管もないし、ハイポスプレー投与の跡もなく、血液置換されているわけでもなく、ショック症状でサイナージンを投与されたような気配もない。鎮静剤を打たれて朦朧としていたのでもなさそうだし、わずかな動きさえも抑制する圧迫包帯を巻かれているわけでもない。感覚遮断剤の投与もない。頭痛はスタナー後遺症の偏頭痛に似ている。〈だけど、戦闘アーマーを着ていてスタナーで撃たれるなんてことは、ありえないじゃないか〉

手袋とヘルメットだけ脱いで、まだ戦闘アーマーは着たままのデンダリィ隊メドテクが、ふと振り向いて、マイルズが目を開いているのに気づいた。

「目が覚めましたか。クイン大佐にお知らせしましょう」

メドテクはマイルズの顔の上に漂ってきて、マイルズの目にぱっと光を当てた。もちろん瞳孔反応に異常がないかどうか調べているのだ。

「どのくらいのあいだ……気を失っていたんだ？　何があったんだろう」

「発作か痙攣《けいれん》のようなものを起こしたようです。原因ははっきりしません。野戦キットの毒物テストでは何も見つかりませんでしたが、テストは基本的なものだけです。艦の診療室にもどりしだい、さらに徹底的に調べるつもりです」

〈また死んだわけではないのか。それよりも悪い。これは前回の後遺症よりもひどいぞ。わあ、ちくしょう。ぼくは何をやらかしたんだろう。連中に何を見られたんだろうか〉

こんなことなら、むしろ――いや、そんなことはない。神経破壊銃にやられたのでなくてよかったのだ。だが、たいして変わらない。

「どのくらいのあいだだ」マイルズはもう一度訊いた。

「発作は四、五分つづいたようでした」

そのときからいままでに五分以上の時間が経《た》っているのは確かだ。

「それから？」

「意識がなかったのは三十分ぐらいだろうと思います、ネイスミス提督」

これまでそれほど長く意識を失ったことはない。いままででいちばんひどい発作だ。前回のが最後であってくれと祈っていたのに。人には見られなかったが、その短い虚脱状態に陥ったときから二ヶ月以上経っている。ちくしょう、新しい薬が効《き》いたのだと思っていたのに。

マイルズは保温ホイルとベッドのストラップを、もぞもぞとはずして自由になろうとした。

「起きないでください、提督」

「前部に行って報告を受けなきゃならない」

メドテクは気づかうように手をマイルズの胸に乗せ、ベッドに押しもどした。「提督が起きようとなさったら鎮静剤を打てと、クイン大佐に命じられています」

マイルズは大声で叫びそうになった。〈そんな命令は、ぼくが撤回するぞ！〉しかし、いまは戦闘中ではないようだし、この技術兵の目には断固とした医者の決意が浮かんでおり、どんな危険があろうとも自分の職務を全《まっと》うする気構えが見てとれた。〈神よ、高潔な医者の手から救いたまえ〉

「それは、ぼくが長時間意識を失っていたからなのか。ぼくは鎮静剤を打たれていたのか」

「いえ、ちがいます。サイナージンを投与しただけです。生命徴候は安定していましたし、どういう原因かはっきりするまで、ほかの処置はしないほうがいいと思ったものですから」

「部隊の者はどうした？　みんな脱出したのか。バラヤーの人質は無事に救い出したのか」

「全員無事に脱出しました。バラヤー人は、あー……死なないでしょう。両足とも回収しましたから、おそらく外科医につないでもらえるはずです」メドテクは、代わりに説明してくれる友人はいないかというように、あたりを見まわした。

「何だって？　どうして人質が怪我をしたんだ？」

「あの……クイン大佐をお呼びします」

「そうしたまえ」マイルズは怒鳴った。

メドテクは無重力空間を水に飛びこむように離れていって、向こうの壁面についているインターコムに小声でせかせかと連絡を入れた。それから患者のもとにもどった——その患者がヴォルベルグ中尉なのだろうか。男の腕と首の二ヶ所に点滴針が刺しこまれ、血漿《けつしょう》と薬品を注ぎこんでいる。ほかの部分は保温ホイルに包まれていて見えない。そのとき前方の隔壁に光の合図が灯《とも》り、メドテクは急いで自分のジャンプ用座席にストラップを締めて座った。シャトルは母船に係留《けいりゅう》する準備にかかり、加減速と高度調整をすばやくくり返した。

ドッキングすると、当然ながら負傷した人質が最初に急いで運び出された。ふたつに分けて。兵士が大きな冷凍コンテナをつかんでメドテクと浮き台《フロート・パレット》のあとにつづくのを、マイルズはぐっと奥歯を嚙みしめて眺めていた。とはいえ、あたりはさほど血で汚れてはいないようだった。マイルズがクインを待つのをあきらめて自分で医療用の縛《いまし》めを解きはじめたところへ、クインが貨物デッキから現れて、通路をこちらに漂い寄ってきた。

クインがヘルメットと両手のグローブをスペース・アーマーからはずし、ボディ・スーツのフードを脱ぐと、汗で貼りついた黒髪のカールが現れた。彫像のように美しい顔は緊張のせいで青白く、茶色の瞳は不安げで暗かった。といっても、マイルズがいま率いている三艦からなる小艦隊に、ただちに危険が及んでいるとは考えられない。危険な状態なら、クインはマイルズのところに来たりせずに艦隊の面倒を見ているだろうから。

「だいじょうぶですか」彼女はしゃがれ声でたずねた。

「クイン、いったい——いや。全般的な現況報告をまず聞こう」

「グリーン隊は、ハイジャックされた船のクルーを脱出させました。全員です。装備には多少の損害がありました——保険会社は前回のようにほくそ笑むわけにはいかないでしょう——といっても、われわれの生命保険の配当はびくともしませんけど」

「神とタウラ軍曹を誉めたたえよ。それでハイジャッカーはどうした?」

「われわれはやつらの大型船を拿捕《だほ》し、十九人を捕虜にしました。敵の死者は三人です。そのまますべてを警備しています。うちの優秀なクルーが乗りこんで後片づけをしているところです。不逞《ふてい》の輩《やから》の六人ないし八人が、艦載の小型ジャンプ艇で逃げたもようです。もっともそれは兵装の貧弱な船で——直近のジャンプ・ポイントまではそうとう離れていますから、アリエール号は楽々と追いつくでしょう。見逃すか、撃破するか、なんとか生け捕りにするか、それは提督のお気持ちしだいです」

マイルズは顔をこすった。「捕虜たちを訊問するんだ。このハイジャックが、去年ソレーラ号を捕らえて乗客とクルーを一人残らず殺害した残虐なやつらのしわざなら、ヴェガ・ステーションから報奨金が出るから、われわれは一回のミッションで三倍の報酬が手に入る。ヴェガでは同じ額の報奨金を、やつらの死亡証明書にも出すといっているから、あらゆることを丁寧《ていねい》に記録しておきたまえ。降伏を要求することになるだろう。ひとつだけ」といって、彼はため息をついた。「事態が計画どおりに運ばなかったことは了解している。またもや」

「おや。どういう人質救出作戦でも、全員が生きてもどってこられれば、まっとうな標準に照らして成功といえます。艦隊軍医が、気の毒なバラヤー人の足の左右を間違えたり後ろ向きにつないだりしなければ、今回は百パーセント成功なんです」

「ああ……そうだね。いったい何が起こったんだい……ぼくが倒れたときに。ヴォルベルグに何があったんだ？」

「友軍の誤射ですよ、不幸なことに。といっても、そのときにはそれほど友情ある行為には思えませんでしたけどね。提督が倒れて――わたしたちは仰天しました。提督のスペース・アーマーが意味不明のデータをつぎつぎに吐き出したあと、アーマーのプラズマ・アークが自動追跡になったんです」彼女は両手で髪を掻きむしった。

マイルズは、クインのスペース・アーマーの右手に嵌めこまれている高性能のプラズマ・アーク銃をちらりと見た。自分のと同じものだ。むかつく胃のなかに、心臓が沈みこんだ。

「うわ、やめろ。くそっ。いわないでくれ」

「気持ちはわかります。自分が救出した相手の両膝下を撃ち抜いたんですよ。まったく見事なくらいに、両足を貫通して。さいわい――とわたしは思ってるんですけど――プラズマ光線は切り落としながら焼灼《しょうしゃく》したので、バラヤー人は出血死しないですみました。しかも薬づけになっていたので、たいして痛みを感じなかったようです。とっさにわたしは、あたりに敵がいて提督のアーマーをリモコン操作したのかと思ったんですが、技術兵たちがその段階ではありえないと断言しました。あなたは壁をいくつも薙ぎ払って——メドテクの缶切りでアーマーを切り開いて回路を切断するまで、四人で腕にまたがって押さえてなきゃならなかったんですよ。のたうちまわって、あやうくわたしたち全員をばらばらにするところでした。必死であなたの首の後ろにスタナーを当てて撃つと、ぐったりしたんです。殺してしまったかと心配しましたよ」

クインは多少息をはずませながら、この話をした。それというのも、この美しい顔は生まれもったものではなく、十年以上前にプラズマ砲火と激烈な遭遇をしたあと張り替えたものなのだ。

「マイルズ、いったいどうしちゃったんですか」

「どうやらぼくは……発作を起こしたらしいね。癲癇《てんかん》のようなものらしいが、脳神経には痕跡を残さないようだ。去年の低温蘇生の後遺症じゃないかと思うんだがね」

〈じゃないかって、重々わかってるじゃないか〉マイルズは首の両側についた同じ形の傷に手を触れた。いまではもう目立たず白っぽくなっていて、その出来事の小さな名残《なごり》にすぎない。長時間気を失っていたのと、かなりの頭痛が残っているのは、緊急事態をクインがスタナーで処理したためだとわかった。とすると、発作は前回よりひどかったわけでもないか……。

「おやまあ」とクイン。「でもこれが最初の――」といいかけて言葉を切り、じっとマイルズを見つめた。その声が抑揚を失った。「こういうことが起きたのは、これが最初じゃないのね、そうでしょ?」

静寂がゴムのように伸びた。マイルズはそれが跳ね返ってくるまえに無理に口を開いた。

「三回か四回」それとも五回か。「血行停止状態からもどったあと起こっている。ぼくの低温蘇生手術をした医師は、自然に消えるんじゃないかといった。記憶喪失と息切れが自然に回復したように。三、四回あったあとは、消えたように思われたんだよ」

「それなのに、機密保安庁は一種の時限爆弾をあなたの頭に残したまま、秘密作戦野戦ミッションに送り出したんですか」

「機密保安庁は……何も知らない」

「マイルズ……」

「エリ」マイルズは必死になっていった。「連中はただちにぼくを前線の任務からはずすはずだ、わかってるだろう。よくて、デスクのまえの床にブーツを釘づけされるのが関の山だ。悪くすると医療退役――それでネイスミス提督は一巻の終わりさ。永久にね」

彼女はショックで棒立ちになった。

「また発作が起きても、自分でなんとかしようと思ったんだ。これまでは自分で処理できたと思ってたから」

「それを知っている人、いるの？」

「いや……ほとんどいない。機密保安庁の任務にもどれるかどうか、運まかせにするのはいやだった。だからデンダリィ隊の艦隊軍医には話した。そして絶対に秘密にすると彼女に誓わせたんだ。軍医といっしょに原因を調べているところだが、あまり進捗《しんちょく》していない。彼女の専門は外傷だからね、なんといっても」

そう、プラズマ・アーク銃の火傷とか、手足のすげ替えとかならお手のものだ。少なくともヴォルベルグ中尉が、いま魔法で瞬時にバラヤーの帝国軍病院に輸送されたとしても、この軍医以上に優秀で経験を積んだ医師は望めないはずだ。

クインの口元がこわばった。「でも、わたしにはいわなかったわ。個人的な関係はともかく、わたしはこの特命ではあなたの副司令官ですよ！」

「いうべきだったよ。明らかに後知恵だけど」〈分別をなくしていた〉

クインがシャトルの胴体を見上げると、そこではペリグリン号のメドテクがハッチからフロート・パレットを入れようと悪戦苦闘していた。

「わたしはまだ掃討《そうとう》作戦を監督する仕事があるの。わたしがもどってくるまで、あのけったくそ悪い診療室にいてくださいよ、いいですね」

「もうもとにもどったよ！　つぎの発作が起こるまで数ヶ月はあるだろう。起こるとしても」

「いいですね？」クインはぐっとマイルズを睨《にら》みつけて、低い声でくり返した。

ヴォルベルグのことを思い出し、マイルズの心はしぼんだ。

「わかった」とぼそりという。

「ありがとう」彼女は厳しい声でいった。

マイルズは歩いていくといい張ってフロート・パレットは拒絶したものの、それ以外はおそろしく従順な気分でメドテクについていった。〈ぼくは艦隊の統率力を失いそうだ……〉

診療室に着いたとたんに、メドテクは心配顔でマイルズの脳をスキャンし、血液をとり、からだから滲出するあらゆる液体の検体をとり、すべての生命徴候を再検査した。そのあとは軍医を待つ以外に、すべきことはあまりなかった。マイルズがおとなしく小さな検査室にひっこむと、そこに当番兵が船内用の制服を持ってきてくれた。当番兵はまめまめしく横に控えていそうなようすだったので、マイルズは苛立って部屋から追い出した。

そこでマイルズは、静かな部屋に一人きりになって考えるほか何もすることがなくなった。これはどうやら戦術的失敗だったらしい。掃討作戦は安心してクインにまかせられる。そうでなければ、副司令官にするわけがない。マイルズが、前回のジャクソン統一惑星への遠征で、狙撃兵のニードル手榴弾で胸を吹き飛ばされて司令系統からはずれていたあいだも、クインはあとを引き受けて、じゅうぶんに務めを果たしていたのだ。

マイルズはグレーのズボンを引きあげてファスナーを閉めると、上半身の皮膚に薄く残る、蜘蛛《くも》が手足をひろげたような傷跡を指でなぞった。ジャクソン統一惑星の低温蘇生外科医の仕事ぶりは素晴らしい。新しい心臓と両肺とそのまわりのさまざまな器官は、いまはほとんど人並みの大きさにまで育って、機能も万全だった。しかも最後のおまけまでついた。欠陥を持って生まれたときから苦しめられてきた砕けやすい骨が、全身でほとんどすっかり人工骨に置き換えられたのだ。低温外科医は手術のついでに、曲がった背骨までまっすぐにしてくれた。いまでは小柄な体形に沿って、背骨の曲がっていたころの感じが、かすかに残っているだけだ。以前は故郷のバラヤー人たちは、こっちに聞こえないように「ミュータント!」といってこの体型を嘲笑ったものだった。身長さえも、まえより二、三センチ伸びた。ちょっとした高価なおまけだが、マイルズには重大なことだった。心身の消耗は傍目《はため》にはわからない。他人の目には、マイルズは三十年近い人生でかつてなかったほど健康状態がよさそうに見えた。

〈ひとつ小さな故障があるだけだ〉

苦労して勝ちとった軍歴を脅《おび》かすものはいろいろあるが、この故障がいちばんたちが悪い。まるで予期していなかった……何よりも致命的なものだ。これまでマイルズは、仕事にのめりこんで情熱的に働いてきた。肉体の欠陥に向けられる人々の不信の目を跳ね返して、バラヤー機密保安庁のもっとも独創的な銀河業務部諜報員として、最高の地位を獲得してきたのだ。バラヤー帝国の正規軍には手の届かない場所でも、独立していることになっている傭兵隊なら、銀河宇宙をひとくくりにつないでいるワームホール・ジャンプ・ルートの網の目のなかを、政治や距離の障壁をくぐり抜けて、妨害されずに突然現場に現れることができるのだ。マイルズはこの十年、勝手に名乗ったデンダリィ自由傭兵艦隊指揮官ネイスミス提督という架空の身分を、完璧なものにしようと努めてきた。〈困難な救出に挑戦するのが、わが艦隊の専門〉をモットーにして。

このミッションもそういったものだった。ゾアーヴ・トワイライト惑星船籍の非武装の貨物船を盗んだ薄汚いハイジャッカーどもは、バラヤー帝国急使という形の船荷のなかに掘り出し物を見つけたと思いこんだ。それが彼らの運のつきだった。その船荷とは、秘かに輸送される信用手形と重要な外交情報だったのだ。ハイジャッカーに多少なりとも自己保存の分別があれば、ヴォルベルグ中尉とそのデータは点検したり傷つけたりせずに、たっぷり詫《わ》びの言葉を添えてすぐに最寄りの降下地点に降ろしていただろう。

ところがこの連中は、中尉を競売にかけようとした。「一人残らず殺せ」と機密保安庁長官シモン・イリヤンはぼそりといった。「悪魔が自分の獲物を見分けるだろう」そしてマイルズに一任したのだ。皇帝は自分の急使が権限のない者に妨害されるのを許さなかった。拷問にかけられたり、情報のぎっしり詰まった肉塊として市場に出されることも。デンダリィ艦隊の表向きのスポンサーはそのゾアーヴ・トワイライト船を扱っている保険会社だが、同時にバラヤー帝国が後ろ盾であることがわかっても、べつにかまわないのだ。いい宣伝になって、このつぎ急使が同じような悪運に見舞われるのを防ぐ役に立つだろう。

これも運だといえるものなら。マイルズは現場に行って捕虜の訊問をしたくてたまらなかった。ヴォルベルグを無事にとりもどすと、イリヤンの次なる関心は、これが偶然の誘拐なのか意図されたものかつきとめることに向けられる。意図的なものなら……何者かが内部捜査にあたることになるだろう。なにはともあれ、マイルズはそういう不快な仕事が自分の専門ではないことを大いに喜んでいた。

まだ手術衣を着たままの軍医が、やっと部屋にはいってきた。彼女は腰に両手をあてがってマイルズを見つめ、ため息をついた。ひどく疲れた顔だ。

「バラヤー人のようすはどうですか」マイルズは思いきってたずねた。「あの……回復しますか」

「容体はそれほど悪くありません。傷口はとてもきれいでしたし、さいわい膝の関節のすぐ下でしたから、複雑な問題は何もありませんでした。いままでより三センチほど身長が縮むでしょうが」

マイルズは身をすくめた。

「でも帰国するころには自分の足で歩けますよ」と軍医はいいたした。「向こうまで六週間ほどかかりますから」

「ああ。それはよかった」

だが、場合によってはプラズマ・アークの炎は、ヴォルベルグの膝を直撃したかもしれなかったのだ。あるいは一メートル上だったら、胴体をまっぷたつにしていただろう。ここにいるデングリィ隊のベテラン外科医にも、奇跡の限界はある。ヴォルベルグの救出なんか朝飯まえですよ、とイリヤンに軽く請けあっておきながら死体袋で連れもどるようなことになったら、軍歴に高い評価を残す望みはない。ふたつに分かれた死体袋。安堵と恐怖の気味悪く入りまじったものを感じて、マイルズはくらっとした。〈ああ、まいった。これをイリヤンに説明するのはいやだな〉

軍医はマイルズのスキャン画像を調べながら、医療用語を呪文のようにつぶやいた。

「ここではまだ基本的なことしかわかりません。明らかな異常は出ていません。手がかりを得る唯一の方法は、発作が起きているときにモニターで観察することですね」

「何だって。ストレスでも電気ショックでも刺激でも、引き金になりうると科学的にわかっていることは、すべて実験室で試したでしょう。先生がくださった薬で、抑えられていたんじゃなかったんですか」

「あれは普通の痙攣どめですけど。指示どおりに服用しましたか」彼女は疑わしげな目を向けた。

「はい」マイルズはもっと不敬《ふけい》で反抗的なことをいいそうになったが、その言葉は噛み殺した。「ほかにもっといい方法でも思いつかれたんですか」

「いいえ、だから提督にモニターを着用してくださいとお渡ししたんですよ」といってちらりと部屋を見まわしたが、モニターは見つからなかったようだ。「どこにあるんですか」

「ぼくの船室に」

軍医はむっとしたように唇を噛んだ。「そうすると、あのときにもつけておられなかったんですね」

「戦闘アーマーの下にはつけにくいので」

軍医の口がへの字に曲がった。「少なくとも――ご自分の兵器の機能をとめるぐらいのことは考えられませんでしたか」

「緊急の際に機能をとめていたら、部隊にいても何の役にも立たない。それならペリグリン号に残っていたほうがましですよ」

「あなた自身が緊急事態なんです。それに絶対に、あなたはペリグリン号にとどまるべきでしたよ」

〈あるいは、あのままバラヤーに〉といっても、ヴォルベルグの身柄を確保することがこの作戦ではいちばん重要だったたし、バラヤー帝国の認識コードを持っているデンダリィ隊士官はマイルズしかいなかったのだ。

「ぼくは――」いいかけたつまらないいいわけは呑みこんで、マイルズはさきをつづけた。「先生のいわれるとおりです。こんなことは二度とあってはならない。とにかく……事情がはっきりするまでは。これからどうしますか」

軍医は困ったように両手をひろげた。「わたしにできるテストはみんなやりました。明らかに、痙攣どめの薬は問題ではありません。これは細胞レベルかそれ以下で生じた、特異体質による低温障害といったものでしょう。最高レベルの低温脳神経学の専門家を探して、頭を見てもらう必要がありますね」

マイルズはため息をついて、黒いTシャツとグレーの上着を着た肩をすくめた。「いまはこれでいいですか。これから捕虜の訊問を監督しなきゃならないんだけど」

「いいでしょう」軍医は苦い顔でいった。「でも、みんなのためにお願いします。武器は持っていかないでください」

「はい、わかりました」マイルズはおとなしく答えて逃げ出した。

2

マイルズは旗艦ペリグリン号の提督室で、機密通信コンソールに向かってバラヤー機密保安庁長官シモン・イリヤンに宛てた極秘現場報告を作文していた。これまでにこういう報告は千回も送ったような気がする。いや、千回なんてはずはない、馬鹿げている。年に平均して、こうした任務はせいぜい三、四回だろうし、この仕事についてから丸十年にもなっていないのだ。実際にはセタガンダのヴァーベイン侵略にかかわる冒険から、すべてが公式のものになったのだ。とすると、こなした任務は四十回以下だろうか。とはいえもはや、あらためて考えてみもせず即座に何回めだといったり合計数を出したりするのは不可能だ。しかも、それは低温記憶喪失の後遺症というわけではない。

〈おい、ちゃんと整理しろよ〉マイルズの概要報告は、デンダリィ隊のファイルから引き出した生《なま》データにつける補遺《ほい》の簡単な手引きでいいのだ。イリヤンの諜報分析官たちは、熟考するための生データを山ほど欲しがっている。そのデータを抱えて、分析官たちはヴォルバール・サルターナの機密保安庁司令部の奥深い小部屋に閉じこもるのだ。それをけっこう楽しんでいるんだろう、とマイルズはときどき思うことがあった。

ペリグリン号とアリエール号をはじめ、ネイスミス提督の選んだ数隻からなる戦艦群は、いま惑星ゾアーヴ・トワイライトの軌道上にいる。艦隊の経理部はここ数日多忙をきわめていた。ようやく貨物船とクルーをとりもどした保険会社とは料金の清算をし、拿捕《だほ》したハイジャッカー船の回収費用になにがしかを振り向け、ヴェガ・ステーション大使館に対して報奨金を正式に請求する書類を作成しなければならない。マイルズは補遺Aとして、経費と収益をすべて洩らさず記載したスプレッドシートを、自分の報告に加えた。

捕虜は惑星上に降ろしてあった。ヴェガ政府とゾアーヴ政府のあいだで分けあう予定だ――できるものなら、気の毒なヴォルベルグが味わったのと同じ思いをさせてやりたい。ハイジャッカーは悪質な連中だった。艦載艇で逃げたやつらがおとなしく降伏したのが残念なくらいだ。補遺Bはデンダリィ隊で捕虜を訊問した際の記録だ。この惑星の政府は、バラヤー関連の質問と答えがほとんど省《はぶ》かれた編集ずみの記録を受けとることになるだろう。犯人の証言の多くは、機密保安庁の関心は薄くても、ヴェガ政府をかなり興奮させずにはおかないはずだ。

イリヤンの観点からいって重要なことは、バラヤーの急使が誘拐されたのが単なるハイジャックのおまけではないことを示すような証拠が、まったく出なかったことだ。その情報を死亡したハイジャッカーたちだけがつかんでいた、というのでなければだが――とマイルズは概要報告に忘れずに記入した。殺されたのは、艦長とみなされる人物と上位の士官が二人だから、イリヤンの分析官たちにこの方面で給料分の働きをたっぷりやってもらえそうだ。もっともこの糸口はいま、ハイジャッカーの代理で急使を売るか身代金をとるかの斡旋《あっせん》をしようとしていたハルグレイヴズ商館を通して、向こう側からも探られているにちがいない。マイルズは機密保安庁の険しい眼差しが、ジャクソン統一惑星の犯罪者すれすれの大商館に集中することを心底願っていた。もっともハルグレイヴズ商館の代理人たちは、本人にそのつもりはなかったとしても、デンダリィ隊が襲撃計画を立てる際に非常に役に立ったのだが。

イリヤンはこの経理報告が気に入るはずだった。今回は予算内で収まり——めずらしいことに——実際に驚くべき収益さえ上げたのだ。道義にかなうことなら帝国マルクを湯水のように使うのもいとわないイリヤンだが、今回はふところを痛めずに効果的に急使士官をとりもどしたわけだ。〈デンダリィ隊はなかなかやるでしょう?〉

そこで——これほど有能な機密保安庁中尉マイルズ・ヴォルコシガン卿が、待ちかねている大尉への昇進をとうとう手にするのはいつなのだろうか。おかしなことだが、いまだにバラヤーの階級のほうが、デンダリィ隊のものより現実的な気がするのだ。実際、提督の称号は、はじめは正常な道筋を踏まずに勝手に宣言し、あとになって実質を勝ちとったものだった。といっても、ここ何年かはマイルズがかつては真似ごとでやっていた地位に実際にふさわしくなったことを、否定する者はいないだろう。銀河宇宙的観点からいえば、ネイスミス提督はいつであろうと、確固たる存在だった。いまではほんとうに、自分はこういうものだと宣伝したとおりになっている。マイルズのバラヤーでの身分は、単にべつの次元のことなのだ。補遺とでもいおうか。

〈故郷のような場所はほかにはない。故郷よりいい場所がないというのではない。ああいう場所はほかにはない、といっているだけだ〉

ここまで考えて、マイルズは補遺Cをつけることにした。補遺Cはデンダリィ隊員の戦闘アーマーに記録されていた実際の突入と人質奪回の手順、タウラ軍曹率いるグリーン隊による貨物船クルーの救助状況、そしてマイルズが指揮したブルー隊と全体にかかわる……一連の出来事だ。総天然色、完全音響で、全員のスーツの医療や通信の遠隔測定データつきだ。

憂鬱《ゆううつ》な気分で、マイルズは自分の発作とその不幸な結果の一部始終が記録された、生々しいホロビッドを眺めた。〇六〇番のスーツの記録にはやけに大きなヴォルベルグのクローズアップ映像があった。薬で朦朧《もうろう》としていたのが愕然として、苦痛で絶叫し意識を失って一方に倒れると、その反対側に切りとられた両足が落ちるさまが映し出されている。気がつくとマイルズは、痛ましさに耐えきれず自分の胸をつかんで屈みこんでいた。

これではイリヤンに昇進をねだる好機にはなりそうもない。

回復期にあるヴォルベルグは、昨日ヴァーヴ・トワイライトのバラヤー弁護団事務所に委ねられて、通常ルートで故郷に向かっている。自分の偽装身分を隠すために、診療室に行って直接この男に謝らずにすんだことを、マイルズは内心ありがたく思っていた。プラズマ・アーク銃が暴発するまえは、マイルズの顔はいつものように戦闘アーマーのヘルメットで隠されていたのでヴォルベルグは見ていないし、そしてそのあともちろん……。デンダリィ艦隊の軍医の報告では、ヴォルベルグは救助されたときのことを朦朧と支離滅裂にしか記憶していない、ということだった。

マイルズは、できればブルー隊の記録を自分の報告から完全に省いてしまいたかった。残念ながら、それは実際的ではない。いちばん興味深い出来事が抜けていたら、イリヤンの注意を引くのは火を見るよりも明らかだ。

もちろんこの補遺Cを小隊の記録もふくめてすっかり削除してしまえば、全般的な欠落のなかでごまかせるかも……。

マイルズは補遺Cに代わるものは何だろうと考えた。これまでにも、仕事の忙しさにかまけたり疲労困憊《こんぱい》していたときに、何回も短い特命報告だとかあいまいな報告だとかを書いたことがある。〈〇三二番のスーツに機能不全事故が発生して、右手のプラズマ・アーク銃が発砲状態にロックされた。その機能不全をなおそうとする数分間の混乱のなかで、対象は不幸にもプラズマ・ビームに撃たれて……〉報告を読む者が、スーツの機能不全であって着ていたものの機能不全ではないと解釈すれば、マイルズの過失にはならない。

いや。イリヤンに嘘はつけない。受動態の文章にしてもだめだ。

〈嘘をつこうなんてしていない。ただ報告をできるだけ編集しようとしただけだ〉

そんなことはできないだろう。自分はきっとほかのファイルにあるごく小さな証拠のデータを見落とすだろうし、イリヤンの分析官がそれを拾いあげたら、十倍も困った立場に立たされるのだ。

とはいえこの小さな事故に関係のある部分が、ほかにもたくさんあるわけではない。それにすべての報告に目をとおすのはさほど困難でもあるまい。

〈こんなことを考えるのはよくない〉

それでも……これは興味深い練習になりそうだ。自分もいつか現場報告を読む仕事をするかもしれない。お呼びでないことだが。そうなったら、どの程度のごまかしまで可能なのか試しておけば役に立つだろう。もっぱら興味にかられて、マイルズは報告の全文を記録してコピーをつくってから、そのコピーをいじりはじめた。野戦諜報員の困惑を消し去るためには、最低でどの程度の改変や削除が必要だろうか。

答えが出るのに二十分しかかからなかった。

マイルズは仕上がった報告を見つめた。まったくもって芸術的だ。すこし胃がむかつくような気がした。

〈これでは解雇されるかもしれない。でも、捕まらなきゃいいんだ〉これまでの人生で、マイルズはこの法則を基本にしてきたような気がした——暗殺者から逃れ、医者たちから逃れ、帝国軍の軍規から逃れ、ヴォル階級の束縛から逃れて……ご覧のとおり、死からも逃れてきた。〈イリヤン、ぼくはあなたより速く動くこともできるんだ〉

イリヤンの添乗偵察員はデンダリィ艦隊にも配置されているが、現在はここにはいないことをじっくり考えてみた。一人は主艦隊といっしょにいる。もう一人はアリエール号の通信士官として振る舞っている。どちらもペリグリン号には乗船せず、戦闘小隊にも加わらなかった。どちらもマイルズの言葉を否定することはできない。

〈これは時間をかけて考えたほうがよさそうだな〉マイルズは手を入れた〝トップシークレット版〟を別ファイルにして、もとのファイルのそばに入れた。そして背中が痛くなったので伸びをした。デスクワークなんて、こんなものだ。

船室のドア・チャイムが鳴った。「はい？」

「バズとエレーナです」女の声がインターコムから流れた。

マイルズは通信コンソールを終わらせて、制服の上着に手を通してからドアロックを解除した。

「おはいり」といってすこし笑みを浮かべて固定椅子をまわして振り返り、二人がはいってくるのを見守った。

バズというのはデンダリィ隊准将のバズ・ジェセックで、艦隊機関長でもあり、名目上ではマイルズの副司令官だ。エレーナはバズの妻のエレーナ・ボサリ・ジェセック大佐で、現在はペリグリン号の司令官だ。二人ともデンダリィ隊に雇われている数少ないバラヤー人仲間である。二人とも、バラヤーをいささか裏切っているようなベータ人傭兵ネイスミス提督と、忠実なバラヤー機密保安庁機密作戦課報員のマイルズ・ヴォルコシガン卿中尉という、マイルズの二重の身分を完全にわきまえている。というのも、二人ともデンダリィ艦隊そのものを創立するまえから関わりがあったからだ。ひょろりとして頭の禿《は》げかかったバズは、そもそものはじめからいた。逃亡中の脱走兵だったのをマイルズに拾われて、マイルズの個人的な見解によれば、創りなおされたのだ。エレーナは……まったく事情がちがう。

エレーナはバラヤーでマイルズのボディガードだった男の娘で、ヴォルコシガン国守の家で育てられ、マイルズとは乳兄妹のようなものだった。女性なのでバラヤーの軍隊にははいれなかったが、軍隊好きな故郷の風潮に影響されて兵士という地位に憧《あこが》れていた。マイルズはそれを解決する方法を見つけてやったのだ。きりっとしたグレーのデンダリィ隊通常軍服に身を包み、ほっそりして夫と同じくらい背の高いエレーナは、いまではどこから見ても立派な兵士だ。耳のあたりで短く切った黒髪が、色白で鷹を思わせる顔の造作《ぞうさく》と油断のない黒い瞳の額縁になっている。

それにしても、マイルズとエレーナがともに十八歳だったとき、マイルズの熱狂的で支離滅裂な結婚申しこみにエレーナが「はい」と答えていたら、二人の人生はどれほど変わっていたことだろう。いまごろどこにいただろうか。首都でヴォル貴族として快適な生活を楽しんでいただろうか。幸せだっただろうか。それともおたがいに飽きてきて、ほかの可能性をつかみそこねたことを後悔していただろうか。いや、どんな可能性を失ったか、知りもしないだろう。たぶん子どもたちがいて……マイルズは、この思考の流れを断ち切った。こんな考えは非生産的だ。

とはいえ、マイルズの心の奥底のどこかに抑えこまれた何かが、いまだに待っているのだ。エレーナは自分の選んだ夫といっしょにいて、じゅうぶんに幸せそうだった。だが傭兵の生活というのは——最近の自分の例からいっても——まことに危険なものだ。どこかの前線で敵の狙いがほんのわずかずれただけで、お悔やみの言葉を受けながら嘆き悲しむ未亡人になるかもしれない……もっとも、エレーナのほうがバズより前線の戦闘に出る機会は多いのだ。ナイトサイクルに、マイルズの心の奥底でよからぬ企《たくら》みがひらめいたとしても、この案には重大な欠陥があるようだ。やれやれ、自分の考えの手助けはできない。だが、口を開いて、まったく馬鹿げたことをいう手助けならできそうだ。

「やあ。椅子を引き出して座ってくれ。何か用かい」マイルズは陽気な口調でいった。

エレーナは微笑み返し、二人の士官はマイルズの通信コンソールの向かい側に固定椅子を引き出した。二人そろって腰を下ろすようすに、どこかいつもとちがう、あらたまった感じがあった。バズは、きみから話を切り出してくれというように、エレーナに開いた手を向けた。これはどう見ても、いいにくい話をはじめるときの徴候だ。マイルズは背筋を伸ばしてエレーナの言葉を待った。

エレーナはあたりさわりのない言葉ではじめた。「気分はもうすっかりいいんですか、マイルズ」

「ああ、だいじょうぶだよ」

「よかった」彼女は深呼吸をひとつした。「殿下――」

彼女がバラヤーの家臣としての関係を持ち出すのは、やはり普通ではないことのしるしだ。

「――わたしたち辞職したいんです」

彼女の頰に、マイルズがとまどうほどの微笑みがひろがった。まるで楽しい打ちあけ話でもするように。

マイルズは自分の椅子から転げ落ちそうになった。「何だって？　なぜなんだ？」

エレーナがちらりとバズに目を向けると、彼があとを引きとった。

「ぼくにエスコバールの軌道上造船所から機関部門に来ないかと、誘いが来ましてね。二人そろって退役しても、じゅうぶんやっていける給料です」

「ぼく、ぼくは……きみが給料の等級に不満があるとは気づかなかった。この申し出が金の問題なら、なんとかするけどね」

「金とは何の関係もありません」とバズ。

そうじゃないかと思った。いや、それでは簡単すぎる――。

「わたしたち引退して、子どもをつくりたいのよ」エレーナが締めくくった。

この単純で道理にかなった言葉のどこに、マイルズを、ニードル手榴弾で胸を床一面に吹き飛ばされたあの瞬間に引きもどす力があったのだろうか。

「あー……」

「デンダリィ隊士官としては」エレーナはつづけた。「もちろんわたしたち、ただ決まりどおりの通告をして辞職することができるわ。でもあなたに臣下の誓いを立てた家臣としては、〝特別なはからい〟によって誓いを解いてくださるよう請願しなければならないのよ」

「うーむ……ぼくは……艦隊が最高幹部を二人同時に失ってもだいじょうぶかどうか、何ともいえないな。とくにバズはね。ぼくは艦隊を留守にするときにはバズに頼っている。半分ぐらいは隊を離れていなきゃならないんだから。単に技術上や兵站の問題ではなく、艦隊の実務を統御してもらうためだ。個人的な契約がバラヤーのいかなる利益にも抵触しないためにね。あらゆる秘密を……知っていてもらうためにも。バズの代わりをどうやって見つけたらいいかわからない」

「バズの現在の仕事はふたつに分けられると、わたしたちは思ったの」エレーナが補うようにいった。

「そうです。機関部のぼくの次官は、いつでもあとを引き継げます」バズは請けあった。

「技術面では、ぼくよりましなくらいです。若いですしね」

「それにマイルズ、あなたが何年もかけてエリ・クインを司令官の地位につけるように仕込んできたことは、誰でも知っているわ」エレーナがあとをつづけた。「エリは昇格したくてうずうずしてるわよ。もういつでもできるし。去年そのことをじゅうぶんに証明したと、わたしは思うわ」

「彼女は……バラヤー人じゃない。イリヤンが気に入らないかもしれない」とマイルズは時間稼ぎにいった。「そういう重要な地位には」

「いままで、そんなことなかったわ。彼だってもうじゅうぶんにエリのことを知っているわよ。それに機密保安庁ではバラヤー人でないスパイをたくさん雇っているわよ」とエレーナ。「エレーナ、きみはほんとうに正式に退役したいのか。つまり、それがほんとうに必要なのか。長期休暇とか、休業年でもいいんじゃないか」

エレーナは首を振った。「親になると……人は変わるわ。もどってきたくなるかどうか、わからないわ」

「きみは兵士になりたいんだと思っていたよ。何にもまして、心の底から。ぼくみたいにね」〈この生活のすべてが、どれほどきみのためだったのか、わかっているのかい。きみのためだったと〉

「そうよ。そう思っていたの。そして……達成したの。わたしのじゅうぶんは、あなたの概念とはちがうのよ。あなたがじゅうぶんだと満足するのは、どんなものすごい成功なのか、わたしにはわからない」

〈それはぼくが、ひどく空疎だからだ……〉

「だけど……子どものころや若いころはいつも、価値のある職業は兵士しかないってバラヤーに叩きこまれていたわ。これ以上重要なものはない、ほかにはありえないって。そしてわたしは絶対に兵士にはなれないから、わたしは重要な人間にはなれないってね。そうね、わたしはバラヤーが間違っていたことを証明したのよ。わたしは兵士になったし、すごく立派な兵士だった」

「まったくだ……」

「そこで今度は、もっとほかにバラヤーが間違っていたことはないかと考えたの。ほんとうに重要なのは何かとか、誰がほんとうに重要なのかとか。去年あなたが低温状態だったとき、わたし、あなたのお母さまとかなりのあいだいっしょに過ごしたのよ」

「ほう」二度と足を踏み入れないと、エレーナがあれほど熱烈に誓っていた故郷への旅。ああ、そうとも……。

「二人でいろいろお話ししたの。わたしがあの方を尊敬しているのは、若いとき、移住してあなたのお父さまと結婚なさるまえに、エスコバール戦でベータ植民惑星のために戦った兵士だったからだと、ずっと思っていたの。でも一度思い出話をはじめると、あの方は連禱《れんとう》のように、つぎつぎにいままでのご自分のことを話してくださった。天文製図技師、探検家、艦長、脱走兵、妻、母親、政治家って……どんどんつづいたわ。話が終わるとおっしゃったの、つぎは何になるのかしらって。それで思ったのよ……わたしもあんなふうになりたいって。あの方のようになりたいの。たったひとつのことじゃなくて、あらゆる可能性を試したいのよ。自分がほかのどんなものになれるか、探し出したいの」

マイルズがこっそりバズを窺《うかが》うと、彼は誇らしげに妻を見つめて微笑んでいた。エレーナが自分の意志でこれを決めたのは疑問の余地がない。それにしてもバズは、まったく徹底的に、エレーナの哀れな奴隷になりきっている。彼女のいうことには何でも賛成なのだ。くそっ。

「あとでまたもどりたくなるかもしれないって……思わないかい」

「十年後か、十五年後か、二十年後のこと?」とエレーナ。「まだそのときもデンダリィ傭兵隊が存在するとでも思っているの? いいえ。わたしは後もどりはしたくないわ。さきに進みたいの。それだけはもうわかってるわ」

「何か仕事が欲しくなるのは確かだね。きみの技能を生かせるような仕事を」

「商業船の船長になることは考えたことあるわ。これまでの訓練のほとんどが役に立つでしょ。人殺しってとこだけべつにして。死には飽きたのよ。生命に切り替えたいの」

「ぼくは……きみが自分で選んだものなら、何でも立派にやるだろうと思っている」一瞬自《や》棄《け》になって、マイルズは二人の除隊を拒否しようかと考えた。〈だめだ。行ってはならない。ぼくといっしょにいるんだ……〉「理屈からいうと、わかってるだろうけど、ぼくにできるのは、きみたちを任務から解放することだけだ。きみたちを臣下の関係から解放することは、グレゴール帝がぼくをヴォルから解放することと以上に、できないことなんだ。長い時間のあいだに、たがいの存在が気にならなくなる……ことはありうるだろうけど」

そのときふっとエレーナが向けた優しい微笑が、まったく恐ろしいほど母に似ているように思われた。母のように、すべてのヴォル制度は幻影で、思いのままに編纂できる法的虚構だとみなしているような気がしたのだ。自分の外のものは……何も気にしていない、力をうちに集めたような表情だった。

死んで背中を向けているあいだに、みんなが自分を踏み越えて変わっていくなんて、不公平だ。何も知らせずに変わるのでも、許しを求めて変わるのでも。この喪失には泣きわめいてしまいそうだった。もっとも……〈エレーナを失ったのは何年もまえなんだ。この変化は遠い昔からはじまっている。おまえは単に、敗北を認められない異常性格者なんだ〉これは軍隊の指揮官としては、ときには役に立つ素質だ。恋人、あるいは恋人になろうとする者には、頭痛の種《たね》だが。

とはいえ、なぜ自分がこんなことまでしなければならないのかと疑問に思いながらも、マイルズは正しいヴォルの儀式を二人にとりおこなった。一人ずつ順にマイルズのまえにひざまずいて、両手をマイルズの手のあいだに入れた。マイルズは両手を開いて、エレーナの長いほっそりした手が籠から逃れる鳥のように飛び立つのを見守った。〈きみを閉じこめていたとは知らなかったよ。ごめんよ、初恋の人……〉

「それでは、楽しい毎日になるよう祈っているよ」エレーナが立ちあがってバズの手をとるのを見ながら、マイルズは言葉をつづけた。かろうじてウインクもした。「最初の子どもは、ぼくにちなんだ名にしてくれるかい」

エレーナはにやっとした。「女の子はありがたがるかしらね。マイルゾンナ？　マイルジア？」

「マイルジアってのは病名みたいだね」とマイルズはめんくらって認めた。「女の子の場合はいいよ。その子が成長して、ぼくがいないあいだに憎むようになったらいやだから」

「いつごろ行けるかしら」エレーナが訊いた。「いまは契約のはざまでしょう。艦隊はどっちみち作業休止スケジュールになっているわ」

「技術および兵站《へいたん》部門は、すべてととのっています」バズがいいたした。「めずらしいことに、まえの任務の損傷の修理がはいっていないんです」

引き延ばすか。〈いや。てばやくすませよう〉

「すぐでもいい。もちろんクイン大佐には知らせなければならないけどね」

「クイン准将ね」エレーナはうなずいた。「この響き、彼女は気に入ると思うわ」

エレーナは軍隊式の別れの挨拶をする代わりにマイルズを抱きしめた。立ち去った二人の背後でドアが静かに閉まったあとも、マイルズは彼女の最後の残り香《が》を吸いこもうとしながら、じっと佇《たたず》んでいた。

クインはゾアーヴ・トワイライト上で軍務の監督をしているところだった。マイルズは、ペリグリン号にもどったら出頭するようにという命令を残した。クインを待つあいだに、デンダリィ艦隊隊員名簿を自分の通信コンソールに呼び出して、バズが提案した異動を検討した。それでうまくいかない理由はない。この男をここに昇進させて、こっちのやつを異動させてその穴を埋める……。べつにショックなんか受けてはいない、と自分にいいきかせる。結局、いつも芝居をしているマイルズといえども、限界というものはあるのだ。いつも飾り用の杖に寄りかかっていた男が突然杖をとられて、ちょっとふらついているようなものなのだろう。それとも、老コウデルカ准将の仕込み杖のようなものか。秘密にしているマイルズの医療上の問題さえなければ、艦隊の観点からいって、バズ夫婦はいいタイミングを選んだといわねばならなかった。

ようやくクインが風のようにさっとはいってきた。グレーの通常軍服をこざっぱり生き生きと着こなして、暗証ロックされた書類ケースを抱えている。二人きりなのでクインは軍規にはないキスで挨拶した。彼も面白がってキスを返した。

「バラヤー大使館が、これをあなた宛に送ってきたわよ。きっとシモンおじさんからの冬の市のプレゼントね」

「だといいけどね」彼は暗証コードを入れてケースを開いた。「ほう！　ほんとだ。信用手形だよ。先日終了した任務に対する暫定的な支払いだ。すでに終わっていることが司令部にわかるはずはないから――途中で資金切れにならないようにと思ったのにちがいない。兵員の奪回をそれだけ重視していることがわかって嬉しいよ。こういう気づかいが、ぼくに対してもいつかそのうち必要になるかもしれないからね」

「実際に去年はあなただったでしょ。それに彼はそのとおりだったわよ」クインは同意した。「少なくともそれくらいは、機密保安庁を信用しなきゃいけないわ。自分のとこの人間の面倒見はいいのよ。古いバラヤー的体質よね。近代化を目指している機構にしては」

「それから、これは何だろうな？」

　彼はふたつめの品物をケースから引き出した。彼以外には極秘に指定した、暗号の指令書だった。

　クインが礼儀正しく見えない位置に引きさがると、マイルズはそれを通信コンソールに入れた。とはいえ、もちまえの好奇心のせいで、クインは黙ってはいられなかった。

「それで？　故郷からの命令ですか。お祝いの言葉？　それとも苦情？」

「さあね……ふん」彼はめんくらって椅子に寄りかかった。「短くてよくわからないものさ。

なぜわざわざ厳重な暗号にしたんだろう。ただちに故郷にもどり、機密保安庁司令部に出頭せよ、というぼくへの命令だ。タウ・セチを通る定期運行の政府の急使船があって、ぼくのために時間待ちをするそうだ――必要なら商業運輸会社もふくめた最速の手段を用いて、その急使船に乗るようにということだ。ヴォルベルグの小さな事故のことを知ったはずはないよね？　ここには『任務を終了させて……』という言葉さえない。ただ『来い』ってだけだ。どうやら何もかも投げ出してこいってことらしい。そんなに緊急を要するのなら新しい特命にちがいないが、そうだとすると、なぜ何週間もかけて故郷に帰ってこいと要求しているんだろう。また何週間もかけて艦隊にもどらなきゃならないのに」

そういったあと、マイルズは突然、氷のように冷たいものに胸を鷲づかみにされた。〈個人的な用でなければってことだ。父上――母上……〉いや。もしヴォルコシガン国守に何かあったのなら、現在は植民惑星総督として帝国に仕え、セルギアールを統治している身なのだから、いくらゾアーヴ・トワイライトが離れているといっても銀河ニュース・サービスが見落とすはずがない。

「どうなるかしら」クインは通信コンソール卓の向こう側に寄りかかって、面白いものでも発見したように自分の爪を見つめていた。「旅行中にまた気絶したら」

「そうそうはないさ」彼は肩をすくめた。

「どうしてわかるの」

「そりゃあ……」

クインは鋭い視線を投げかけた。「否定したい心理のせいで、極端に知能指数が落ちることがあるなんて知らなかったわ。まったく、あなたはあの発作をなんとかしなきゃならなかったのよ。できっこない……発作があることを知らんぷりするなんて。ところがあなたはまさに、そうしようとしているように思えるわ」

「なんとかしようとしたさ。デンダリィ隊軍医がなんとかしてくれると思ったんだよ。一刻も早く艦隊にもどって、信頼している医者に相談しようと思った。ところが、ぼくは全幅《ぜんぷく》の信頼を寄せているのに、彼女は何も手助けはできないといった。となると、べつの手を考えなきゃならないね」

「彼女のことは信頼してるのね。なぜわたしは信頼してくれないの」

マイルズはかろうじていくぶん悲しそうに肩をすくめてみせた。そしてこの返答だけでは明らかに不十分そうだったので、やむなくなだめるような口調でつけ加えた。

「軍医は命令に従うぜ。きみはぼくのためになると思ったら、ぼくの気持ちなんか無視してやりかねないからね」

すばやくこの言葉を咀嚼《そしやく》したクインは、ほんのすこし苛立った口調でつづけた。

「ご自分の故郷の人たちはどうなの。ヴォルバール・サルターナにある帝国軍病院は、最近では銀河の医療水準に近づいているでしょう」

むっつり黙りこんだあとで、彼はいった。「去年の冬のあいだにそうしておくべきだったね。いまでは……ほかの解決法を探すことにのめりこみすぎた」

「いいかえれば、あなたは上司に嘘をついているってことね。そしていま捕まってしまったんだわ」

〈まだ捕まってはいないさ〉「ぼくが何を失うことになるか知っているだろう」

マイルズは立ちあがってコンソール卓のまえにまわり、クインが爪を嚙みはじめないうちにその手を握った。二人はどちらからともなく抱きあった。彼は顔を上向けて彼女の首に腕をまわし、自分の高さまで引き寄せてキスをした。すると、彼女のうちに自分と同じように抑えこまれた恐れがあることを、その荒い呼吸と悲しげな眼差しから感じることができた。

「ああ、マイルズ。あの人たちにいうのよ——あのときあなたの頭脳はまだ解凍の途中だったんだって。自分の反応に責任の持てる状態じゃなかったのよ。膝にすがって、イリヤンの慈悲を乞《こ》うのよ。これ以上事態が悪くならないうちに、急いで」

マイルズはかぶりを振った。「先週までなら、それもうまくいったかもしれないけど、ヴォルベルグにあんなことをしたあとではね。これ以上悪くなることはありえないと思うよ。い、い、ぼくならこんな、人を騙《だま》すようなことをした部下に慈悲はかけない。イリヤンにそんなこと望めるか。もっともイリヤンが……そもそもこの問題の報告を受けていなければべつだけど」

「まあ、なんてこと。まさか、まだ隠しとおせるなんて思ってないわよね」

「その点は、このミッション報告からはきれいさっぱり落ちているんだ」

クインは仰天して彼から身を引いた。「あなたの頭脳はたしかに凍傷を起こしているんだわ」

マイルズは苛立っていい返した。「イリヤンは細心の注意を払って、何でもお見通しだという評判をつくりあげているけど、そんなことごまかしだ。あのホルスの目のバッジに」と親指と人指し指でつくった輪を目のまえに上げて、梟《ふくろう》のように覗いてみせながら、「惑《まど》わされるんじゃないよ。自分のしていることがつねによくわかっているなんて単なる見せかけなんだぜ。ぼくは極秘ファイルを見たことがあるし、実際にものごとがどんなにめちゃくちゃになりうるか、舞台裏で見て知っている。イリヤンは脳に入れた例の素敵な記憶チップのおかげで天才になったわけじゃない。おそろしく不愉快な人間になっただけさ」

「目撃者が多すぎるわ」

「デンダリィ隊の特命任務はすべて極秘だ。隊員から洩れる恐れはない」

「隊員同士はべつよ。その話には尾ひれがついて、船内にひろまっているわ。わたしにまで、い、い、訊いてきたわよ」

「あー……それで何と答えたんだい」

クインは腹立たしげに肩をそびやかした。「スーツの機能不全だとほのめかしておいたわ」

「ほう。よかった。といっても……隊員はみんなこっちにいるんだし、イリヤンははるか彼方だ。広大な宇宙の彼方さ。ぼくの口から聞く以外に、何を訊き出すことができるんだい」

「広大というほどの距離じゃないわ」クインは少し歯を見せたが、その口元は微笑とはほど遠かった。

「ちょっと。理性を働かせろよ。きみならできるはずだ。機密保安庁がこのことを嗅ぎ出そうとしているのなら、何ヶ月もまえに終わらせているはずだ。ジャクソン人の証言は、明らかにきれいさっぱり連中の記憶から消えてしまったんだ」

クインの喉元がぴくぴくした。「あなたのいってることには、理性のかけらもありゃしない！　あなたは理解力もなくしたの？　てんから正気をなくしてしまったんじゃない？　断言してもいいけど、いまのあなたはクローン兄弟のマーク並みに制御が利《き》かなくなっているわ！」

「この議論に、どうしてマークが飛びこんでくるんだ？」

これはよくない徴候だ。この議論の口調には、急坂を転げ落ちそうな気配があった。いままでに三回、クインと激しい口論になったことがあるが、すべてマークにかかわることで、みんな最近のことだ。まいったな。マイルズはこの遠征ではふだんのような親密さを――ほとんど――避けてきたが、それはまた発作が起きたときにクインに目撃されたくなかったからだ。発作が起きたとき、これはじつに恐ろしい新種のオルガスムだなどと、説明できるとはとうてい思えなかった。マイルズが冷たいのは、弟のことで意見が合わなかったのが尾を引いていると、クインは思っているのだろうか。

「マークはこのこととは何の関係もない」

「このことは、みんなマークに関係あるのよ！　マークのあとを追って地上に降りたりしなければ、あなたは殺されはしなかった。そしてそういう馬鹿げた低温ショートが頭に残ることもなかった。あなたは彼を、ネクリン駆動以来のもっとも偉大な発明だと思ってるかもしれないけど、わたしはあのでぶのちびすけが大っ嫌い！」

「そうかい、ぼくはあのでぶのちびすけが好きなんだ！　好きな人間もいないとね。きみは絶対、馬鹿げた焼き餅を焼いているんだ。そんな頭の固い、くだらない女になるなよ！」

二人はどちらも拳《こぶし》を握りしめ、荒い息づかいで向かいあっていた。拳が突き出されたら、あらゆる意味でマイルズは負けるだろう。だからそうはせず、代わりに彼は吐き出すようにいった。

「バズとエレーナは辞職する予定だ。きみは知っていたのか。ぼくはきみを准将に昇進させて、バズのあとの艦隊副司令官に据えるつもりだ。艦隊機関長はピアソンが引き継ぐことになる。それに残り半分の艦隊と合流するまでは、きみはこれまでどおりペリグリン号の名誉艦長のままだ。ペリグリン号の新しい司令官の選定は、きみのはじめての参謀任命の仕事になる。自分が扱い……いっしょに働きやすい者を選びたまえ。退出してよし！」

ちくしょう、こんなはずではなかった。クインが待ち望んでいた昇進をプレゼントするんだというのに。立派な賞品のように彼女の足元に置いて魂の底から喜ばせ、並々でない努力に報いるつもりだったのだ。こんな夫婦喧嘩の最中に頭めがけてポットを投げつけるようないいかたでは、せっかくの言葉に感情の重みがまるでなくなってしまう。

クインの口が開き、閉じ、そしてまた開いた。「それで、あなたはいったいどこに行くつもりなの、わたしをボディガードとして連れていかないなんて」と彼女は嚙みついた。「イリヤン長官があなたに、絶対にボディガードなしで旅行はするなという永続命令を出しているのを、わたし知っているわ。何回職業的自殺行為をすれば気がすむのよ」

「この宙域ではボディガードは形ばかりで、人材の無駄づかいだ」深呼吸してから、「ぼくは……タウラ軍曹を連れていく。それならどんなに偏執的な機密保安庁長官でも、ボディガードとして不足はないと納得するだろう。それにタウラはたしかに、休暇をとらせるだけの仕事をしている」

「まあ！　あなたって！」

クインの毒舌が品切れになるなんて、まったくめずらしい。彼女はくるりと踵《きびす》を返して大股に出口に向かったが、また引き返してきてマイルズに向かってぱっと敬礼した。彼も仕方なく敬礼を返した。自動ドアは残念ながらぴしゃりとやるわけにはいかず、蛇の声のような音を立てて閉まった。

マイルズは固定椅子に身を投げ出し、通信コンソールのまえで考えこんだ。そしてためらった。それから短いほうの特命報告ファイルを呼び出し、機密カードに暗号化して入れた。長いほうの版を叩き出すと——消去コマンドを叩いた。終わりだ。

その暗号化した報告を暗証ロックした財布に入れてベッドの上に放り投げ、それから立ちあがって故郷にもどる旅の支度にとりかかった。

3

　ゾアーヴ・トワイライトからタウ・セチ方面へ向かう次発のジャンプ船には、隣接した船室は一等船室の贅沢な続き部屋しか残っていなかった。マイルズはこの不運ににんまりしながら、イリヤンの経理部に保安のため必要だったということを証明する書類の文面を頭のなかで練《ね》った。ついでに、完了したばかりの特命がどういううす汚い利益を生んだかも指摘しておいたほうがよさそうだ。タウラ軍曹が細心の注意をはらって船室の保安点検をしているあいだ、マイルズはわずかな荷物を片づけるために部屋のなかを行ったり来たりしながら待っていた。照明や装飾は落ち着いていて、ベッドは広々として柔らかく、バスルームはどちらの部屋にも専用のがついていた。しかも食事のために部屋の外に出る必要もない。高価な料金には無制限なルームサービス料がふくまれているのだ。いったん宇宙に出てしまうと、そのあと七日間は、事実上二人だけの宇宙に暮らすことになる。

　そのあとの故郷への旅では、とてもこんな快適さは望めない。タウ・セチの乗換ステーションで制服と身分を取り換えてバラヤー政府船に乗りこむと、不運なヴォルベルグ中尉と同じ階級と職務を持つ、若くて控えめな機密保安庁急使士官マイルズ・ヴォルコシガン卿中尉という人物になるのだ。マイルズは帝国軍の通常軍服を荷物から出して振り広げると、制式のブーツといっしょに鍵のかかる戸棚のなかに吊るした。密封された鞄《かばん》にはいっていた制服と靴は艶《つや》やかさを失っていなかった。今回にかぎらず、デンダリィ艦隊を出たりはいったりする広範囲な旅のあいだは、マイルズには急使士官という身分が都合のいい偽装になる。急使は何事もいっさい説明する必要がないからだ。マイナス面をいうと、つぎの船に乗船している連れはすべて男性で、すべて軍人で、しかもやれやれ、すべてバラヤー人なのだ。ボディガードは必要ない。タウラ軍曹はそこで別れてデンダリィ隊にもどってかまわないから、マイルズは仲間の帝国臣民たちとともに一人とり残されることになるだろう。

長いあいだの経験で、仲間のバラヤー人が明らかに軍務にふさわしくない自分の体格を見てどう反応するか、マイルズには予想できた。あからさまに何かいわれるわけではない——彼らにとっては、急使士官という気楽な閑職は、総督、提督、国守、ヴォルといった肩書を持つマイルズの父の、強力な身贔屓《みびいき》のおかげなのが明らかだからだ。こういう反応こそ偽装を維持するためにマイルズの望むところなので、鈍物のヴォルコシガン中尉は彼らの思いこみを訂正したりはしない。中傷に敏感なマイルズのアンテナが、ブランクを埋めて相手の言葉を予想するだけだ。そうだな、クルーのなかにはまえにいっしょに乗りあわせた者もいて、すでにマイルズに慣れているかもしれない。

戸棚には鍵をかけた。来週いっぱいは、ヴォルコシガン中尉はあらゆる面倒なことともに視野からも心からも消えていてもらおう。もっと気になっている魅力的なことが、ほかにあるのだ。彼の下腹は期待で震えていた。

タウラ軍曹がやっともどってきて、あけておいたふたつの部屋のあいだの入口から顔を覗かせた。

「何も問題ありません」軍曹は報告した。「盗聴器《バグ》はどこにも見つかりませんでした。じつのところ、わたしたちが乗船したあとに乗った新しい積み荷や乗客はないんです。さきほど軌道を離れました」

マイルズは顔を上げて、もっとも優秀な部下の一人で、とりわけユニークなデンダリィ隊員に微笑みかけた。彼女が優秀なのはとうぜんだ。遺伝子工学でこういう仕事用につくられたのだから。

タウラは道徳意識の希薄な遺伝子設計プロジェクトの思いつきでつくられた、生きている試作品だった。ほかでもないジャクソン統一惑星のプロジェクトだ。ジャクソン人たちが意図したのはスーパー兵士だった。そしてプロジェクトの遂行は研究委員会に委ねられた。委員会の構成員はすべてバイオ・エンジニアで、経験豊かな兵士は一人もふくまれていなかった。エンジニアたちは依頼主の受けを狙って、あっというようなものをつくりたがった。そしてたしかにそれを達成したのだ。

マイルズがはじめて会ったときには、十六歳のタウラはすでに成人の八フィートの身長に達していて、細身の筋肉質の体形だった。手足の指には大きな爪があり、口には唇からはみでた牙があって恐ろしげだった。異常な力やスピードを生む、燃えるような代謝の放射熱で、からだは赤く輝くように見えた。その輝きと金色の目は狼のような印象を与えた。仕事に集中しているときには、その獰猛《どうもう》なひと睨《にら》みで、武装した男たちが武器をとり落として床に這いつくばる。これはマイルズがあるとき実際に目撃して嬉しくなった心理的戦闘効果だった。

タウラはタウラなりに、いままでに会った最高の美女の一人だとマイルズは思っている。その特性を見る目がありさえすればいいのだ。そして、もう記憶があいまいになっているデンダリィ隊の特命任務とはちがって、これまで彼女と愛しあった貴重な機会は最初の出会いのときから数えあげられる。そのときから六年、いや七年になるだろうか。じつをいえば、クインとカップルになる以前からだ。タウラはある意味で彼にとって非常に特殊な初体験だった。タウラにとって彼が初体験であるように。そしてその秘密の結びつきは決して消えることがなかった。

いや、二人は行儀よくしようと努力はしてきたのだ。階級のちがう相手との性的関係を禁じたデンダリィ隊規約は隊員全員を拘束している。階級の上の者が搾取《さくしゅ》したり、士官が統制力を失ったり、もっとよくないことが起こるのを防ぐのが眼目《がんもく》だ。そして若く熱意にあふれていたネイスミス提督は、隊員に対していい見本になろうと決心していたのだが、その立派な決意がどこかで……抜け落ちてしまったのだった。何度となく、また回数がわからなくなったよ、というような逢瀬《おうせ》を重ねたから、あやうく死にかけたのかもしれない。たぶん。

そうだ、行儀よくできなくても、少なくとも慎《つつし》み深くはできるだろう。

「けっこうだ、軍曹」マイルズは彼女に向かって片手を差し出した。「きみも休暇をとったらいい——これから七日間はね」

タウラの顔が輝いた。唇が左右に引かれて微笑が浮かぶと、牙がすっかり剝き出しになった。

「ほんとうに？」彼女の朗々たる声は震えていた。

「ほんとうさ」

筋肉隆々としたタウラは、デンダリィ隊仕様の戦闘ブーツでかすかに床をきしませながらマイルズに近づき、約束のキスを交わそうとからだを折り曲げた。タウラの口はいつもどおり熱くて潑剌としていた。牙は閾下《いきか》でアドレナリンの噴出を促したかもしれないが、それはほとんど……純粋に素晴らしいタウラらしさにすぎなかった。彼女は命を味わい、経験をむさぼり、永遠の現在に生きている。そしてそれにはもっともな理由が……。マイルズはその未来に、あるいはどんな未来にでも落ちこみそうな気持ちを、強《し》いて引きもどした。そして彼女の頭の後ろに両手をまわして、きれいに編みあげてピンで留《と》めてあったマホガニー色の髪をほどいた。

「わたし、お風呂にはいってくるわ」しばらくしてマイルズから離れながら、タウラはにっと笑った。そしてはだけた制服の上着を引き寄せた。

「あの入浴施設をとことん楽しんでおいで」マイルズは心底から助言した。「あれだけ贅沢にそろっているのは、ダイン・ステーションの〈大使風呂〉以来だよ」

マイルズも自分の浴室にはいり、制服からも階級章からも逃れて、除毛をしたりからだを洗ったりコロンをつけたりして、ゆったりと準備の儀式を楽しんだ。タウラは最高の準備に値する女だ。それに、いつ彼女が欲しがっても、それに応じる必要がある。タウラが厳格な軍曹の殻を脱ぎ捨てて、恥ずかしそうに心のなかに隠している女らしさを表に出すことができる数少ない機会なのだから。誰かを信頼して自分の弱さを守ってもらう機会なんて、タウラにはごく稀《まれ》なことなのだ。タウラはお伽話《とぎばなし》の王女さまだと、マイルズは考えている。〈みんな秘密の身分を隠し持っているものらしいな〉

マイルズは温めておいたふわふわのタオルをサロン風に巻き、ベッドの端に腰掛けて待ち構えた。こういうプライベートな宇宙でいっしょに過ごすことを、タウラは予想していただろうか。予想していたのなら、今回旅行鞄のなかから引っぱり出してくる小さな衣装は、どんなものだろう。きっと彼にはセクシーに見えるはず、と思ったものを試したがるに決まっている。流れるような髪以外何も身につけていなくても女神のように見えることを、本人はぜんぜん気づいていないらしいから。いや、そうだな、流れるような髪ではないか。生まれつき硬くてまとまりがなく縮れた髪だから、鼻をちくちく刺されたりするけど、タウラにはそれが似合うのだ。このまえの赤い羽根のついた恐るべきピンクの服は、ご用ずみにしていてくれるといいんだが。あのとき、そういう色とデザインの選び方では、タウラの顔を最高に引き立てることにならないと、趣味や容貌にはひとこともけちをつけずに納得させようとして、マイルズは機知を使い果たしてしまった。タウラは片手でマイルズの背骨をへし折ることができるかもしれないが、マイルズはひとことで彼女を殺すことができるからだ。〈そんなことは絶対にないけど〉

タウラがもどってきたとき、マイルズの顔はあからさまな喜びで輝いた。彼女はクリーム色のなめらかな絹のような光沢のものをまとっていた。簡単に指輪にくぐらせられそうなほど薄い数メートルの織り物だ。女神の趣きが素晴らしく強調されていて、本来の計り知れない威厳がそこなわれていない。

「ああ、素晴らしいな！」嘘偽《いつわ》りのない熱意をこめて、マイルズは歌うようにいった。

「ほんとうにそう思う？」

タウラは彼のまえでくるりとまわった。絹がふわりと外にひろがると刺激的な麝香《じやこう》の香りが立ちのぼり、鼻孔から脳の奥までまっすぐひと息に突き抜けたような気がした。裸足《はだし》だが床にひっかかる音なんかしない——タウラは用心深く爪をすべて切って金色のエナメルを塗っていた。この爪ならあとでマイルズが、縫合とか手術用接着剤が必要になって説明に困るようなことにはならないだろう。

タウラがかたわらに横たわると、滑稽《こっけい》な身長差がなくなった。ここでやっと二人は人間らしい、というかほとんど人間らしい接触への渇望を、堪能するまで満たすことができるはずだ。何の妨害もなく、文句もつけられずに……。そのときふと、誰か見ているのではないか、突然大声で笑われたり皮肉な嘲《あざけ》りを浴びせられるのではないかという思いにとらわれて、マイルズの気持ちは防御するように構えた。神経質なのは、自分でつくった規則を破っているからだろうか。外部の人間でタウラとの関係を理解してくれる者がいるとはとうてい思えない。

自分だって理解しているのかどうか。以前はスリルがあるからとか、山登りにとりつかれているのだとか、背の低いやつの究極のセックス・ファンタジーだとかいったかもしれない。最近では、死に対抗する生命の息吹《いぶき》といったところか。たぶんそのほうが単純だろう。でなければ、単なる愛かもしれない。

かなりの時が過ぎて、目覚めたマイルズは眠っているタウラを見つめた。彼女の信頼は計り知れず、彼が身じろぎしたぐらいでは、ふだんのように瞬時に目覚めたりはしなかった。ふだんなら遺伝子プログラムされた駆動装置が目覚めさせるのに。いろいろあるタウラの魅力的な反応のなかでも、マイルズのおかげで眠れるという事実は、彼女の内面の歴史を知る者としてもっとも嬉しい反応だった。

くしゃくしゃになったシーツでなかば覆われたタウラの象牙色の長いからだの上で、光と影が戯《たわむ》れているのを彼はじっと見つめた。曲線に沿って肌から数センチのところで手を泳がせ、金色の肌から立ちのぼる熱い熱気に乗せてみた。柔らかな息づかいにつれて影が踊る。その呼吸はいつものとおり、普通の人間よりは多少深く多少速かった。彼はそれをゆるめてやりたかった。残された日々どころか、呼気と吸気の回数が残り少なくなり、それをすべて使いきってしまうと……。

――タウラは試作品仲間のなかで唯一の生き残りだった。試作品はみな、おそらくなにがしか、遺伝子に短命をプログラムされていたはずだ。これは、おそらくなにがしか兵士に勇気を教えこむための、フェイルセーフ機構のたぐいだったのだろう。短命の者のほうが長命の者より戦場では犠牲にしやすい、という漠然とした理屈から出たものではないだろうか。マイルズはその研究者たちが、勇気や命をほんとうに理解していたとは思えなかった。スーパー兵士の死は足早に訪れ、限りある命から徐々に引き離されていって関節炎を病《や》む老年期などはない。数週間、あるいは長くても数ヶ月苦しむだけで、その激烈に生きた人生と同じようにデザインされているかのようだ。命の炎はめらめらと燃えつき、恥にまみれることのないように急激に衰えていく。マイルズはタウラのマホガニー色の髪のなかで銀色に光っているものをじっと見つめた。去年はなかったものだ。〈なんてことだ、まだ二十二なのに〉

デンダリィ艦隊軍医はタウラのからだを注意深く調べて、この猛烈な代謝をゆるめる薬を与えている。だからいまでは、二人前の食事ですむようになった。以前のように四人前ではなく。一年一年、熱い金色のワイヤをスクリーン越しに引くようにして、彼らはタウラの命を引き延ばしてきた。とはいえ、いつかはそのワイヤが跳ね返るにちがいない。

あとどれくらいの時間があるのだろう。一年？　二年？　つぎに自分がデンダリィ隊に帰ってきたとき、彼女はまだそこにいるだろうか。みんなのまえでは普通に、「お帰りなさい、ネイスミス提督」と挨拶し、二人きりになったときは、粗野で耳障りな声だとはいわないが、はしたない大声で、「よお、マイルズ！」と叫ぶだろうか……。

〈彼女が愛したのがネイスミス提督でよかったよ。ヴォルコシガン卿では、とても対応しきれない〉

それからマイルズは少々後ろめたい気持ちになって、ネイスミス提督のもう一人の恋人のことを思った。公《おおやけ》に認められているクインのことだ。美しいクインと恋仲になったことの説明やいいわけはべつに必要ないだろう。クインがマイルズにふさわしいのは自明のことだ。もっとも、正確にいうと彼はエリ・クインに対して不実なわけではない。タウラのほうが先客だからだ。それにマイルズとクインは何の誓約も交わしていないし、宣誓も約束もしていない。といっても、求婚しなかったわけではない。マイルズはいやになるほど何度もクインに求婚した。ところがクインが愛しているのもやはりネイスミス提督で、ヴォルコシガン卿ではなかった。宇宙生まれのクインにとっては、いつも〈片田舎の泥の球〉と決めつけている惑星上にレディ・ヴォルコシガンになって永久に閉じこめられるのなんか、悲鳴を上げて逆方向に逃げ出すか、少なくとも当惑して席を立つのがふさわしい事柄なのだった。

ネイスミス提督の恋愛関係は、若者が夢見る理想のようなものだ。何の制限もなく、ときには驚くべきセックスもあり、それでいて何の責任も伴わない。なぜそれが、もうつづきそうもない気がするのだろう。

マイルズはクインを愛している。彼女の活力と知性とやる気を愛しているし、軍隊生活に対する情熱を分かちあっている。これまでに得たなかで最高の友人だ。ところが結局、彼女がマイルズに申し出たのは……不毛な関係にすぎなかった。もはや彼女とのあいだに未来はない。バズと結ばれたエレーナや、タウラとの関係と同じように。〈タウラはもうじき死ぬんだ。ああ、切ないな〉

ネイスミス提督から逃げ出してヴォルコシガン卿にもどったらほっとするような気がする。ヴォルコシガン卿にはセックス・ライフはない。

マイルズは考えこんだ。それにしても……いつそんなことになったのだろう。自分の人生にその……欠落が生じたのはいつからだろう。〈かなりまえのようだな、実際には〉奇妙だ。いままでそれに気づかなかった。

タウラがうっすら目をあけると、蜂蜜色の光が見えた。タウラはマイルズに牙を見せて、眠そうな笑みを浮かべた。

「腹へったかい？」返事はわかっていたが、マイルズは訊いた。

「ええ」

しばらく二人で、うきうきと船の厨房《ちゅうぼう》から出された長いメニューを吟味《ぎんみ》したあと、大量のオーダーを打ちこんだ。タウラといっしょだと、食べ残しの心配をしないでほとんど全種類をひと口ずつ試すこともできる、と気づいてマイルズは元気が出た。

ご馳走を待っているあいだ、タウラはベッドの上に座って重ねた枕に寄りかかり、追憶にふけるように金色の目をきらめかせて彼を見つめた。

「わたしにはじめて食べ物をくださったときのことを、覚えている？」

「ああ。リョーヴァルの地下牢でね。あの不愉快な乾燥糧食棒《ラットバー》だろ」

「生《なま》の鼠《ラット》よりはラットバーのほうがましよ、いっときますけど」

「いまならもっとましなことができる」

「どんなふうに？」

せっかく救助されたのなら、救助されたままでいるべきだ。それが契約というものじゃないか。〈そしてそのあと、わたしたちはいつまでも幸せに暮らしました、ってわけだろ。死ぬまでは〉とはいえ、マイルズの頭を離れない恐るべき医療退役のことを思えば、さきにいなくなるのがタウラだと断言はできない。結局それはネイスミス提督だった、ということになるかもしれない……。

「あれはぼくの最初の人員救助だった。一風変わったやりかたではあったけど、いまだに最高の救助だったといえる」

「あなたにとっては、ひとめ惚れだったの？」

「うーむ……正直いって、ちがうね。はじめて見たときは恐怖に近かった。恋に落ちたのは、えーと、一時間後ぐらいだね」

「わたしもよ。あなたがもどってきたのを見てはじめて、真剣に恋しはじめたといっていいわ」

「知っているよね……正確にいうと、あれは出だしは救助特命じゃなかった」控えめないいまわしだ。〈実験を終了させるため〉という言葉は口に出さなかった。

「でもあなたは、それを救助特命にしてしまったんでしょう。あなたのお気に入りのやりかただと思うわ。あなたって、救助に向かっているときはいつでも、どんなに危険なことが待っていても、ふだん以上に元気になるような気がするわ」

「ぼくの仕事の報酬は、かならずしも金じゃないんだ。深い穴のなかから絶望的な人を助け出すのが快感だってことは認める。ほかの人間がみんな、そんなことはできないと思っているときは、なおさらだ。ぼくは目立つのが大好きだし、観衆はいつだって称賛してくれるからね」いや、ヴォルベルグは称賛しないだろう。

「冬の市でみんなにレバー・ペーストを配って歩くバラヤーの男の話をしてくれたことあるけど、その男にあなたは似ているのかしらって思うことがあるわ。みんなのことが好きだから、あげるのよね。それなのに誰も自分には何もくれないって、いつもいらついているの」

「ぼくは救助される必要はないよ。たいていの場合は」

昨年ジャクソン統一惑星に一時寄寓《きぐう》していたときのことは、忘れられない例外だ。もっともそのときの記憶には、三ヶ月の大きな空白があるが。

「うーん、救助じゃないわね、正確にいうと。救助の結果の自由よ。あなたは、できるときはいつも、その自由を人にあげている。それは、自分が欲しいものだからじゃないの」

〈そして、手にはいらないもの、か〉「いいや。ぼくが切望しているのは、アドレナリンの高揚さ」

ディナーが届いた。カート二台分。マイルズは人間の客室乗務員を戸口で追い払うと、タウラと二人でしばらくせっせと家庭的に動きまわって、料理をきれいに並べた。船室は相当な広さがあり、テーブルも折り畳み式ではなく、床に固定されたものだった。マイルズはちょびちょびつまみながら、タウラが食べるのを眺めた。タウラに食べさせていると、いつでも奇妙な幸福感が身内に湧いてくる。眺めているだけで感動する。

「そっちの、揚《あ》げたチーズをスパイスの効《き》いたソースで和《あ》えたやつも忘れずにね」と彼は指さして勧めた。「カロリーが高いのは確かだぜ」

「ありがとう」気のおけない沈黙がつづき、咀嚼《そしゃく》する安定した音だけが響いていた。

「満足した?」マイルズは訊いた。

タウラは星形に成形された、とろけるような味わいの濃厚なケーキをひと口呑みこんでから答えた。

「ええ、もちろんよ」

マイルズは頬をゆるめた。タウラには絶対に幸福の才能があると思う。現在にだけ生きているから、注意深く幸福を自分のものにしているのだ。あらかじめ知らされている死神は、彼女の肩に死肉をついばむカラスのようにいつも乗っているのだろうか……。〈そうさ、そう決まっている。だけどこのムードは壊さないようにしよう〉

「去年、ぼくがヴォルコシガン卿だと知っても、気にならなかったかい。ネイスミス提督が実在の人物でなくても」

彼女は肩をすくめた。「わたしにはとうぜんのことに思えたの。だって、わたしはずっと、あなたは変装した王子様にちがいないって思っていたんですもの」

「まさかそんな!」彼は笑い出した。

〈神よ、帝権から救いたまえ、アーメン〉それとも、あのときいったことではなく、いまいっていることのほうが嘘なのだろうか。ネイスミス提督が実在の人物で、ヴォルコシガン卿がマスクのように身につけるものなのかもしれない。ネイスミスの平坦なベータ風の発音は軽やかに舌から滑り出る。ところがヴォルコシガンのバラヤー風の喉音はもはや、意識して努力しないと出にくくなってきている。ネイスミスにはするりと簡単になれるが、ヴォルコシガンのほうは……骨が折れる。

「実際には」マイルズは彼女が話に乗るのはわかっていたので、さきほどの会話の流れにもどった。「自由が欲しくないわけではないんだ。無目的でいたいとか、あるいは、その……仕事のない自由、といった意味じゃないけどね」〈とくに仕事がない、って意味じゃない〉

「ぼくが欲しいのは自由時間じゃないんだよ――いま現在はべつにして」彼は急いでいいたした。タウラは励ますようにうなずいた。「欲しいのは……自分の天命なんだろうと思う。できるかぎり自分らしくある、または自分らしくなるってことだ」

だからネイスミス提督を発明したのだ。自分のなかの、バラヤーでは存在する余地のない部分をすべて手に入れるために。

このことは、くり返し考えたことだ。神だけがそれを知っている。ヴォルコシガンを永久に捨てて、ただのネイスミスになるという考え。機密保安庁の経済的、愛国的足かせを蹴飛ばして反逆者となり、デンダリィ自由傭兵隊とともに生きる銀河宇宙人となる。ところがそれは片道切符だ。なぜならヴォル卿にとっては個人の軍隊を所有するのは大逆罪で、はなはだしい違法行為であり、死刑に値する重罪だからだ。その道に踏みこんだが最後、マイルズは二度と故郷の土を踏むことはできなくなる。

おまけにそれは、父のために絶対にできないことだった。〝国守の父〟ひと息でいえる呼称。老父が生存していて、古いバラヤー風の望みを息子にかけているあいだはできない。もっとも、母が、どう反応するかはわからない。これだけ長いあいだバラヤーで暮らしていながら骨の髄までベータ人である母。その趣旨には反対しないだろうが、母は軍人になることにほんとうは賛成ではなかった。とはいえ正確にいうと、軍人になることに反対したわけでもない。知的な人間には、人生とのつきあい方にもっといい方法があるはずだ、という考えを口に出しただけだった。そして父が死んでしまったら……マイルズはヴォルコシガン国守となって、領地と、国守評議会の重要な選挙権と、日々の任務を抱えることになる……。

〈死なないでくださいよ、父上。長く生きてください〉

それに自分のなかには、ネイスミス提督がはいりこめない部分もあるのだ。

「忘れられない救助といえば」タウラの愛らしいバリトンがマイルズを現在に引きもどした。「あなたの可哀相なクローン兄弟のマークは、いまどうしているんですか？　あの人は自分の行く道をもう見つけたの？」

少なくともタウラは、マイルズのたった一人の兄弟を〝でぶのちびすけ〟などとはいわなかった。彼は感謝する気持ちで微笑みかけた。

「元気だと思うよ。ぼくの両親がセルギアールに発《た》つときマークもいっしょに出かけて、ちょっとだけ滞在したあと、ベータ植民惑星に行ったんだ。ベータにいる祖母が、母に代わって面倒を見ている。祖母の街にあるシリカ大学に登録して——会計学とか、いろいろなことを勉強しているんだ。気に入っているらしいよ、そういうわけのわからないものが。ぼくとしては、双子なら普通の兄弟よりもっと好みが合うはずだと思うんだけどね」

「たぶん人生の後半になったら、もっと似てくるでしょうよ」

「マークがもう一度軍隊とかかわることなんかありえないと思うけどな」

「ないわね。でもたぶんあなたのほうが会計学に興味を持つかもしれないわ」

マイルズは何いってるんだと思って、タウラを見上げた——ああ、なんだ。彼女は冗談をいっていたのだ。タウラの目尻に寄った皺で、それがわかった。ところが皺が伸びたあとには、鴉《からす》の足跡がかすかに残っていた。

「あいつと胴まわりが同じにならないかぎり、そんなことないさ」

マイルズはワインを口にふくんだ。マークの話からジャクソン統一惑星を思い出すと、低温蘇生のことが頭に浮かび、さらに歓迎せざる副産物が早晩出るかもしれない秘密の問題に思いが及んだのだ。それと同時に、低温蘇生の手術をしてくれたデュローナ医師のことも思い出した。亡命したデュローナ姉妹は、愛着があるとはいえない故郷を遠く離れてエスコバールにクリニックを設立して、実際にうまくやっているのだろうか。マークは知っているはずだ。このまえ連絡があったときの話では、マークはいまだにデュローナに資金を調達しているらしい。もしうまくいっているのなら、もう新しい患者を診《み》る用意もととのっているんじゃないだろうか。いや、むしろ古い患者といえるけど。まったくこっそりと行けば？

表向きはセルギアールに両親を訪ねるということで、長期休暇をとれるだろう。セルギアールからなら、エスコバールはひとっ飛びだ。そこでローワン・デュローナに会えさえすれば……。それよりも恋人に会う旅行のふりをすれば、もっとおおっぴらにイリヤンの目をごまかせるかもしれない。あるいは少なくとも父の目はごまかせる。機密保安官といえども、いい顔はされないが私的な生活をすることは許されているのだ。もっともイリヤン自身に恋人なんかいたら、マイルズには初耳だが。マイルズとローワンとのあの短い情事は一種の間違いとでもいおうか、マイルズがまだ低温記憶喪失から回復していないあいだに起こった事故だった。といっても、二人は喧嘩別れしたのではない、とマイルズは思っている。機密保安庁に見つからないように記録を残さずに治療してくれと、ローワンを説得できるだろうか。うまくいくかも……まったくこの頭のどこがいかれているのか知らないが、しっかり治して、そのまま誰にも知らさずに澄ましていればいい。そうだろう？

マイルズは心の隅で、機密保安庁への特命報告の長短両方の版を暗号カードに移さなかったことを、すでに後悔しはじめていた。あとになってもうすこし考える余裕ができるときまで、最終的な決定は残しておけばよかった。ひとつを提出して、もうひとつは食ってしまうにしても。だがもうやってしまったのだから、やったからには、幸運にまかせるだけでない計画が必要だった。

とにかくエスコバールだ。自分の予定が許すかぎり早めに。この故郷への旅程がエスコバール経由でないことが、どうにもくやしくてたまらなかった。

マイルズは椅子の背にもたれて、テーブルに所狭しと勝ち誇るように散らかっている皿やカップやグラスやボウルを眺めまわした。なんとなく戦闘のあとの情景のようだ……そう、タウラが通り抜けたあとのような。もはや掃討《そうとう》する敵は残っていない。彼は絹の布をまとったタウラの肩越しに、ちらっとベッドに目を向けた。

「さて、マイレディ。ひと眠りするかい。それともほかのことかな?」

タウラは彼の視線をたどった。「ほかのことよ。それからひと眠り」と彼女は決めた。

「おおせのとおりに」マイルズは腰かけたままでヴォル風のお辞儀をしてから、立ちあがって彼女の手をとった。「夜を奪い取れ」

4

ヴォルバール・サルターナ郊外の軍用シャトルポートには、運転手つきの機密保安庁の地上車が迎えにきていた。これは急使がもどってきた際のごく一般的な対応だった。車はそのまま、都心部にある機密保安庁司令部にマイルズを運んでいった。最後の角を曲がって司令部が目前にせまったとき、運転手に、スピードを落とすか、このブロックを二、三回まわるかして時間をかせいでくれないかと頼みたくなった。政府船で故郷に向かう二週間のあいだ、自分が陥っている窮地《きゅうち》のことばかり考えて苛立たしく過ごしたのに、まだ考えたりないとでもいうのだろうか。考えはもういらない、必要なのは実行だ。

運転手は保安庁の検閲所を通り、ゲートをくぐって灰色のどっしりした建物に車を寄せた。ただっぴろく、陰気で不吉な感じのする建物。そう感じるのは、マイルズの気の持ちようばかりではない。機密保安庁司令部はヴォルバール・サルターナでも有数の醜い建物なのだ。田舎から来た観光客は、普通ならこんなところは避けるものなのに、これを建てた建築家の興味深い噂につられて、ひとめ見ようとやってくる。その伝説の建築家は、庇護《ひご》者だったユーリ皇帝が突然この世を去ったあと、気が狂って死んだのだそうだ。運転手は威圧的なファサードのまえを通り過ぎて、目立たない脇口のほうにマイルズを送り届けた。急使、スパイ、情報提供者、分析官、秘書、用務員といった、実際的な用があってこの建物を訪れる人々のための出入口だ。

マイルズは運転手に手を振って車を帰すと、最後の最後までためらって、秋の午後のひんやりした外気のなかに佇《たたず》んでいた。あの精根こめて練《ね》りあげたプランは絶対にうまくいかないだろうという、気の滅入るような確信があった。

〈うまくいったとしても、ことが露顕《ろけん》して逮捕されるのを恐れて、首をすくめて過ごすことになるだろう〉だめだ。とてもやりとおせない。自分で選択の余地がないようにしてしまったのだから、手を入れた暗号カードを提出するほかないが、渡したあと（そしてイリヤンがそのとんでもないものに目をとおす余裕がないうちに）口頭で報告して完全な真実を伝えよう。自分に医学上の疵《きず》が残っていることを知ったのはごく最近のことで、暗号で記録する余裕がなかったのだ、というふりはできる。敏速かつ適切に、問題をイリヤンに投げ渡して判断を委ねるのだ。どっちみちマイルズには、これ以前に故郷に知らせることは物理的に不可能だった。

このままもうしばらく冷やかな外気のなかに佇んで、入口の上の花崗岩《かこうがん》の横木に浮き彫りされたいくつかの様式的な怪物——どこかのまぬけがつくりそこねたへしゃげたガーゴイル

――をしげしげ眺めているようなふりをしていても、警備兵が近づいてきて丁重に鋭い質問を浴びせられるだけだ。気持ちを固めた彼は、脱いだ軍用の厚いコートをきれいにたたんで腕にかけ、グリーンの上着の胸に暗号カードのケースを抱きしめてなかにはいっていった。

受付の事務官は何もいわずに、通常の機密ＩＤ処理でマイルズを通した。何もかも、いつものとおりだ。コートは受付に置いていった。これは軍の売店では手にはいらない、特殊な体型に合わせて仕立てさせた注文服だった。めったにはいれないはずのイリヤンのオフィスに護衛なしで行くのを許されるということは、マイルズの機密認可がかなりのものだからだ。ふたつのリフトチューブを乗り継いで上がり、さらに三つめので下ると、目的のフロアに行き着く。

フロアに着いて、通路にある最後のスキャナーを通過したところで、長官室付属事務室のドアが開いているのに気づいた。イリヤンの秘書は自分の席で、惑星内業務部長《ドメスティック・アフェアズ》のルーカス・ハローチ将軍と話をしていた。マイルズにはこの称号は家庭の情事《ドメスティック・アフェア》に聞こえて、退屈した妻たちを相手にするジゴロを思い浮かべてしまうのだが、実際には軍のなかでもきわめて面倒でありがたくない部署のひとつなのだ。反逆罪になりそうな企《くわだ》てとか反政府グループとかを、厳密にバラヤー惑星上で追跡する仕事だ。これと対《つい》の部署にいるのがアレグレ将軍で、征服された反抗的な惑星コマールにおける同じ内容の仕事をしている。

マイルズがふだん関わりのあるのは銀河業務部長だ――マイルズの見解では、こっちのほうがずっと異国風で気をそそられる称号だった。もっともイリヤンから直接指示を受けずにそことかかわるのは稀《まれ》だった。銀河業務部はコマールに置かれている。バラヤーからワームホール・ネクサスへつながる唯一の出入口であるジャンプ点はこの惑星で警備しているが、今回はバラヤーへまっすぐもどるルートをとり、コマールには立ち寄らなかった。

〈ということは、緊急なのだとみなすべきだな〉マイルズのよくないニュースからイリヤンの注意をそらすことができるほど、緊急の用件なのかもしれない。

「こんにちは、大尉。しばらくです、ハローチ将軍」

ここにいるなかでは自分の階級がいちばん下だと思われているはずなので、マイルズが二人のどちらへともなく敬礼すると、彼らは気楽な敬礼を返した。マイルズはイリヤンの秘書はよく知らない。この男がこの重要な地位についてほぼ二年になる。ということは、マイルズのほうがイリヤンの部下としては六年ほど先輩だと、いおうと思えばいえるのだ。

秘書は暗号カードのケースを受けとろうと手を出した。「報告書ですね、けっこうです。そこにサインしてください」

「これは……長官に自分で渡したいんです」マイルズは閉ざされている長官室の扉を顎で示した。

「だめですよ、今日は。長官はいません」

「いない？　わたしとしては……少々口頭でつけ加える必要があるんです」

「代わりに聞いておいて、長官がもどったら伝えましょう」

「じきにもどられますか？　待ってもかまいませんが」

「今日はだめです。出かけていて首都にはおられません」

くそっ。

「では……」マイルズがしぶしぶと、ケースを正規の受けとり手に渡し、通信コンソールの読みとりパッドに掌《てのひら》を四回押しつけて確認すると、書類の引き渡しはすんだ。「それで……長官からわたしに命令は残されていませんか。わたしが到着する日時はご存じのはずですが」

「はい中尉、聞いています。長官から呼び出しがあるまで休暇をとれということです」

「緊急の呼び出しかと思ったんですけど。だったらなぜ、最初の船で急いで帰郷させたんでしょう。この数週間船のなかに閉じこめられて、休んできたばかりですよ」

「わたしには何ともいえませんね」秘書は肩をすくめた。「ときには、機密保安官も軍人だということを思い出すんですね。ただちに帰宅して待機してください」

この男からは、非公式な情報など引き出せそうもなかった。だがそんなに待たされるのだとすると……いったんはあきらめかけていた、こっそりエスコバールに行って内緒で治療を受けるというずるい計画が、ふたたび泥沼のなかから頭をもたげた。

「休暇、なんですね？　セルギアールにいる両親のもとを訪れるくらいの時間や許可はもらえますか」

「だめでしょうね。通告から一時間以内にここへ出頭できる場所に待機していることになっています。首都を離れないようにしてください」がっかりしたマイルズの顔を見て、相手はつけ加えた。「残念ですね、ヴォルコシガン中尉」

〈ぼくの半分も残念がっていないのに〉マイルズは自分のつくったもっともらしいモットーを思い出した。〈どんな戦闘計画もひとたび敵とまみえれば通用しなくなる〉

「では……イリヤン長官のご都合がつきしだい、できるだけ早くお目にかかりたい、とお伝えください」

「はい、かならず」秘書はメモした。

「ところで、ご両親はお元気ですか、ヴォルコシガン中尉？」

ハローチ将軍が丁重にたずねた。ハローチは髪の白くなりかけた五十代の男で、多少皺のよった通常軍服を身につけていた。マイルズはハローチの声が好きだ。豊かで深みがあり、ときにはユーモラスに聞こえる。西部の領地のお国訛《なま》りが、首都に何年もいるわりにはとりきれずにかすかに残っているのだ。機密保安庁の中枢部では、その部署のこともあって手ごわい相手だという評判だが、そういった評価は外部にはほとんど知られていなかった。マイルズにはよく理解できるジレンマだ。ハローチが機密保安庁に落ち着いたのは、マイルズより一、二年前だ。といっても、ハローチのような部署に十年もいたら、誰でも白髪《しらが》は増えるし胃の痛みも増すことだろう。

「最近のことは、おそらくわたしより閣下のほうがよくご存じではないでしょうか。家からの便りはコマールの銀河業務司令部にきたあとで、わたしのほうにまわされるのだと思います」

ハローチは両手を開いて肩をすくめた。「いや、そうともいえない。長官はわたしの部門からセルギアールを分割して、コマールと同等のセルギアール業務部を創設なさったんですよ」

「べつの部をつくっても、そうそう仕事があるわけでないのは確かですね」とマイルズ。「その惑星に植民してからまだ三十年経《た》っていないし、人口も百万に達していないでしょう？」

「百万にやや足りないくらいですね」秘書が口をはさんだ。

ハローチはいくぶん憂鬱《ゆううつ》そうな笑みを浮かべた。「わたしは時期尚早《しょうそう》だと思ったんだが、高名なるヴォルコシガン国守総督の要求は……いきなり出される傾向がありますからね」ハローチはまぶたを軽く伏せ意味ありげな顔をマイルズに向けた。

〈くだらない身贔屓《みびいき》をほのめかすのはやめてくださいよ、ハローチ。あなたはぼくのほんとうの仕事を知っているじゃありませんか。それに、ぼくがそれをうまくこなしていることも〉

「わたしには、楽なデスクワークがまたひとつ機密保安庁にふえたように聞こえますけどね。植民者はあくせく働くのに忙しくて、反乱を進める余裕なんかないでしょう。そういうポストなら、わたしが志願すべきかもしれませんね」

「いや、もうすでに埋まったらしいですよ。オルシャンスキー大佐で」

「ほう？　彼は堅実な人だと聞いています。セルギアールはたしかにワームホール・ネクサスの重要な戦略的位置にありますが、銀河業務部に従属するのだと思っていました。イリヤン長官は将来のことを考えているんでしょうね」といったあと、マイルズはため息をついた。

「わたしはうちにいたほうがよさそうですね。こちらから呼び出しがあったとき、ヴォルコシガン館《やかた》にいればすぐ見つかるでしょうから」

秘書は口を曲げて、気味の悪い笑みを浮かべた。「なに、どこにいたって見つかりますよ」いかにも機密保安庁らしい内輪のジョークだった。マイルズはお愛想にちょっとだけ笑ってさっさと逃げ出した。

マイルズが出口に通じる最後のリフトチューブ・ホールに着いたとき、ちょうどそこにやってきた通常軍服姿の大尉にばったり出会った。黒髪の中年の男で、腫れぼったいナツメグ色の目は鋭く、肉づきのいい小鼻がローマ風の横顔に鎮座している。旧知の仲だがまったく思いがけない人物だ。

「ダヴ・ガレーニ！　こんなところで何をしているんです？」

「いやあ、しばらく、マイルズ」ガレーニは微笑を浮かべた。ガレーニにとってはこれが微笑だが、嬉しそうな渋面《じゅうめん》といった程度だ。まえに会ったときより多少年をとり多少太ってはいるが、リラックスして自信ありげに見えた。「もちろん働いているのさ。もう一度ここに配置されるように申請したんだ」

「このまえ会ったのはコマールで、割り当てられた対敵諜報の仕事をしてましたよね。これは昇進ってことですか。現場の仕事をやめて、突然デスクワークに憧《あこが》れるようになったんですか？　それとも帝国の権力中枢の放射熱かなんかで温まりにきたってわけ？」

「そういったことすべてに加えて……」ガレーニはほかに人がいないのを確かめるように、ちらりとまわりを見まわした。この迷宮のまんなかで、そんな神経を使うどんな秘密をささやこうっていうんだろう。「女の問題があってね」

「なんてこった。まるで従兄弟《いとこ》のイワンみたいな口ぶりじゃないか。あなたが、女だなんて。それでどんなことなんです？」

「きみにわたしをからかう資格はないぞ。いまだに、あの畏敬《いけい》すべきクインとの、あー、羨《うらや》ましい関係をつづけているんじゃないのか」

マイルズはクインとの最後の喧嘩を思い出して、ひるみそうになるのを抑えた。「まあ、そんなところだけど」

できるだけ早い機会にもどって、クインとの仲を修復しないと。クインは態度を和《やわ》らげてペリグリン号のシャトル・ハッチまで見送ってくれたのだが、別れの挨拶は儀礼的で堅苦しいものだった。

「そら、おさかんじゃないか」ガレーニは雅量《がりょう》のある口ぶりでいった。「ぼくのいっている女性はコマール人で、トスカーネ一族の出なんだ。コマールで実業理論で博士号をとったあと、一族の経営している積み換え業務の会社にはいった。いまは全コマールの輸送利権を代表する貿易団体づきの、常任ロビイストとしてヴォルバール・サルターナに配置されている。いわばコマールと帝国のあいだのインターフェイスといったところだね。頭のいい女性だよ」

史学の博士号をとって帝国軍に入隊することを許された最初のコマール人のガレーニがいうことだから、これはすごい称賛の言葉だ。

「それで……彼女にいい寄ろうってんですか、それとも自分の部署に雇おうとでも考えているんですか」

ガレーニは、なにやら頬を赤らめたようだった。「真面目な話なんだ、ヴォルコシガン」

「それに野心的ですね。彼女があのトスカーネ一族の子弟だとすると」

「わたしだって、かつてはあのガレン一族の子弟だった。ガレンという言葉が特別な響きを持つとみなされていたころにはね」

「じゃ、一族の運勢を盛り返そうと考えてるんですか」

「うーん……時代は変わったんだ。そんなものは、もうもどってこない。だがこのさきの運勢は変わるよ。ぼくも自分の人生に多少の野心を持ってもいいころだと思ってね。そろそろ四十になるんだよ」

「それに見たところ、完全にもうろくする瀬戸際でよろめいているらしいし」マイルズはにやっとした。「それじゃあ、おめでとう。おめでとう、幸運を祈るといったほうがいいのかな」

「幸運をつかめると信じている。それとも、はまだ早い。だけどじきにその番が来ると思う。ところできみのほうはどうだい?」

〈いまのところ、ぼくの恋愛事情はすっかり複雑化しているのさ。というかとにかく……ネイスミス提督のは〉「ああ! 仕事のことですね。ぼくは、あー……いまは仕事はないんです。ちょっとした銀河ツアーからもどったところで」

ガレーニは眉をひそめて、わかったという顔になった。彼がデンダリィ傭兵隊とネイスミス提督に出会ったのはもう数年前になるが、いまだにその記憶は鮮明にちがいない。

「これから上がってなかにはいるところかい。それとも降りて外に出るのか」

マイルズは下降チューブを指さした。「うちにもどるところですよ。数日間の休暇をもらって」

「それでは今度は街で出会うことになるね」ガレーニは上昇チューブにひらりとはいり、挨拶代わりにマイルズに向かって陽気に軽く敬礼した。

「だといいけど。気をつけて」マイルズは反対側を降りて、地上階で外に出た。

脇口の警備デスクのまえで、マイルズはどうしようかちょっと迷って足をとめた。これまで機密保安庁での報告を終えて帰るときには、親衛兵士か召使いが運転する車を国守のガレージから呼ぶか、さもなければむしろこっちのほうが多いが、イリヤンの巣を出るとそこに車が待っているのを見つけたものだった。ところがいまは、親衛兵士も召使いも車も、館に付属するあらゆるものが、国守や国守夫人とともに館を引きはらってセルギアールの総督宮殿に行ってしまっているのだ。(もっとも母の手紙には、宮殿と呼ぶのはまったくの見当ちがいだと皮肉っぽく書いてあった)となると機密保安庁の駐車場から、一台徴発すべきなのだろうか。それともタクシーを呼ぶべきだろうか。といっても、ここに来るタクシーは、あらかじめ機密保安庁が綿密に調べあげたものであることは確かだ。それにわずかばかりの荷物は、シャトルポートから直接家に届けてある。

外は寒々《さむざむ》として薄暗かったが、雨は降っていなかった。それにいままでかなりの日数を、議論の余地なく狭苦しいジャンプ船(速いことは速いが)で過ごしていたのだ。マイルズは厚いコートを受けとると外に出た。つねにボディガードをつけよという命令は、結局のところ銀河の旅のあいだのことにすぎない。

機密保安庁司令部とヴォルコシガン館はどちらも旧市街にあって、四キロほどの距離だった。

〈うちまで歩いていくとしよう〉

マイルズが最後の角を曲がってヴォルコシガン館のある通りに出たとき、薄暗い午後だったのがいよいよ暗くなって霧雨が降りはじめた。彼はそのタイミングのよさにほっとした。四キロを……そう、いまだかつてない速さで、とはいわないが、とにかく歩いても息切れはしていない。六ヶ月前だったら、すっかり息が上がっていただろう。

きびきび歩いたからといって……人目を引くようなことではない。都心の大通りは午後になってからは交通量が増し、人通りも激しかった。それぞれ自分の仕事のために急いでいる人々は、軍服を着て大股に歩いている小男に、ほとんど目を向けようとしなかった。じっと見つめられたり、失敬な身振りや文句を浴びせられることもなく、ミュータントに対する古い呪《まじな》いの印をつきつけるようなこともまったくなかった。足の長さのちがいや補助具から解放されて、背中の湾曲がほとんどなくなったことでこれほどちがうのか。それともバラヤー人のあいだにも変化が出てきたということなのだろうか。

このブロックはかつて、古い建築様式の三つの邸宅で占められていた。端のひとつはマイルズの父が摂政だった時期に保安上の理由から帝国が買いあげて、いまはあまり重要でない役所として使われている。もういっぽうの端にあったものは、もっと荒れはてて排水に問題があったために解体されて、いまでは小さな公園に変わっている。一世紀半前、それらが建てられた時代には、馬車や馬上の人々が通り過ぎるのを、大きな邸宅が威風堂々と見下ろしていたにちがいない。現在では二つの建造物は、通りの向かい側のもっと高い近代建築によって影が薄くなっている。

ヴォルコシガン館はそのブロックの中央にあって、道路ぎわの細長い芝生と半円形の車寄せのなかに作られた花壇のぶんだけ、通りからひっこんで建っている。邸宅をとり囲む石塀の上には、練鉄《れんてつ》製の黒い忍び返しがつけられている。大きな灰色の石を積み重ねた四階建てのふたつの主翼に、雑多なおまけのでっぱりを加えて、古い巨大な建築物は聳《そび》えていた。あとここに欠けているのは、細い窓や堀ぐらいのものだ。〈それに飾りとして、こうもりと大鴉《がらす》がいればもっといい〉バラヤーには地球から来たこうもりはほとんどいない。それというのも、地球の昆虫はこうもりの餌になるほどいないし、虫《バグ》という誤った呼び名をもらっている土着の生物は、摂食《せっしょく》するとたいてい毒性があるからだ。塀のすぐ内側に設置された力場スクリーンは現実的な防御力を発揮していて、ロマンチックなこうもりが紛《まぎ》れこむ余地がない。門の横にあるコンクリートの小屋には門衛がいる。摂政の全盛期には、機密保安庁警備兵の三小隊が終日体制で交代勤務し、邸宅の周囲はいうに及ばず数ブロック先まで歩哨《ほしょう》が立って、政府要人が慌ただしく出入りするのを見守ったものだった。

いまは門衛が一人いるだけだった。その若い機密保安庁伍長はマイルズの足音に気づいて、あいていた入口から外を覗き、出てきて敬礼した。新任の警備兵で、マイルズには記憶がなかった。

「お帰りなさいませ、ヴォルコシガン中尉」と若者はいった。「お待ちしておりました。旅行鞄《かばん》は二時間ほどまえに着いています。スキャンしてすっかり調べましたので、いつでもお持ちになれます」

「ありがとう、伍長」重々《おもおも》しくマイルズは敬礼を返した。「こっちでは、最近何か面白いことはあったかい」

「たいしたことはありません、国守閣下と夫人がお出かけになってからは。それ以来でいちばんの騒ぎになったのは、ある晩野良猫がスキャナー・ビームを横切って、拘束場に捕まったときでしょうか。猫があんな大声を出すなんて知りませんでした。きっと猫のやつは、殺されて食べられるとでも思ったんでしょう」

マイルズは、門衛小屋の壁際の床に置かれている、空《から》になったサンドイッチの包み紙と小さなミルク皿に目をとめた。小屋の奥にある小部屋の狭い入口からは、ずらっと並んだ周辺監視用ホロビッド・ディスプレーの青白い光が、ちかちか洩れていた。

「それで、あー……そうなったのかい。つまり死んだのか」

「いえ、死にませんでした。さいわいに」

「よかった」

旅行鞄に手を伸ばしたマイルズは、遅ればせながら気づいて手渡そうとした警備兵と変なとりあいをしてから鞄を受けとった。皿の横の警備兵の椅子の陰から、黄緑色の目が用心深くこそこそこちらを窺《うかが》っている。興味深いことに、若い伍長は制服の胸に黒くて長い猫の毛を飾りにつけていて、手には治りかけの深い引っ掻き傷があった。勤務中にペットを飼うことは、著《いちじる》しい軍規違反だ。だが一日九時間、この小さな掩蔽壕《えんぺいごう》に足どめされて……退屈しているに決まっている。

「掌紋《しょうもん》ロックはすべて中尉に合うようリセットされています」警備兵は親切そうに言葉をつづけた。「何もかも再度チェックしました。二度やりました。それをお運びしましょうか。こちらにはいつまで滞在なさいますか。今後はどういう……ご予定でしょうか」

「さあわからないね。わかったら知らせる」若者は明らかにちょっとした会話に飢えているようだったが、マイルズは疲れていた。〈たぶんあとでな〉マイルズは背を向けてとぼとぼ車寄せのほうに歩きかけたが、もう一度もどってきた。「何て名前をつけたんだい」

「はあ?」

「猫だよ」

かすかな狼狽の色が若者の顔をよぎった。もちろんペットに関する軍規を思い出したのだろう。「あのう……ザップです」

少なくとも正直者だ。「ぴったりだね。がんばれよ」

マイルズは、機密保安庁分析官が別れに使うような敬礼をした。二本の指を立てて額のあたりで振るといったやりかただ。機密保安庁分析官というものは相手のＩＱが自分より低いと判断すると、誰であろうとあまり敬意を払わない。ということは、帝国軍のほとんど全員がそこにふくまれるのだ。警備兵は感謝のあふれた敬礼をぱっと返した。

〈いったいいつから機密保安庁は、うちにガキの門衛を寄越すようになったんだろう？〉マイルズの父の時代に歩哨をしていた断固とした兵士たちなら不運な猫をその場で処刑し、装置とか爆弾とかが隠されていないかどうかをあとでスキャンするために、死骸をほかへ持っていったはずだ。このガキは少なくとも……〈機密保安庁所属の首都勤務でその階級なら、少なくとも二十一歳にはなっているはずだ〉マイルズはかすかな良心の呵責《かしやく》を感じながら、車寄せを上がり、玄関ポーチの下にはいって雨を避けた。霧雨はいつか本降りになりはじめていた。

玄関ドアの右手にある掌紋ロックのパッドを押す。ドアはマイルズを認めたといわんばかりに荘重《そうちよう》かつ優雅に左右に開き、敷居をまたぐと背後でふたたび閉じた。自分でドアをあけるというのは、ひどくおかしな気分だった。これまではかならず銀色と茶色の制服を着たヴォルコシガン家の親衛兵士がそこに控えており、マイルズに気づいて出迎えたものだった。

〈このドアはいつ自動になったのだろう〉

黒と白の石を敷きつめた大きな玄関ホールは寒々として薄暗かった。雨と陰鬱《いんうつ》な夕闇が光はじめてのことだった。マイルズは照明をつけるため「明かり!」と叫ぼうとしたが、考えなおして旅行鞄を下におろした。生まれてからこのかた、ヴォルコシガン館で一人きりになるのはじめてのことだった。

「マイルズ、ここにあるものはみんな、いずれおまえのものになる」

影に向かって試すようにささやきかけてみた。すると自分の言葉のエコーが、ぎすぎすと軋《きし》んでモザイクの床から跳ね返ってきたように思われた。マイルズはかろうじて身震いをこらえた。それから右に足を向け、ゆっくり屋敷のなかをまわりはじめた。

隣の部屋にはいると、絨毯《じゅうたん》がブーツの重い足音を消した。家具は半分ほどになっているが、残された家具はどれもこれも、幽霊のように白い布で覆われていた。それから一階をすっかりまわってみた。ここは記憶よりも大きいような気もしたし、小さいような気もした。わけのわからない矛盾《むじゅん》だ。

そのあと、東翼の地下二階を占めているガレージを点検した。マイルズ自身のライトフライヤーが、片隅にきちんと寄せて置かれていた。べつの隅には、贅沢な造りで磨きあげられてはいるものの時代後れになった、ぶかっこうな装甲地上車の姿があった。マイルズは自分の戦闘アーマーを思い出した。〈頭のいまいましい故障が治るまで、地上車もフライヤーも試すべきじゃないな〉ライトフライヤーは、発作が起きて自分が死ぬ危険性がある。地上車で殺《あや》める恐れがあるのは、路上にいる人々だ。去年の冬、予想どおりに治ってきていると思いこむまでは、気楽そうに人に乗せてもらうのがすっかり板についていたものだった。

マイルズは裏階段のひとつを上がって、地下一階にある大厨房《ちゅうぼう》に行った。子どものころ、ここはいつ来てもご馳走と話し相手がふんだんに待っている、子どもにとって興味を駆り立てられる場所だった。コックや親衛兵士や召使いといった忙しげな人々がここにはあふれていて、ときには腹をすかせた摂政閣下までがスナックを探しに現れたものだった。台所用品はまだいくらか残っているが、食べ物はすっかり運び去られて、食料貯蔵室も冷凍室も冷蔵庫も電源が切られて生温かく、何ひとつ残っていなかった。

マイルズはいちばん小さな冷蔵庫の電源を入れた。ここにしばらくいるようなら、食料を手に入れねばならない。あるいは召使いを。召使いは一人でじゅうぶんだろう。といっても見知らぬ人間を入れるのはいやだから……最近年金を得てこの館から引退し、近くに住んでいて、頼んだら数日間来てくれそうな者がいいかもしれない。だが、そう長くいないかもしれないし。出来あいの食べ物を買ってくるほうがいいかも……軍の給食はまっぴらだけど。気温や湿度の制御された貯蔵室には、感動するほどの量のワインやそのほかの洋酒が長年寝かせて蓄《たくわ》えられていた。ここもヴォルコシガンの掌紋でしか開かないのだ。マイルズは祖父の代に寝かせた、特別に味わい深い赤のワインを二本持ち出した。

リフトチューブのスイッチを入れるまでもないと思ったので、そのワインのボトルと旅行鞄を抱えて、脇翼の三階にある、裏庭が見える自分の部屋まで曲がりくねった階段を登っていった。階段では声をかけてライトをつけた。本物の夜が訪れて暗闇でつまずくのは、くよくよ悩むよりも危険なことになりそうだったからだ。部屋のなかは出かけたときのままだった……たった四ヶ月前のことなのだろうか。小奇麗に片づいていて、誰もここで実際に暮らしたことがないようだ。そうだな、去年の冬にはヴォルコシガン卿としてかなりの期間ここでだらだら過ごしたのだが、体調がいまいちだったからたいして波風も立たなかったのだ。

〈何か食べ物を注文してもいいんだ。門衛に分ければいいし〉とは思ったが、じつはあまり空腹は感じられなかった。

〈何でも、したいことができる。まったく何でも〉

たったひとつ、ほんとうにやりたいと思っていることを除いて。それは今夜ここを発《た》ち、できるだけ出発時間の早いジャンプ船に乗って、エスコバールか、あるいは同じくらい医療技術の進んだ惑星の銀河港に向かうことだ。彼は言葉は出さずに唸った。だが旅に出る代わりに旅行鞄を開いて持ち物をきちんと片づけ、ブーツを脱ぎ制服を吊るして、着心地のいい古い船内用ニットを身につけた。

それからベッドに座りこんで、洗面所のコップにワインを注いだ。このまえデンダリィ隊と遠征に出かけていたあいだは、アルコールとか、薬とか、薬に近い物質とかはすべて摂《と》らないようにしていた。ところが、ときたま不規則に起こる発作にとっては、どっちみち同じことだったのだ。イリヤンと会うときまで、このヴォルコシガン館で一人おとなしく待っていれば、たとえまたおかしなことが起こっても、少なくとも目撃する者は誰もいない。〈ひと口飲んでから、食べ物を注文しよう〉明日になったら、べつの攻撃計画を立てられるだろう……脳神経のなかに潜んでいる破壊工作員を攻撃する計画を。

　ワインはいぶしたような、豊かで温かい味わいで喉を滑り下りた。緊張をとるのに、以前よりも多くのアルコールが必要らしかった。これは簡単に解決する問題だ。感度が鈍ったのも低温蘇生の副作用のひとつかもしれないが、ひょっとすると単に年齢のせいかもしれないと思うと憂鬱になった。ボトルの三分の二ほど飲んだところで、眠りに落ちた。

　翌日の昼ごろには食料問題が切実になってきて、朝食代わりに服《の》んだ鎮痛剤も役に立たず、コーヒーもお茶もないので、すっかり絶望的な気分になっていた。〈ぼくは修練を積んだ機密保安官じゃないか。こんな問題ぐらい解決できるぞ〉これまでの年月、誰かが食料品店に出かけていたにはちがいないのだ……いや、そういえば、台所の補給品は毎日リフトバンで配達されていた。親衛兵士がそれを点検していたのを思い出した。主任コックは中隊の補給係将校と同程度の任務を担っていて、国守および国守夫人、二、三十人の召使いと二十人の親衛兵士、そしてその扶養家族たち、さらにすぐ空腹になる機密保安庁の警備兵たち（といってもスナックをねだるぐらいだが）の栄養学的兵站《へいたん》業務を受け持ち、しばしば開かれた公式晩餐会やパーティーや来賓《らいひん》が数百人に及ぶレセプションをさばいていたのだ。

まもなく、厨房の奥のコックの個室にあった通信コンソールが、マイルズが探していたデータを吐き出した。定期的に業者が入っていたのだ――信用取引は閉じられているが、もちろん再開できるはずだ。だが品物のリストは驚くべき規模で、その価格はさらに驚くべきものがあった。卵にはいったい何マルク払っていたんだろう――ほう。単位は梱包《こんぽう》された十二ダースの卵だった。十二個ではない。百四十四個の卵があったら何ができるか、マイルズは想像しようとした。十三歳のときだったら、何か思いついたかもしれない。人生では機会が訪れるのが遅すぎるということがときにはあるものだ。

そのつぎはホロビッド案内で調べた。いちばん近くにある店は六ブロック先の小さな町なかの食料品店だった。またまた難局だ。思い切って運転するか。〈そこまで歩け。帰りはタクシーに乗ればいい〉

行ってみると、そこはみすぼらしい店だったが、コーヒーもお茶もミルクも、適切な数の卵もあったし、即席カラスムギの小箱や、〈既製食《レディ・ミール》〉というラベルのついたパッケージにはいった品物まであった。マイルズは味つけが五種類あるレディ・ミールをふたつずつとって積みあげた。それから衝動的に、ホイルで包まれたぐにゃぐにゃの、猫が好きそうな匂いのついた高価なキャットフードも五、六個つかみとった。それで……門衛の手にそっと渡すべきだろうか。それともザップという猫を手なずけて自分の子分にすべきか。拘束場の事故があったあとでは、たぶん猫はそうそうヴォルコシガン館の裏口のあたりをうろついたりはしないだろう。

彼は戦利品を掻き集めてレジに持っていった。店員はマイルズをじろじろ眺めまわして、みょうな笑みを浮かべた。彼は〈ああ、ミュータントね〉という悪口を浴びせられるのではないかと思って身構えた。機密保安庁の制服を着てくるべきだった。襟に光るホルスの目を冷笑するような勇気のある者はいない。ところが女店員が口にしたのは、「ああ、独り者ね」という言葉だった。

うちに帰って、遅い午後の朝食をとるのに小一時間つぶした。暗くなるまでにあと五時間、そのあとは寝るまで数時間ある。バラヤーにある低温神経クリニックと専門医を調べ、医者としての評判と、自分の訪問を機密保安庁に秘密にしてくれること、という二点でリストアップしてみたが、午後の時間をつぶすほどの件数はなかった。ふたつめの条件は絶対に必要だ。本心をいえば、最高レベルの医者でなければ頭をいじらせたりしたくなかったが、憂鬱なことに、そういう医者が患者を診察して記録を残さないというようなことは、信じがたかった。エスコバールか。バラヤーか。それともつぎの銀河遠征の特命があるまで待つべきだろうか。つまり、司令部からじゅうぶんに離れられるまで。

マイルズは落ち着きなく、家のなかの記憶をひもときながら歩きまわった。ここはエレーナの部屋だった。あの小さな部屋は、エレーナの父親のボサリ親衛兵士のものだ。イワンが手すりの隙間から滑り落ちたのはここだ。半階ほど落ちて頭に怪我をしたが、知能には目に見えるほどの影響はなかった。頭を打っていくらか利口になったかと思ったのに……。

マイルズは夕食には一定水準を保つ決心をした。正装軍服をまとった彼は、公式晩餐室の家具の覆いをはずし、数メートルの長さのあるテーブルの上席に、そこにふさわしいクリスタル・グラスといっしょにワインをセットした。皿も探し出そうかと思ったが、レディ・ミーい、いールを包みから出して食べれば皿を洗わずにすむことを思い出した。それから静かな音楽を流した。といってもそれだけのことで、正餐《せいさん》は五分で終わった。食事が終わると、彼は律儀にも磨いた木のテーブルや立派な椅子にカバーをかけなおした。

〈ここにデンダリィ隊員を呼べたら、本物のパーティーができるのにな〉

エリ・クイン。でなければタウラ。ローワン・デュローナでもいい。あるいはエレーナや、バズや、みんなだ。ベル・ソーンも、まだなつかしかった。彼らだけでなく。もっと誰か。ヴォルコシガン館を埋めたデンダリィ隊員たちの幻影には目眩《めまい》を感じたが、彼らならこの場所を活気づける方法を知っているのは確かだった。

つぎの日の夜には、マイルズは従兄弟のイワンに通話を入れるくらいまで絶望的になっていた。

イワンはすぐに自宅の通信コンソールに出た。イワン・ヴォルパトリル卿中尉はまだ通常軍服を着たままで、部署の徽章《きしょう》こそマイルズは機密保安庁、イワンは作戦司令部とちがっているが、その後ろにつけた中尉の赤い襟章はマイルズと同じだ。少なくともイワンは変わっていない。相変わらず昼は帝国軍司令部の同じデスクにしがみつき、夜は首都におけるヴォル士官の快適な生活を送っている。

マイルズを見ると、イワンのハンサムで人好きのする顔がほころんで、嘘偽《いつわ》りのない笑みがひろがった。

「やあ、マイルズ！　こっちに帰ってきてるなんて知らなかったよ」

「じつはもう、二、三日になるんだ」マイルズは白状した。「ヴォルコシガン館に自分一人で住むという一風変わった感触を試しているところさ」

「ひえー、あの霊廟《れいびょう》のようなところにたった一人でいるのか」

「門衛と、ザップという猫以外はね。連中は連中だけでいるし」

「死んで生き返ったきみには、ふさわしい場所だね」とイワン。

マイルズは胸に手を触れた。「そうでもないさ。以前は気づかなかったけど、この古い家は夜はみしみし音を立てるんだ。今日は午後じゅう……」秘密の医療侵略計画を立てていた、などとイワンにいうわけにはいかない。なぜだと訊かれるだろう。彼はなめらかにつづけた。「公文書を調べていたんだ。数世紀にわたってこの屋敷のなかで死んだ者は実際にどれくらいいたんだろうと疑問を感じたものだから。もちろん祖父はべつにしてだよ。想像以上の数だったよ」実際これは魅力的な疑問だ。あとで公文書を調べてみよう。

「そうかい」

「それで……街では何か変わったことはあったかい。きみが寄り道でもしたところで」

「ぼくはもちろん一日じゅう勤務していて……ほんとうにたいしたことは起きていない。皇帝の誕生日はもうすんだし、まだ冬の市の時期じゃないし、変わりめの半端な時期なんだ」

「今年の誕生日のパーティーはどうだった？　惜しいところで出そこなったよ。まだもどる途中で、あと三週間も旅程があった。誰もお祝いの酒なんか飲まなかったぜ」

「ああ、わかってるさ。ぼくはきみの領地の金貨の袋を届ける役を仰せつかってね。いつもどおりすごい人出だったよ。グレゴールはさっさと引きあげたし、みんなすこしずついなくなって、夜が明けるまえにお開きになった」そこまでいって、イワンは面白いことでも思い出したように口をすぼめた。マイルズは用心した。

「だけど、これだけはいっとかないとな。グレゴールは二日後の夜に、公式晩餐会を催すんだ。重要な銀河大使が二人か三人新たに着任したし、先月若い弁護士が二人、有価証券一覧表を提出しているから、グレゴールはそれをみんな呼んで一度に仕事をすまそうとしているんだよ。例のとおり、おふくろが女主人役を務める予定だ」

レディ・アリス・ヴォルパトリルはヴォルバール・サルターナの首席社交全権だと一般に認められている。その理由としては、妻も母親も姉妹もいないグレゴール帝のために、公式の接待役としてしばしば皇宮に出向いていることが、少なからずあるようだ。

「そのあとダンスがある予定なんだ。舞踏室をにぎわせるために、若い人を集められないかとおふくろに頼まれたんだよ。若いってのは、おふくろのつもりでは四十歳以下だろうね。例の正式なダンスだけど、きみはステップを知っているね。きみが街にいるのを知っていたら、まえから押さえていたところだ」

「叔母さんはきみに、女の子を連れてきてほしいんじゃないのか」マイルズはイワンの言葉を解釈していった。「できれば婚約者を」

イワンはにやっとした。「そうさあ。でもちょっとしたわけがあって、たいていのやつはぼくに女の子を貸してくれないのさ」

「じゃ、ぼくもダンスのパートナーを調達しなきゃいけないのか。ぼくはここじゃ、女の人なんかほとんど誰も知らないぜ」

「それじゃ、コウデルカ家の娘を一人連れてこいよ。ぼくはそうする。妹を連れていくようなものだけど、連中は飾りにはぴったりだよ、とくにまとまるとね」

「きみはデリアに頼んだの?」マイルズは考えながらいった。

「そうさあ。よかったらきみに譲ってもいいよ。そしたらマーチャを連れていく、でもきみがデリアを連れていくのなら、ハイヒールは履《は》かせないと約束しなきゃならない。あの子はハイヒールを履かせられるのをすごく嫌がるんだ」

「だけど彼女は……四人のなかでいちばん目立つよ」

「ほかの子がいなくても目立つぜ」

「そりゃそうだ。では……いいよ、わかった」

首都にいる主だったヴォルの半分が列席している皇宮の舞踏室で、発作を起こして床に倒れる自分の姿が脳裏をかすめ、マイルズは考えこんだ。だが、その代わりにあるのは何だ？ その晩も一人家にいて、何をするでもなく、つぎの特命後にエスコバールへ逃げ出すことを夢見るだけのことだ。ホームグラウンドでの機密保安庁の監視を打ち破る実際的でない方法を、あと十九とおり進展させるか、さもなければ門衛の猫を盗んで話し相手にする方法を思いつくままに並べるしかない。それにイワンは、移動手段がない悩みを解決してくれるかもしれない。

「車がないんだよ」とマイルズ。

「ライトフライヤーはどうした？」

「あれは……修理屋だ。調整中なんだ」

「乗せていってもらいたいのかい」

脳は返事を出ししぶった。そういうことになると、威勢のいいデリア・コウデルカに代わってもらわないかぎりイワンが運転するわけだから、分別のある同乗者を恐怖に突き落とすはずだ。マイルズはほかのことを思いついて座りなおした。

「叔母さんは、ほんとうにおまけの参列者を欲しがっているのかい」

「そういってるよ」

「ダヴ・ガレーニ大尉が首都に来ているんだ。このまえ機密保安庁司令部で出会った。分析部に詰めているそうだが、本人はめったにない待遇だと思ってるらしいよ」

「ああ、そうそう。知ってるさ！　そのうち思い出してきみにいおうと思ってたんだ。二、三週間前に、アレグレ将軍と連れだってぼくらのところへやってきたよ、上のほうからの相談があるとかいって。ヴォルバール・サルターナに来た歓迎会をするつもりだったけど、まだ手がまわらなくてね。きみたち機密保安庁の連中って、偏執的な中枢部から一歩も出ない傾向があるからね」

「それはともかく、ガレーニはあるコマール人の娘に感銘を与えようと懸命になっている」マイルズは話を膨《ふく》らませつづけた。「いや、娘というよりは女の人といったほうがいいだろうな。通商代表団のなかの強力な歯車らしいよ。容姿よりは頭脳に優れているんだと思うけど、ガレーニを知っていれば、べつに驚くことじゃないね。それに、なかなか興味深いコマールの親戚を持っているんだぜ。彼女を皇帝の公式晩餐会に列席させられたら、ガレーニはかなり点を稼げるんじゃないだろうか」

「そりゃあ相当なもんさ」イワンは断定的にいった。「とくにうちのおふくろが厳選した小夜会とくればね」

「ぼくらは二人とも彼には世話になったよな」

「一度ならずね。それに以前のように辛辣《しんらつ》でなくなったのに気づいたよ。たぶん人間がまるくなってきたんだろう。いいとも、彼も招待しよう」とイワン。

「それじゃガレーニに連絡してから、きみに知らせるよ」思いつきに嬉しくなりながら、マイルズは通話を切った。

5

ガレーニ大尉の地上車が皇宮の東玄関に停《と》まった。さきに降りたマイルズはデリア・コウデルカに手を貸そうとしたが、彼女は手助けなどあまり必要なさそうだった。デリアは長い健康的な両足をさっと車の外に出し、そのままぽんと立ちあがった。お好みの青いドレスの流れるようなスカートの裾から、ドレスに合わせた色のダンス靴がちらりと見えた。趣味がよくて履《は》き心地もよさそうな平たい靴だった。デリアはコウデルカ准将の四人の娘のなかでいちばん背が高い。マイルズの頭のてっぺんは、彼女の肩からゆうに十センチは下にある。彼は見上げてにやっと笑いかけた。彼女はちょっと頬をゆがめて微笑んだ。気さくなスポーツマン風の笑みだ。

「あなたとイワンの言葉にどうしてまるめこまれたのか、よくわからないわ」彼女はマイルズの耳元でいった。

「そりゃダンスが好きだからだろ」マイルズは自信たっぷりにいった。「最初のふたつをぼくと踊ってくれたら、そのあとは、ひと晩じゅう相手をしてくれる、素敵な背の高い銀河外交官を見つけてあげるよ」

「そんなことじゃないのよ」彼女は背の低いマイルズを見下ろしながら否定した。

「ぼくは身長がないぶん、スピードがあるからね」

「それが問題なのよ」彼女は力をこめてうなずいた。

ガレーニの地味な地上車は、待機していた皇帝の召使いに引き渡され、召使いが運転して移動させた。ガレーニは連れのレディに腕を差し出した。むっつりしているガレーニの表情は、よく知らない者には読みとれない。だがマイルズは、やけに着飾ってパーティーに現れた男のように、ガレーニがいささか誇らしげでいささか気どっていささか当惑しているのを感じていた。痛ましいほどこざっぱりと汚れを落とし、髭《そ》を剃り、磨きあげてはいるものの、着ているものはマイルズと同じ徽章《きしょう》が光る正装軍服なのだから、ふだんとようすがちがうのは連れの影響だとしか思えなかった。

〈気どって当然だよ〉とマイルズは思った。〈イワンが見たら何ていうか〉

ライザ・トスカーネが美しさ以上の頭脳を持っているというのなら、彼女は一種の天才だということになる。といっても、その肉体の強烈な印象がどこからくるのか、正確にはいいがたかった。顔は柔らかなつくりで感じはいいが、たとえばエリ・クインのような、高価な彫像みたいなはっとする美しさではない。目はめずらしい青緑色だが、その色が遺伝子によるものか化粧の一種なのか、マイルズには何ともいえなかった。コマール人女性としても背は低いほうで、デリアと同じぐらいの背丈のガレーニと並ぶと、掌《てのひら》二つ分は低そうだ。といっても、いちばん目を引く特徴は肌の色で、乳白色の肌は輝くばかりだった――豊満という表現がこの豊かな肉体にはふさわしい、とマイルズは思った。ぽっちゃり、では誤解されそうだし、あまり熱烈な賛辞とはいえない。力場スクリーンに包まれていたセタガンダのホート・レディを除けば、こんなに食指が動く女っぽい人をマイルズは見たことがない。

資産のある者がつねに趣味もいいとはかぎらないが、それが重なった結果は感嘆すべきものになりうる。彼女はダーク・レッドのゆるやかなコマール風スラックスと、それに合わせた襟ぐりの深いブラウスを身につけていて、上に羽織ったクリーム色と青磁色の交ざったかっちりした形の上着のとりあわせが、何ともいえず素敵だった。控えめな宝石類。髪はブロンドというには赤味がありすぎるが、茶色というには銀色がかった色あいで、カールをコマールの流行そのままに短い房にまとめていた。連れを見上げるときの微笑みは嬉しそうで興奮気味に見えるが、決して従属的な感じではなかった。〈アリス叔母さんの前に出ても、彼女なら立派にお眼鏡にかなうだろう〉とマイルズは思った。マイルズはデリアに合わせるために大股に歩み、グレゴール帝の公式晩餐会は自分からの贈り物だといわんばかりに、深々とお辞儀をして、連れの人々を建物のなかに入れた。

一行は皇帝直属の警備兵と執事長によって綿密に調べられた。執事長は、受けとるべき外套《がいとう》はないし、マイルズがいっしょだから案内も必要ない、と判断したようだった。つぎに一行が出会ったのはまさにレディ・アリス・ヴォルパトリルだった。アリスは階段の下に立って人々を出迎えていたのだ。今夜は金色の縁どりのある群青色のベルベットの長衣《ちょうい》を着ていた。おそらくこれは、ずっとまえに亡くなった夫のヴォルパトリルの館《やかた》の色に敬意を表しているのだろう。マイルズが子どものころは、いつも寡婦《かふ》らしい紫がかった灰色を身につけていたのを覚えている。それをやめたのは、かなりの年月を経てからだ。ひょっとするとそれは、ヴォルダリアンの王位簒奪《さんだつ》戦争の際にとりわけ残虐な形で殺されるようなはめになったヴォルパトリル卿を、アリスがやっと許す気になった時期だったのかもしれない。

「今晩は、マイルズ、デリア」

アリスはそう挨拶した。マイルズは彼女の手をとって一礼し、さらに儀式ばったやりかたでガレーニ大尉とトスカーネ博士を紹介した。レディ・ヴォルパトリルはわかってますというようにうなずいたので――マイルズはほっとした。イワンのことだから、母親に話を通して約束どおり招待者名簿に加えてくれたかどうか、忘れていてみんなが当惑したころに思い出す、なんてことにならないかと心配していたのだ。

「グレゴールはいつものように〈ガラスの間〉でみなさんをお迎えしていますわ」レディ・アリスは言葉をつづけた。「みなさんのお席はグレゴールと同じテーブルで、エスコバール大使と大使のご主人のつぎになっております――今夜は、銀河人の方たちをバラヤー人のあいだにはめこむほうがいいと思ったんですの」

「ありがとう、アリス叔母様」

マイルズがちらりとアリスの肩ごしに覗くと、士官の正装軍服を着た痩《や》せぎすの見慣れた姿が、階段の左手のドアの陰に立って機密保安庁の警備兵とひそひそ話をしているのが見えた。

「ちょっと、デリア。ダヴとライザを〈ガラスの間〉に案内してくれないか。ぼくもすぐ行くから」

「いいわよ、マイルズ」

デリアはライザに微笑みかけると、慣れたようすで長いスカートをさっと振って、コマール人たちを広階段のほうに案内していった。

「なんて可愛い娘さんでしょう」三人を見送りながらレディ・アリスがいった。

「ええと、トスカーネ博士のことですか」マイルズはわざといってみた。「彼女なら連れてきてもだいじょうぶですよ、ぼくが保証します」

「ええ、そうですとも。あの方はね、例のトスカーネ一族の第一継承者なのよ。まったく問題ないわ」ところがこうつけ加えて、賛辞をぶちこわしにしてしまった。「コマール人といってもね」

〈ぼくらはみんな、ちょっとしたハンデを抱えているんだな〉レディ・アリスは参列者がふさわしい人々かどうか検分するために、グレゴールに雇われているといえる。けれどもマイルズがさっき目にしたのは、皇帝側近のべつの成員、つまり参列者が安全な人々かどうか検分するためにグレゴールに雇われている男だった。その男、シモン・イリヤン機密保安庁長官は、ようやく保安庁所属の警備兵との話を終えてちらりと目を上げた。警備兵は敬礼をして戸口から姿を消した。イリヤンはマイルズに笑みかけたわけでも合図をしたわけでもなかったが、マイルズはひょいとレディ・アリスの横をすり抜けて、そちらに向かった。とにかく警備兵につづいてイリヤンも出ていかないうちにと思ったのだ。

「長官」

マイルズは分析官がするような敬礼をした。イリヤンはもっと形の崩れた敬礼を返した。答礼するというよりは相手を追い払うように、やや苛立たしげに手を振ったのだ。機密保安庁長官は六十代前半で茶色の髪が灰色になりかけていて、うっかり騙《だま》されそうな穏やかな顔だちをしている。そして背景に静かに溶けこむ習慣が身についている感じだ。イリヤンの今夜の任務は、もちろん皇帝の身辺警備の監督だろう。その証拠に、通信リンク兼盗聴器《イヤバグ》を右の耳につけ、腰の両側にはチャージした殺傷力のある武器を携えていた。ということは、マイルズが聞いている以上のことが今夜はあるということなのか、さもなければイリヤンを司令部に引き止めるような用件がほかでは起こりそうもないので、ふだんの仕事をあの穏やかで堅実な次官のハローチにまかせてきたということになる。

「秘書官からぼくの伝言をお聞きになりましたか」

「聞いたよ、中尉」

「長官は首都においでにならないとうかがったのですが」

「そう、いなかった。帰ってきたところだ」

「それでも……ぼくの最新の報告をご覧になりましたか」

「ああ」

くそ。あそこに書き洩らした重要なことがあるんです、という言葉がマイルズの喉でつまった。

「お話があるんです」

ふだんから閉ざされた感じのイリヤンの顔が、いつもよりもっと無表情に見えた。「だが、いまはそういうときではないし、そういう場所でもないな」

「まったくです。ではいつ？」

「さらなる情報を待っているところだ」

そうだろうとも。急いだあとで待つのでなければ、待ったあと急ぐことになる。それでもまもなく何かが起ころうとしているにはちがいない。さもなければマイルズに「一時間で報告にこられるように」といって、ヴォルバール・サルターナでダンスの付き添いをさせておいたりしないだろう。〈新しい特命任務があるのなら、ぜひともぼくを派遣してほしい。少なくともぼくは、不測の事態があれば出立《しゅったつ》する用意はできている〉

「けっこうです。用意しています」

行っていいというように、イリヤンはうなずいた。ところがマイルズが背を向けると、彼はいいたした。「中尉……」

マイルズは振り向いた。

「きみは今夜車で来たのか」

「はい。あ、いや、ガレーニ大尉の運転です」

「ああ」イリヤンは少々興味のあるものを見つけたように、マイルズの頭の向こうを見つめた。「鋭い男だね、ガレーニは」

「ぼくはそう思ってます」今夜はイリヤンからそれ以上嗅ぎ出すのはあきらめて、マイルズは急いで友人たちのあとを追った。

彼らは〈ガラスの間〉の外にある広廊下でマイルズを待っていた。ガレーニは愛想よくデリアとおしゃべりをしていた。デリアも、早く部屋にはいってイワンや姉妹を探したいというようなようすではなかった。ライザは見るからにうっとりした表情で、アンティークの手工芸品や通路に敷かれた微妙な色合いの模様入り絨毯《じゅうたん》などを眺めまわしていた。マイルズは彼女といっしょにそぞろ歩きしながら、磨かれたテーブルの表面の、数頭の馬が走っている精巧な図柄を鑑賞した。さまざまな木の自然な色合いを使って、入念につくられた寄せ木細工だ。

「何もかも、とてもバラヤーらしいものですわね」彼女はマイルズに小声でいった。

「ご期待どおりですか」

「ほんとうにそうですわ。あのテーブルはどれくらい古いものだとお思いになりますか――それにあれをつくった職人の心には何が去来していたのでしょう。その職人のことを想像しているわたしたちのことを考えたりしたでしょうか」彼女はいかにも感覚の鋭そうな指先を、香りのいいワックスで磨きあげた表面に滑らせて微笑んだ。

「二百年ほどまえのものです。それに、たぶん職人は考えてはいなかったでしょう」とマイルズ。

「ふうん」彼女の微笑はさらに感慨深げになった。「わたしたちのところのドームのいくつかは、四百年を超えているんですよ。ところがそれほど古くなくても、バラヤーはもっと古いような感じがします。あなたがたには本質的に古めかしいところがあるんだと思いますわ」

マイルズの脳裏を彼女の故郷の風景がよぎった。四百年後にはコマールの地勢形成が進んで、人間が呼吸マスクなしで外で過ごせるようになっているかもしれない。いまのところは、コマール人はみんなドームの完全環境計画都市に住んでいる。ベータ人が灼熱の砂漠の世界に対応しているように、生き残るためのテクノロジーを頼りに、呼吸のできない冷たい世界に対応しているのだ。コマールには〈孤立時代〉はなく、銀河系の主流との接触がとだえるようなことはなかった。それどころか、貴重な自然の資源をもとにして、その主流から利益を釣りあげて暮らしてきた――資源というのは、かなり近くにかたまってある重要な六個のワームホール・ジャンプ点のことだ。そのジャンプ点のおかげでコマール宙域はネクサスの交差点にもなったが、不幸なことに、最後は戦略的標的にもなった。バラヤーには、銀河ネクサスにつながるワームホール・ジャンプ・ルートはひとつしかなく――それはコマールを経由している。だから自分の通路を確保しておかないと、そこを支配する者に従属することになるのだ。

そこまで考えてマイルズは、もっと小さな個人的規模の話に目をもどした。どう考えてもガレーニは、バラヤーの広々とした戸外に恋人を連れ出すべきだ。コマールとはまったくちがう、何キロもつづく自然を見てライザは喜ぶにちがいない。ハイキングもいいし、そうそう、ほんとうに彼女が昔風なのが好きなら――。

「ダヴに頼んで乗馬をさせてもらうといいですよ」マイルズは勧めた。

「まあ。ダヴも乗れるんですか」彼女はびっくりしたように青緑色の目を見張った。

「ああ……」いい質問だ。そうだ、もし乗れなければ、マイルズが即席授業をすればいい。

「乗れますとも」

「本質的に古風なのは……」ライザは内緒話をするように声を低めた。「本質的にロマンチックだわ。でもダヴには、わたしがそんなことをいったといわないでくださいね。正確な歴史にうるさい人ですから。あの人が最初にやるのは妖精の埃を払い落とすことなんですよ」

マイルズはにやっとした。「そううかがっても驚きません。でもあなたも実際的なビジネスウーマンのタイプだと思っていましたけど」

彼女の微笑が引き締まった。「わたしはコマール人ですわ。実際的でなければならないんです。わたしたちの通商や、労働や、輸送や、銀行業務や、再生品化に付加価値がなかったら、コマールはふたたび絶望的な最低生活レベル——あるいはそれ以下に後退してしまうでしょう。わたしたちはそこから這いあがったんです。それに十人のうちの七人までが、どうあがいても死ぬことになるでしょう」

マイルズは興味を引かれて眉を上げた。どうやらほんとうにそう感じているらしいが、その数字は大げさではないかとマイルズには思われた。

「ところで、ここで行列をとめてはいけませんね。なかにはいりましょうか」

マイルズとガレーニは、もう一度レディ二人とうやうやしく並んで、マイルズからさきに、手近な両開きの扉をあけてなかにはいった。〈ガラスの間〉は細長い迎賓室で、部屋の片側には背の高い窓が並び、反対側の壁面には背の高いアンティークの鏡が並んでいて、それが部屋の名の由来になっている。ガラスが手にはいりにくかった時代につくられたものなのだ。

グレゴールは今夜は君主というよりはホスト役を演じるつもりらしく、晩餐会のために引っぱってきた数人の政府高官といっしょにドアの近くに佇《たたず》んで、来客に挨拶していた。バラヤー皇帝は三十代のすらりとした、むしろ痩せぎすともいえる男で、髪は黒く、目も黒かった。今夜は仕立てのいい一般人の服を身につけているが、そのスタイルは思いきり保守的で格調高く、上着のトリミングとズボンの脇線にだけ、ヴォルバーラの色が使われていた。グレゴールはしゃべる必要のないときには異常といえるほどに無口をとおす。もちろんいまは、社交モードになっているからそんなことはない。ほかのあらゆる任務と同じようにこんなことは嫌いなのだが、とにかくきちんと務めている。

「あれが彼なんですか」ライザは自分たちのまえにいるグループが挨拶を終えて移動するのを待っているあいだに、マイルズにささやきかけた。「ホロビッドのなかの彼がいつも着ているような、素敵な軍服姿かと思ってましたわ」

「ああ、観兵式用の赤と青のやつね。あれを着るのは真夏の観兵式と、誕生日と、冬の市だけです。彼の祖父のエザール帝は皇帝になるまえから本物の将軍で、制服を第二の皮膚のように身につけていたけど、グレゴールは名義上は帝国軍の総司令官でも、自分では絶対に軍人ではないと思っているようです。だから礼儀上許されるときにはいつも、ヴォルバーラ館の制服か、いま着ているようなものを選ぶんですよ。ぼくらはそれをとてもありがたいことだと思ってます。こっちもいやなものを着ずにすみますからね。軍服の色は息がつまるようだし、剣はけつまずきそうで、ブーツのタッセルはいろいろなものにからまりがちですから」

正装軍服の色がそんなに気に入らないわけではないし、タッセルはともかく長靴も同じようなものだが、マイルズの身長では二本の長剣はたしかに苦痛だった。

「そうですか」とライザ。その目は面白そうにきらめいていた。

「あ。ぼくらの番ですよ」マイルズは自分の群をまえに進めた。

デリアは生まれたときからグレゴールを知っているから、短い挨拶の言葉を口にしながら微笑を浮かべただけで、後ろにさがって、はじめての人々に場所を譲った。

「ああ、ガレーニ大尉ですね。きみのことは聞いています」

マイルズがコマール生まれの士官を紹介すると、グレゴールは重々《おもおも》しい口調でいった。ガレーニがこの断片的な言葉をどう解釈すべきかわからず、すこしとまどっていると、グレゴールが急いでいいたした。

「いい話をいろいろと」

それからライザのほうに向くと、一瞬グレゴールは目を奪われたように彼女を見つめた。だがすぐに気をとりなおし、彼女の手をとって軽く頭を下げ、コマールは今後も歓迎すべき帝国の一部だといったことを、丁重に希望をこめた口調でつぶやいた。

挨拶の儀式がすむと、デリアは華やかな装いの人々が三々五々佇んでいる人垣のなかにイワンと妹を探しにいった。皇帝誕生日や冬の市ほどには、部屋は混みあっていない。ライザはグレゴールを振り返って見ながらいった。

「おやまあ。なんだか征服したことを謝られたような気がしたわ」

「いやあ、そういうわけでもないでしょう」とマイルズ。「コマールを通ってセタガンダ人が侵略してきたあと、ぼくらにはあまり選択の余地がなかったんです。あらゆることを考えると、その出来事から三十五年経《た》ったいまでも、それが原因で個々の人々に不便な点が残されたままになっているように思えて申し訳ない、ということをいおうとしただけですよ。複数の惑星で帝国を構成するのは、バランス上難しいことがらです。といってもセタガンダ人は数世紀にわたってそれをうまくやってきていますね。彼らを政治的役割の模範としていちばんに挙げるつもりはありませんけど」

「あの方は、こちらのニュース・サービス社が放映している厳格な人物像とはちょっとちがうみたいですね」

「厳格というより、むっつりしているんですよ、ほんとうは——ホロビッド上に現れる彼はそのとおりでしょう。たぶん、そのほうがいいんです」

そのとき彼らはちょっとのあいだ、杖を頼りによろよろやってきた痩せた老人に道をふさがれた。老人は正式に二本の剣を佩《は》いているが、佩き方がゆるいので骨ばった腰にかたかたぶつかっている。おまけに最高礼装の観兵式用軍服はみょうな色に褪《あ》せていた。マイルズは急いで自分の客たちを手前に引きもどして老人を通らせた。

ライザは老人に興味を持ったらしく、じっと見ていた。「ところであの老将軍はどなたですか」

「ヴォルバール・サルターナでは、天下に隠れなき過去の遺物ですよ」とマイルズ。「エザール帝から直接任命された聴聞卿のなかでまだ存命しているのは、あのヴォルパラディーズ将軍だけなんです」

「聴聞卿っていうより、軍人みたいに見えますけど」ライザは不審げにいった。

「それが最高級の皇帝直属聴聞卿である証拠です」マイルズはいい返した。「それに第一級の機密保安官でもあるんですよ。あのう……どこの社会でもこういう疑問に直面するはずですね――守護役を守護するのは誰なのかって。聴聞卿はそれに対するバラヤー流の答えです。皇帝直属聴聞卿というのは、そうですね、ベータの特別検察官とか監察長官と、下っぱの神様との中間ぐらいの位に相当します。

現在の役割は経理とは関係ありませんが、最初監査卿と呼ばれたのはそこに由来するんです。国守というのはもともと、ヴォルアダール・タウの税徴収人でした。ぼくらの無学な先祖たちは莫大な金銭を扱っているうちに、いつか金をちょろまかしたりするようになったらしいのです。そこで監査卿が、皇帝のために国守をとり締まることになりました。監査卿はたいていの場合、帝国騎馬隊の一団を引き連れて突然現れたので、国守はしばしば残酷で異常としかいいようのない自殺に追いこまれたようです。おまけにその時代には、監査卿の暗殺も日常的だったようですが、初期の皇帝たちはじつに執念深く犯人を狩り出して華々しく大量処刑をおこなったので、監査卿はしだいに、まったく並ぶ者のない地位に上がり呼称も変えられたのだといいます。そして、鞍《くら》から黄金の袋をぶらさげて、ほとんど警備の者も連れずに田舎を馬で駆けまわることさえできたということです。しかも悪漢どもは、煩《わずら》わしい聴聞卿がさっさと領地から立ち去ってくれるように、秘かに行く先々で人払いをしたのだとか。これは伝説のたぐいだろうと、ぼく自身は思っていますけどね」

ライザは笑った。「でも、素敵な話ですわ」

「まあ十中八九は」とガレーニが口をはさんだ。「伝承の物語で、古代地球を起源としている可能性がありますね。そういうのは学生新聞のお気に入りの記事ネタでしたよ。それはともかく、現在活動している聴聞卿というのは、七人しかいなかったと思います」

「その人たちは任命されたら、終生そのままなんですか」ライザが訊いた。

「ええ、ときには」とマイルズ。「そのほかは、その場その場の基準で任命されます。父が摂政だったときには臨時の聴聞卿しか任命しませんでしたが、グレゴールが成年に達したとき、そのなかの数人の任命を追認しました。調査にかかわるあらゆることがらに対して、聴聞卿たちは実際に皇帝の声となって裁定できるんです。これもまた、まことにバラヤー的なことですね。ぼくは以前に、領内の小さな殺人事件を調査した際に、父の声となって裁定したことがありますよ。奇妙な経験でした」

「社会学的見地からいって、なかなか興味深いことのようですわね」とライザ。「ヴォルパラディーズ将軍をちょっと引きとめて、昔のことをうかがったりできるでしょうか」

「だめ、だめ！」マイルズはぞっとしていった。「興味深いのはその任務だけですよ。ヴォルパラディーズ自身は、ヴォルバール・サルターナでもきわめつけの退屈なもうろく爺いのヴォルなんです。この老人のやることといったら、エザールの時代のあと、いかに権威が地に落ちたかってことをぶつぶつ独り言いうぐらいのもんです」〈しかもたいてい険しい目をぼくに向けてね〉「その合間《あいま》には、自分の腹具合の悪いことをああだこうだと説明して」

「そうなのよ」デリア・コウデルカが同意した。「いちいちあなたの言葉をさえぎって、『若者の礼儀がなってない』っていいつづけるのよ。若者って六十歳以下の人全部なの」

「七十歳以下さ」マイルズは訂正した。「いまだにぼくの父に向かって〈ピョートルの下の息子〉っていうんですよ」

「聴聞卿って、みんなそんなに年をとっているんですか」

「そうね、そうでもないですよ。でも、退官前の提督や将軍に睨《にら》みをきかせなきゃならない場合もあるので、退官後の人々を採用する傾向はありますね」

一行は死ぬほど退屈な将軍を避けてイワンとマーチャ・コウデルカに追いついたが、執事長の手でもう一度区分けされてしまった。執事長はイワンたちを華麗な第二晩餐室のほうに連れていってテーブルにつかせたのだ。食事は申し分ない、とマイルズは思った。彼は精一杯努力して、エスコバールの女性大使に話の糸口になりそうな質問をし、例によって高名な父親についてつぎからつぎへと訊かれるのにも我慢強くつきあった。向かいあった席のライザはエスコバール随行員の年配の紳士と、やはり我慢強い会話をつづけていた。グレゴールとガレーニ大尉は、バラヤーとコマールの関係について、敏感な銀河宇宙の客にも耳ざわりがよいように、洗練された丁重な言葉で意見を交わしていた。この一行がグレゴールのテーブルに席を得たわけは、ぼくの関わりばかりではなかったんだ、とマイルズは思った。

ふいにライザがその明るい瞳をぱっと上げた。マイルズはそちらに目を向けて、ガレーニがコマール運輸の定額方式の話題をわざと彼女にまわしたことに気づいた。ライザはエスコバール人たちの頭越しに、グレゴールに直接答えた。

「そうです、陛下。じつはわたしが勤めているコマール運輸連合ではいま、閣僚会議前の論争にたいそう関心を寄せております。わたしたちは資本の活用のために、直接再投資された利益には税の免除があるように請願してきました」

マイルズは内心彼女の勇気に喝采《かっさい》を送った。料理をまえにして皇帝自身に陳情するとは――〈そうだ、がんばれ！　それでいいさ〉

「そうですね」グレゴールはちょっと笑みを浮かべた。「ラコジー大臣から聞いています。でも国守会議では、頑強な反対意見が出ると思いますよ。国守会議の保守層はそれどころか、コマールのジャンプ点の防衛に割《さ》いている莫大な軍事出費を、現地の人々にも、その、一部負担させるべきだと思っているようです」

「でも資本が成長すれば、次期の税収に、より大きな基盤を与えることになりますわ。それを吸いあげてしまうのは、まるで……種《たね》とうもろこしを食べてしまうようなものです」

グレゴールは眉を上げた。「非常に有益なたとえですね、トスカーネ博士。ラコジー大臣に伝えておきましょう。田舎の国守たちには、以前から大臣が理解させようとして苦労しているジャンプ・テクノロジーの複雑な説明よりは、そっちのほうが説得力があるかもしれませんね」

ライザは微笑した。グレゴールも微笑した。ガレーニはうつむいてにやりと笑った。良識のあるライザは、得点を稼いだあと、ただちにさし手をゆるめて軽い話題に切り替えた。それはジャンプ・テクノロジーに関するエスコバールの方策の話だったが、少なくともバラヤー＝コマール間の税論議よりは、爆発の危険性の少ない話題だといえるだろう。

そのあと階下の舞踏室でおこなわれたダンス・パーティーでは、いつものとおり帝国軍オーケストラが演奏した。楽団員たちはバラヤー兵士にしては、音楽の才能はあってもあまり軍人らしくない連中のなかから選抜されたにちがいない。指揮をした年配の大佐は、もう何年も皇宮に勤めていて異動していない。グレゴールはレディ・アリスの手をとると、正式なダンスの開始を示すため、くるくるとフロアをひとまわりした。それからエチケットどおりに、エスコバール女性大使を先頭に階級順に数人の女性客と踊った。マイルズは最初の二回だけ、美しく背の高い金髪のデリアに、当然の権利として踊ってもらった。それが見物人にどう評価されたかは知らないが、そのあとはイリヤンのように壁に溶けこむ練習をしながらダンスを眺めた。ガレーニ大尉はあまり上手ではないにしても、少なくとも一生懸命踊っていた。彼は軍隊で二十年勤続したあとの政治的キャリアを睨《にら》んで、関係のありそうな技術はすべて整然と身につけようとしているのだ。

グレゴールの親衛兵士の一人がライザに近づいていった。マイルズがつぎに目を向けたときには、彼女はグレゴールと向かいあい、軽く頭を下げて滑るようにミラー・ダンスを踊りはじめていた。ダンスしながらでも、いくらか通商関係を改善できるだろうか。心の浮きたつような機会だし、それを無駄にはしないだろう。この晩の彼女の働きには、コマール運輸連合はボーナスを出すべきだ。むっつり屋のグレゴールが、彼女が何かいうと声を立てて笑った。

彼女が目をきらきらさせてガレーニのところにもどってきたとき、マイルズはちょうど彼といっしょに壁ぎわに立っていた。

「思っていた以上に知的な方だわ」と息をはずませていう。「とても熱心に……聞いてくださったの。ぜんぶ受け入れてくださるつもりじゃないかって気がしたわ。それともあれは、芝居なの？」

「芝居じゃないですよ」とマイルズ。「彼がすべてを処理するんですから。でもグレゴールは、自分の言葉が文字どおり法にもなりうることを考えて、何をいうか自分で自分をしっかり見張らなきゃならないんです。できれば内気にひっこんでいたいんでしょうけど、それは許されません」

「許されない、ですって？　なんておかしな響きでしょう」ライザはいった。

その夜、保守的で由緒正しく真夜中前にお開きになるまでに、寄せ木のフロアの上で、彼女がグレゴールの自制心を試す機会はさらに三回あった。マイルズは、グレゴールが内気だなんて嘘だったんじゃないか、と思った。実際に一回か二回、グレゴールはライザを笑わせさえしたのだ。

パーティーがお開きになったとき、ふと気づくとマイルズは、小声で内緒話ができるくらいグレゴールの近くにいた。だが残念ながら、グレゴールの口から出た言葉はこうだった。

「きみは、朕《ちん》の急使をかろうじてまっぷたつにせずに、朕《ちん》のもとに送り返したんだそうだね。ふだんの仕事ぶりにくらべると、ちょっとまずかったんじゃないか」

「ああ。ではヴォルベルグは帰郷しているんですね」

「そう聞いている。ほんとうのところは、何があったんだね」

「あの……自動セットされたプラズマ・アーク銃による、不測の事故です。すっかりお話しするつもりですが……またあらためて」

「待っているよ」

ということはマイルズにとって、グレゴールまで、だんだんに増えていく避けたい人々の一人になったわけだ。まいったな。

「あの素晴らしいコマール人女性はどこで見つけてきたんだい」部屋の向こうに目を向けてグレゴールはいいたした。

「トスカーネ博士ですか。印象的な女性でしょう？ ぼくはあの胸の谷間と同じくらい、彼女の勇気も買っているんです。パーティーではどんなことを話していらしたんですか」

「コマールのことだよ、主に……。きみは彼女の、いや、運輸連合のアドレスは知っているかい。いや、いい。シモンが教えてくれるだろう。わたしが知りたいといわなくても、完璧な機密保安官のレポートといっしょにね。まちがいない」

マイルズは一礼した。「機密保安官は陛下のご用をするためにいるんです」

「言葉を慎《つつし》めよ」グレゴールは小声でいった。マイルズはにやりとした。

ヴォルコシガン館まで帰り着くと、マイルズは、一杯どうですか、と二人のコマール人をなかに誘った。兵站《へいたん》的にいって現在のもてなしの状況にいろいろ問題があることを忘れていたのだ。ガレーニが、明日の仕事が、と丁重に断りかけるのと同時にライザがいった。

「ええ、お願いします。お屋敷をぜひ拝見したいんです、ヴォルコシガン卿。たっぷり歴史がしみこんだ建物ですもの」

ガレーニはいいかけた言葉を即座に呑みこんで、かすかに笑みを浮かべながら彼女に賛成した。

一階の部屋はどれも、三人きりには広すぎるし、薄暗くて不気味な感じがする。マイルズは二階の小さな客間のほうが人間的な広さだと思ったのでそこに二人を案内して、急いで部屋じゅうの家具のカバーをはずしてまわりみんなが座れるようにした。そして夜にふさわしく、ライトをロマンチックな薄暗さにセットしてから、踊り場をはさみ階段をふたつ駆け降りてワイングラスを三個見つけ、さらにもう一階駆け降りて適当なワインを一本探し出した。二階にもどってきたときには、彼は息を切らしていた。

小客間にもどってみると、ガレーニがせっかくの機会を無駄にしたことがわかった。二人の距離を縮めるためには小さなソファのカバーだけはずしておくべきだったのだ。二人がそれぞれ選んだ椅子より、そのほうが文句なしに座り心地もいい。礼儀作法どおりの生真面目なガレーニは、少々ロマンチックにはめをはずしたい彼女の欲求に気づかなかったらしい。おかしなことに、そのときマイルズはタウラのことを思い出した。タウラをからかうのは危険だし、からだが大きなことや仕事や階級を考えて、人々はつねに公人としての彼女しか見てくれない。ライザはからだが大きすぎるわけではないが、おそらく頭がよすぎるので、公《おおやけ》の立場の社会的義務を意識しすぎているのだろう。ライザからガレーニに率直に要求することは決してないだろう。ガレーニは彼女の微笑は誘っていたが、笑わせるところまではいかなかった。二人のあいだに遊びの感覚がないことが、マイルズには心配だった。セックスをしながら気が狂わずにいるには、敏感なユーモア感覚が必要なのだ。

といってもマイルズは、とくにいまのところは、愛情生活の営み方についてガレーニに意見する資格があるとは思えなかった。するとまたタウラの言葉が思い出された。〈あなたは自分が欲しいものを捨てようとする人ね〉ちくしょう。ガレーニは大の男なのだ。自分で破滅するならさせておけ。

ライザに自分の仕事の話をさせるのは簡単だったが、その結果、少々一方的な会話になってしまった。マイルズとガレーニは、自分たちの極秘の仕事については、とうぜんながらあまり詳しい返事はできない。そこで晩のパーティーでも話していたらしい、コマールとバラヤーの関係と歴史の話題に移っていった。トスカーネ一族はバラヤーによる征服のあと協調者として頭角を現し、コマール随一の今日《こんにち》の地位を築いたのだ。

「それはともかく」マイルズは協調者の話になったとき頑強に主張した。「協力者と呼ぶのは正しくないですね。その言葉はバラヤーの侵略以前に協力した人々に使うべきだと思いますよ。それは焦土となった大地、というか、そののちのレジスタンスで焼けただれたコマールの国情を再建しようとしたトスカーネ一族の愛国心を考慮しない言葉です。まったく逆ですよ」

バラヤーの侵略は正確にいうと一方的な勝ち戦という状況ではなかったが、少なくとも協調者たちは損失を切りつめて先を読むということを知っていた。それから一世代を経たいま、トスカーネ一族が率いて再起した寡頭《かとう》政治は、彼らの理論の正当性を立証している。

そして父親のセル・ガレンが無益な復讐に一生を賭けたガレーニとちがって、トスカーネ一族の地位にはライザに償《つぐな》わねばならない迷惑な関係など残っていない。セル・ガレンのことは、ガレーニもマイルズも持ち出す気はまったくなかった。いまは亡い狂った父親について、ガレーニはどこまで彼女に話してあるのだろうか。


　真夜中と明け方のまんなかあたりで、最上のワインのボトルをもう一本空《から》にしてから、やっとマイルズは欠伸《あくび》をしている相手を帰宅させることを思い出した。マイルズはガレーニの地上車が車寄せから静まり返った夜道に出ていくのを感慨深く見送って、一人しかいない機密保安庁所属の夜警の横で、走り去った方向に敬礼した。ガレーニもマイルズと同じように、この十年、消耗することの多い仕事を追って暮らしてきたのだろう。おそらくその極秘のストレスが、ロマンチックな気持ちをいくぶんかしぼませてしまったのだ。時が来たときガレーニが、ビジネスの提案のようなプロポーズをライザにしないといいのだが。だがそういうやりかたしかガレーニは自分に許せないのではないか、とマイルズは不安でならなかった。ガレーニにはあまり覇気《はき》がない。だから彼にはデスクワークがあっているのだ。

〈あの人は、そういつまでもきみの手元に留《とど》まってはいないぞ、ガレーニ。もっと勇気のあるやつが出てきて彼女をひっさらい、連れ去って貪欲に自分のものにしてしまうだろう〉バラヤーの伝統的な媒酌人であるバーバの気持ちになって考えると、今夜はじゅうぶんにガレーニの計画を進めてやれたとは思えなかった。友人二人の性的欲求不満を代わりに感じながら、マイルズは家のなかにもどった。ドアは勝手に鍵がかかった。

マイルズはゆっくり服を脱ぐとベッドの上に座って、猫のザップが人間の食べ物を狙うときのような攻撃的な強い眼差しで通信コンソールを見つめた。コンソールは静かなままだ。〈チャイムを鳴らせよ、ちくしょう〉あのひねくれた定石どおりなら、マイルズが疲れて、すこし酔っていて報告にふさわしくないこんな時間にこそ、イリヤンは連絡してくるはずなのだ。〈さあ、イリヤン。ぼくは特命が欲しいんだ!〉一時間経つごとに緊張が強まるように思われる。一時間経《た》つごとに、また一時間が無駄になる。イリヤンが連絡をくれるまでに、エスコバールまで行って帰ってくるくらいの時間が経ったら、発作が起きなくても絨毯に嚙みつきそうだ。

ボトルをもう一本あけてほんとうに酔っぱらおうかとも考えた。共感魔術でイリヤンに連絡を寄越す気を起こさせるために。しかし吐き気や嘔吐《おうと》は時間を主観的にゆるめこそすれ、速めはしないようだ。気の進まない可能性だ。〈きっとイリヤンはぼくのことを忘れたんだ〉

これは見え透《す》いたジョークだった。イリヤンは何も忘れることがない。忘れることができない。イリヤンが二十代後半、機密保安庁勤務の中尉だったころに、当時の皇帝のエザールが彼を遠いイリリカまで送って、実験的段階にあった直観像記憶チップを大脳に装着させたのだ。老エザールは自分一人に答えてくれる、生きた記録装置を持つことを思いついたのだろう。そのテクノロジーはまだ、商業利用の段階にいたっていなかった。手術後そのチップによって九十パーセントの装着者に事故が発生し、医原的な精神分裂病になる可能性があったからだ。無情にもエザールは、十パーセントの好結果のために、九十パーセントの危険性を甘受《かんじゅ》しようと思っていた。いや、それどころか、自分のために若い士官を使い捨てにしようとしたのだ。自らの政策を貫くために、エザールはその治世でイリヤンのような兵士を何千人も使い捨てにしている。

だが、そのあとまもなくエザールはこの世を去り、残されたイリヤンはさまよう小惑星のように、アラール・ヴォルコシガン提督の軌道に迷いこんだ。そしてヴォルコシガン提督は、その世紀の政治的大恒星の一人であることを立証した。のちに関係は多少変化したが、イリヤンはそれから三十年、マイルズの父のために保安の仕事を務めてきたのだ。

三十五年間の記憶が、呼べばすぐ出てくる状態で詰めこまれているのはどんな気分なのだろうか。たったいま経験したことのように、瞬時に出てくる鮮明な記憶だ。彼の過去は、忘却というありがたいバラ色の霧のおかげでぼやけることなど決してない。自分の犯した失策をことごとく完璧な音響と色彩つきで再現できるとは……永遠の地獄のようなものではないか。チップの装着者が気が狂ってしまうのも無理はない。とはいえ、他人の失策を思い出すのはそんなに苦痛なことではないだろう。人はイリヤンのまえでは口を慎むことを覚えた。

どんなに馬鹿げた言葉でも、まぬけな言葉でも、考えの足りない言葉でも、いったん口に出してしまうと、イリヤンは一語一語手振り身振りを加えてそれを再現できるのだから。マイルズはあらゆることを考えて、たとえ自分に医学上の適性があったとしても、そんなチップを装着するのはごめんだと思った。いまだって、ありがたいことに、その方面の進んだテクノロジーの助けを借りなくても、すでに精神異常にかなり近いのではないかと感じているのだ。

ガレーニはいま、それを装着する資格のある、穏やかで現実的な人物のように思われる。けれどもガレーニには、父親のセル・ガレンがテロリストだったことを隠しているように、深い内面に何かを隠しているのを信じるだけの理由がある。だめだ。ガレーニもそれにふさわしい候補者じゃない。ガレーニは秘かに気が狂っていっても、たいへんな損害を与えるまで誰にも気づかれないだろう。

マイルズは点灯してくれと願いながら通信コンソールを見つめた。〈鳴れ、鳴れ、鳴れ。ぼくにすごい特命を与えてくれ。ここから出してくれよ〉その静けさはまるで嘲《あざけ》りのようだった。しばらくしてあきらめた彼は、またワインのボトルをとりにいった。

6

そのつぎ寝室の通信コンソールのチャイムが鳴ったのは、まる二日あとの夕方だった。一日じゅうその横に座りこんでいたマイルズは、ぎょっとして椅子から逃げ出しそうになった。そしてわざともう一度チャイムが鳴るまで待って、そのあいだに胸の鼓動を抑え、はずんだ息をととのえた。〈そうとも。これがそうにちがいない。冷静に、落ち着いて、精神を集中するんだ。イリヤンの秘書に冷や汗をかいてるところを見せるんじゃない〉

ところがひどく失望したことに、ホロビッド盤の上に現れたのは、従兄弟《いとこ》のイワンの顔だった。たったいま帝国軍司令部の仕事を終えて帰ってきたところらしく、通常軍服を着たままだが……赤ではなく青の細長い階級章が、襟元のブロンズ色の作戦司令部の徽章《きしょう》の隣に見える。〈大尉の徽章？　イワンが大尉の徽章をつけているとは？〉

「やあ、マイルズ」イワンは元気よくいった。「今日はどうだった？」

「のんびりさ」マイルズは腹の底に沈みこむような気持ちを隠そうとして、行儀のいい微笑を顔に張りつけた。

イワンの笑みがひろがった。羽づくろいするように髪に手を滑らせる。「何か気づかないかい？」

〈ぼくがすぐに気づいたのを知ってるくせに〉「床屋を替えたのかい？」マイルズはあてずっぽうにいっているようなふりをした。

「ふん」イワンはカチリと爪で徽章をはじいた。

「おい、上官の扮装をするのは犯罪だぞ、イワン。どうやら、まだ捕まっていないらしいけど……」〈イワンがぼくよりさきに大尉に昇進するなんて……！〉

「ふん」イワンは澄まし顔でまたいった。「今日からは正式のものだ。今朝の起床ラッパから新しい俸給になったのさ。このことは情報ルートで知ってたけど、知らせが来るまで待っていたんだ。きみたちみんな、ちょっと驚かせてやろうと思ってね」

「なんだって、ぼくよりさきにきみが昇進したんだ？　いったい誰と寝ていたんだい」という言葉が、嚙み殺すまえにマイルズの口から飛び出していた。まったくこんながさつな声音《こわね》でいうつもりはなかったのに。

イワンはとり澄ました笑みを浮かべて肩をすくめた。「仕事をちゃんとやってるからさ。それにあっちこっちで規則を芸術的な折り紙のように折り曲げたりしてないからね。だいいちきみは、ぼくが知らないあいだにそうとう長期の医療休暇をとっていたんじゃないのか。それを差し引いたら、たぶんぼくのほうが数年分まさるはずだ」

血と骨。好きこのんでとった休暇じゃない。すべて血と骨と果てしない痛みを、皇帝に仕えるために喜んで捧げたのだ。〈血と骨を捧げたのに、イワンを昇進させるのか。ぼくよりまえに……〉激怒のようなものが噴きあげて息がつまり、綿のように喉に言葉がつまった。マイルズの顔を見て、イワンは顔を伏せた。そうだ、もちろん、イワンはほどほどに皮肉ないいまわしで称賛されることを期待していたのだ。一人で味わうには惜しいご馳走なので、ここに到達した自分の誇らしさと喜びをマイルズにも分かちあってもらいたいと思っていたのだ。マイルズは自分の顔や言葉や考えを、もうすこし上手に抑えようと努力した。そして懸命に、ひやかすような軽い声にもどした。

「おめでとう、イワン。そこまで階級も俸給も上がったとなると、今後は立派なヴォルの娘と結婚しないことを、お母さんにいいわけできなくなるね」

「娘たちがまずぼくを捕まえなきゃね」イワンはにやりとして、また軽い口調になって答えた。「ぼくは逃げ足が速いからね」

「うむ。あまり待たせないほうがいいぞ。ターチャ・ヴォルヴェンタはあきらめて、最近結婚したんじゃなかったっけ。だけどまだヴァイオレッタ・ヴォルソワソンがいると思うけど」

「ああ、いや、じつは彼女は去年の夏、結婚したよ」イワンは認めた。

「ヘルガ・ヴォルスミスは？」

「よりによって、パパの友だちの実業家だとかいうやつにさらわれた。その男はヴォルでさえもないのに。だけど、ものすごい金持ちだ。それはもう三年もまえのことさ。なんだい、マイルズ、ぼけてるな。心配ないよ。ぼくはいつだってもっと若いのが見つかるから」

「この調子だと、最後にはきみの相手は胎児になってしまうぞ」〈ぼくらはみんなそうなる〉

「ぼくらが生まれたころの男女の出生率の不均衡のせいでね。それはともかく、大尉でがんばれよ。きみがそれだけの働きをしたことは、何もしてないような顔をしてたってぼくにはわかってる。今度振り向いたら、きみは作戦本部のトップになっていると思うぜ」

イワンはため息をついた。「連中が考えなおして、ぼくの履歴に戦艦勤務を加えてくれなければね。最近はやけに出し惜しみするんだ」

「訓練中の候補生から半マルクずつかすめているんじゃないかと思うんだ。みんな成績のことで、文句をいっている」

「准将までふくめてぼくが知ってるやつのなかじゃ、きみほどたっぷりと戦艦勤務をこなした者はいない。それもとんでもない、でたらめなやりかたでさ」イワンは羨《うらや》ましそうにいった。

「そうさ、でもそれはすべて極秘事項だ。知っているのは、きみもふくめてごくわずかしかいない」

「ぼくがいいたいのは、半マルクをやらなくても、きみの戦艦勤務は妨害されなかったってことだ。規則にもね。それにぼくにいえるかぎりでは、きみの実情を配慮してさえもね」

「何にだろうと、絶対にぼくは妨害されたりしない。それが欲しいものを手に入れる方法だよ、イワン。誰も手渡してなんかくれないんだ」いや……マイルズには誰も手渡そうとはしないのだ。イワンには何でも天から降ってきて、何もかも魔法で守られた生活を用意してくれる。「それで勝てないんなら、ゲームを変えろよ」

イワンは片眉を上げた。「もしゲームがなかったら、勝ち負けなんてあまり意味のない概念じゃないか」

マイルズはためらった。「きみの口からそんなことを。それは……考えてみないといけないな」

「あんまり無理するなよ、ちびの天才」

マイルズは気持ちのはいらない笑みをどうにか浮かべた。イワンもマイルズと同じくらい、後味の悪い会話だと思っているらしい顔つきだった。潮時だ。イワンとはあとで仲なおりしよう。いつもそうしてきたのだ。

「もう行ったほうがいいと思う」

「そうだね。きみはすることがたくさんあるんだから」顔をしかめてイワンは、マイルズがオフ・キーに手を伸ばしもしないうちに通信を切った。

マイルズはまるまる一分ほど無言のまま、通信コンソールの固定椅子に座っていた。それから、まったく一人きりなので、ベッドに頭を投げ出して、苛立つままに知っているかぎりの銀河宇宙の下品な悪態を寝室の天井に吐きかけた。するとその汚い言葉といっしょに魂から毒のあるものが出ていったのか、すこし気分がよくなった。イワンの昇進がほんとうに妬《ねた》ましいわけではなかった。それはただ……それはただ……。

勝つことだけがほんとうに自分の望みだったのだろうか。それは誰に？　それともマイルズもいまだに、自分が勝ったところを見せたかったのだろうか。それは誰に？　財産とともに名声を手に入れたいと願うのなら、機密保安庁というところは見当ちがいのひどい部署だ。といっても、イリヤンも、マイルズの両親も、グレゴールも、ほんとうに重要な身近な人々はすべて、ネイスミス提督のことを知っている。マイルズがじつは何者なのか知っているのだ。エレーナもクインも、デンダリィ隊員は全員。イワンでさえ知っている。〈この人々のためでないとしたら、いったいぼくは誰のためにきりきり舞いをしてきたんだ？〉

そう……忘れることができないのは、十三年前にこの世を去ったマイルズの祖父のピョートル・ヴォルコシガン国守将軍の存在だ。マイルズは、精巧な鞘《さや》に収められ麗々しく飾られている、祖父の儀式用の短刀に目を向けた。少なくともそれはほかのがらくたとは区別されて、部屋の奥の専用の棚に収まっている。仕事をはじめたころには、マイルズはそれに執着していて、実際につねに持ち歩いていた。何かを……証明しようとしていたのか？　誰に対して？　〈いまでは誰に対しても、証明することなんか何もない〉

マイルズは立ちあがると棚に歩み寄り、武器を手にとって鞘から光る刃を引き出し、渦のついた鋼《はがね》の上できらめいている光に見入った。いまでもこれは並はずれた古美術品にはちがいないが、何かがなくなっている……以前は彼を動かしていた歯車のようなものだ。魔力は消えた。あるいは少なくとも、呪いは取り除かれたのだ。いまではただのナイフだ。マイルズはそれを鞘の中にもどし、掌《てのひら》を開いていままであった場所にすとんと置いた。

平衡感覚を失ったような気がする。まえから家にいると、その感じがだんだん増してくるような気がしてはいたが、こんどはその感じがとくに強かった。国守と国守夫人がはじめて家を空《あ》けていることが、マイルズには両親の死の予行のように思われた。この感触は、自分がマイルズ・ヴォルコシガン国守となったときに四六時中感じるはずのものだ。この味わいが好きだといえるかどうか、よくわからない。

〈ぼくに必要なのは……ネイスミスだ〉この骨抜きになったヴォルの生活には、やる気を失う。だが、ネイスミスは金のかかる趣味だ。機密保安庁にネイスミスのための支出をさせるには、正当な理由が必要だ。それが文字どおり人生の特命だ。〈自分の存在を正当化するために、おまえは今日何をしたか〉という質問に、ネイスミス提督は毎日答えられるようにしておくがいい。でないと消される危険性がある。機密保安庁の経理係は、ネイスミスをつづけるうえで、敵の砲撃のように危険なのだから。〈まあ……そういったところだ〉マイルズは指先でシャツの下の胸の傷跡をなぞった。

新しい心臓には、どこか馴染まないところがあった。血液は正常に送り出しているし、心室や弁に異常はない……自分の体組織から育てられたもののはずだが、適合しない他人のもののような気がする……。〈こんなからっぽの家に一人でいるから、すこしおかしくなりかけているんだ〉

特命任務。それこそマイルズに必要なものだ。それがあれば、すべてがまたうまくいくだろう。誰も傷つけたくはないが、ハイジャック事件とか、封鎖とか、植民惑星の内戦とか、喉から手が出るほど欲しい……いや、もっといいのは救助だ。捕虜たちを解放してやるのさ、そうとも。

〈そんなことはみんな、いままでにやってきた。それがおまえの望みなら、なぜ満足していない？〉

どうやらアドレナリンの味というのは、与えられるほど食欲の増すものらしい。ネイスミスは中毒になる。この渇望は、いままで以上に強烈でさらに毒性の強いものがないと、同じ程度の満足が得られないのだ。

その渇きを癒《いや》すために、マイルズはこれまで危険なスポーツをいくつか実験的に試してみた。欠けたものはほかにもあるが、熟練するだけの時間的余裕がないので、どれもあまりうまくならなかった。それに……余分な熱意がなくなっている。自分を危険にさらすだけでは、あまり面白くなかったのだ。だいいち一ラウンドだけで一万人の人命を勝ちとるような経験をすると、トロフィーなんか安っぽいがらくたにしか思えなかった。

〈ぼくはひどい特命が欲しいんだ。連絡をくれよ、イリヤン！〉

ついにやってきた連絡の通信は、本当にマイルズがうつらうつらしているところを直撃した。心配と、役にも立たない考えの堂々めぐりに苦しめられて、夜はよく眠れなかったので、疲れきったマイルズが昼寝をしていると、突然チャイムに叩き起こされたのだ。彼はそれまでに、イリヤンとの会見をおおよそ三百とおりぐらい、頭のなかで予行演習していた。だが、たったひとつ確実にいえるのは、三百一回めのはまったくちがうものになるだろうということだった。

イリヤンの秘書の顔が、ホロビッド盤の上に現れた。

「やっと」マイルズは、相手が口を開くまえにいった。そして寝癖のついた髪の毛を撫でつけ、いくらか感覚の鈍《にぶ》っている顔をこすった。

秘書は瞬《まばた》きをして咳払いし、それからいい慣れた言葉を口にしはじめた。「こんにちは、ヴォルコシガン中尉。イリヤン長官があなたに、一時間以内にオフィスに報告にくるようにと要請しておられます」

「もっと早く行けますよ」

「一時間以内に」秘書はくり返した。「司令部からそちらに車をまわします」

「ああ。ありがとう」

通信コンソールでこれ以上の情報を訊き出すのは無理だろう。マイルズの装置は、一般の型よりは機密保護があるが、たいしたことはない。

秘書は通話を切った。それでは、冷たいシャワーを浴びて、ふさわしい服に着替えるぐらいの時間はありそうだ。

その日二度めのシャワーを浴びると、アイロンのかかった通常軍服をクローゼットから出して、機密保安官の銀色の目のバッジを、襟の――ふん！――古びた中尉の襟章に並べてつけなおした。彼はこれを血にまみれた八年のあいだつけてきたのだ。この階級章はいくつでも持ってかまわないが、錆どめをほどこした、銀の分子層にホルスの目の図案が隠されているバッジは、一人に左右ひとつずつ一セットしか支給されない。裏面には名前と兵員番号が刻まれていて、なくした者はひどい災厄に見舞われるはずだ。機密保安官の目のバッジは通貨と同じように複製するのが難しく、通貨と同じくらいの力がある。支度が終わったときには、マイルズは皇帝に謁見してもいいくらいこざっぱりしていた。それ以上に。グレゴールはイリヤンほど、マイルズの運命に直接の支配力は持っていない。

こういうことは、すべて共感魔術なのだ。人はほんとうに役に立つことができないときには、たいして役には立たなくても衣服をぱりっとさせるようなとりあえずできることに、鬱《うっ》積《せき》したエネルギーを吐き出す傾向がある。そこまで念入りに身だしなみをととのえたのに、

された。

秘書はなかにはいれというように手を振った。

イリヤンのオフィスに着くと、今回はなかの長官室のドアが開いていた。イリヤンはやたら大きく、やたら使いこんだ感じの通信コンソール・デスクから顔を上げて、マイルズが分析官風よりは多少ぴりっとした敬礼をするとうなずき返した。イリヤンが制御装置に手を伸ばして外のオフィスとのあいだのドアを閉めると、ドアは自動的に保安ロックされた。ロックするというのはふだんとはちがう。これは何か大きなすごい仕事がはいったのではないか、ほんとうに困難な仕事なのではないか、とマイルズは希望を掻きたてられたが、逸《はや》る気持ちを懸命に抑えた。

そこには椅子が置かれていた。よかった。イリヤンがとりわけ怒っているときには、怒鳴りつけるのが終わるまで相手を立たせておく、ということをみんな知っている。といってもイリヤンは大声を上げるわけではなく、感情をうまく乗せられる痛烈な表現を上手に選ぶのだ。マイルズはそのやりかたに感心していて、真似したいものだと思っている。ところが今日は、機密保安庁長官の顔には奇妙な緊張が漂っていた。いつも以上にすごみが感じられる。

マイルズは席につき、上官に注意を集中しているのを示すため、軽くうなずいた。〈こっちの用意はいいですよ。はじめましょう〉

イリヤンはからだを乗り出しもせず椅子の背にもたれたまま、デスクの黒い表面の向こうからマイルズをじっと見つめた。

「きみは秘書に、先日の報告につけ加えたいことがあるといったそうだね」

〈くそっ。ここでいうか、いわずにすますか〉しかし医療上の小さな問題を告白すれば、どんな特命が与えられる予定であっても、完全にはずされてしまうのはわかっている。〈それじゃ、いわずにすまそう。あとで、自分でなんとかすればいい。できるだけ早く〉

「いまは重要なことはありません。それで何でしょうか」

イリヤンはため息をつき、何か思いめぐらすように机上の黒いガラスを指先で叩いた。

「ジャクソン統一惑星から、困った報告があった」

マイルズははっと息を吸いこんだ。〈ぼくはそこで一度死んだんだ〉

「ネイスミス提督がそのあたりで歓迎されないことはわかっていますが、ぼくは再試合する用意はあります。あそこのごろつきどもは、こんどは何をやらかしたんですか」

「今日の話は新しい特命ではないし、新しい報告でもない。これはきみの過去の……わたしが命じたのではないから特命とはいえないが、きみがその惑星でやったことに関係がある。その惑星でのきみの最後の冒険にね」イリヤンは目を上げてマイルズをじっと見た。

「ほう?」マイルズは用心深くいった。

「きみの低温蘇生手術の医療記録の完全なコピーが、やっと明るみに出てきたのだ。デュローナ・グループがジャクソン統一惑星を慌ただしく出発した際の混乱で、記録がエスコバールとフェル商館のあいだでばらばらになっていたために、だいぶ時間がかかった。フェル商館はいうまでもなく、余分のデータを進んで差し出すようなところじゃないしね。それを入手してうちの分析部で処理するのにさらに時間がかかり、やっとその記録が示唆《しさ》することの重要性に気づいた者がいて、詳細を読み解いたというわけだ。じつは数ヶ月かかった」

マイルズの下腹部は、凍結した死が蘇《よみがえ》ったように突然冷たくなった。とっさに彼は、高い建物のてっぺんから落ちるか跳ぶか突き落とされるかした人間が下の舗道に落ちるまでの、主観的には永遠まで伸びた時間の心理状態を正確に直感した。〈たったいま、重大な過《あやま》ちを犯したんだぞ。ああ、わかってる〉

「もちろんわたしがいちばん気に入らなかった点は」とイリヤンはつづけた。「きみの発作そのものではなく、きみを任務にもどそうとした機密保安庁の医者にそれを隠していたことだ。きみは医者に嘘をつき、その結果わたしに嘘をついた」

マイルズは唾を呑み、麻痺した意識のなかで弁解の余地のないことに弁解する言葉を探した。弁解できないことでも否定だけはできる。彼は明るい口調でしゃべる自分を想像した。〈発作って何のことですか〉だめだ。

「デュローナ博士が……それは自然になくなるといったのです」いったとも、ちくしょう、たしかにいったんだ。「あるいは……なくなるかもしれないと」彼は訂正した。「あのときは、もうなくなったと思ったんです」

イリヤンは顔をしかめた。そしてデスクの上にあった暗号カードを親指と人指し指でつまんで持ちあげた。

「これはデンダリィ隊から来た、いちばん新しい独自の報告だ。ここにはきみの軍医の医療報告もふくまれている。診療室ではなく、医師の個室に保管されているものだ。これはなかなか手にはいりにくかった。わたしはこれが届くのを待っていたのだ。昨夜届いた」

〈イリヤンには三人めの偵察員がいたのだ。考えればわかったはずだ。それに気づくべきだった〉

「きみはまだ、この内容について推理ゲームをしたいかね」イリヤンは辛辣《しんらつ》にいいたした。

「いいえ」マイルズはかすかにいった。そんな声を出すつもりはなかったのだが。「もうゲームはけっこうです」

「よし」イリヤンは固定椅子のなかですこしからだを揺すり、机の上にカードを投げもどした。イリヤンの顔はまさしく死神の顔だった。自分はどんな顔をしているんだろう。時速百キロで迫ってくる地上車のヘッドライトに照らされた動物が、かっと目を見開いている顔にでも似ているのだろうか。

「これは」イリヤンは暗号カードを指さした。「きみを頼っている部下が裏切ったわけだが、きみも同じように信頼している上司を裏切ったのだ。しかもきみの裏切りは、ヴォルベルグのからだで実証されたとおりのことを承知したうえでの裏切りだ。何か弁解の言葉があるかね」

戦術状況が悪ければ、立地を変えろ。〈勝てないようならルールを変えろ、だ〉緊張が高まったマイルズはいきなり椅子から立ちあがり、イリヤンのデスクのまえを行ったり来たりしはじめた。そして声を上げていった。

「ぼくはからだも血も捧げ――実際に大量の血を流して――九年近く長官に仕えてきました。ぼくがどんなに一生懸命長官に仕えたか、マリラック人に聞いてください。ほかの何百人にも聞いてください。三十件以上の特命任務をこなして、失敗に分類されるのはわずかに二件だけです。何十回となく命を賭《と》して働き、文字どおり命を捨てたんです。その働きがいま突然、無に帰するというのですか」

「いや、それは」イリヤンは大きく息を吸いこんでいった。「たいしたことだと思っているとも。だからこそ、きみがいま辞任すれば、不利益のない医療退役の扱いにするつもりだ」

「辞任？　やめろと？　あなたの考えでは、それが好意なんですか。機密保安庁はこのもみ消しよりひどいスキャンダルを、これまで何度も起こしてきたじゃないですか。あなたがその気になれば、もっとましなことができるのはわかってますよ！」

「それが最上の方法なのだ。きみのためだけでなく、きみの名前のためにもな。わたしはあらゆる角度から考えたのだ。何週間も考え抜いたすえの結論だ」

〈だから彼はぼくの家に通話をしてきたのだ。特命ではなかった。そんなものはどこにもなかったのだ。この話だけだ。ぼくははじめるまえから失敗していたんだ。もうどうしようもない〉

「きみの父上に三十年間仕えたあとで」イリヤンは言葉をつづけた。「これ以下のことはできない。これ以上もね」

マイルズは茫然とした。「父が……これを頼んできたんですか。知っているんですね」

「いや、まだだ。あの方に知らせるのは、きみの仕事にとっておく。この報告だけは、わたしは自分でしたくない」

イリヤンとしてはめずらしく臆病なせりふだが、マイルズにとっては恐ろしい罰だ。

「父の影響力ですか」マイルズは苦い口調でいった。「その好意も」

「いや、信じてくれ。さっききみが自分でいったような実績を残していなかったら、たとえきみの父上でもこういう慈悲を勝ちとることはできなかった。きみの経歴は、公《おおやけ》のスキャンダルをいっさい出さずに、静かに終わるのだ」

「そうですとも」マイルズは喘ぎながらいった。「まったく好都合ですよね。経歴に閉め出されて、ぼくは訴えることもできない」

「心から忠告するが――軍事法廷にこれを無理やり出したりするなよ。われわれ二人のあいだの秘密の決定にまさる好意的な裁定は、絶対にないだろう。いいか、こういっても冗談でいってるんじゃないからな——きみには立つべき足は一本もない、つまり頼りにする根拠は何もないってことだ」その言葉を強調するように、イリヤンは暗号カードをこつこつ叩いた。実際、彼の顔には笑いのかけらもなかった。「この証拠書類だけで——ほかのはたいしたことはない——きみは、運がよくても不名誉除隊で軍から放り出されるはずだ。それ以上の刑を受けずにすんだとしても」

「このことを、グレゴール陛下とお話しになったんですか」マイルズは訊いた。皇帝の好意はマイルズの最後の緊急用切り札だが、誓いを立てたこの相手に対しては、死んでも好意にすがったりはできない——。

「ああ。そうとう長いあいだだ。今朝はずっとそのことで、陛下と閉じこもって話していた」

「そうですか」

イリヤンは自分の通信コンソールを指さした。「いまここでサインをしてもらおうと思って、きみの記録を用意してある。掌紋《しょうもん》と網膜スキャン、それで終わりだ。きみの制服は……軍のできあいではないから返す必要はないし、階級章は記念に各自で保管する慣習だが、その銀の目の徽章だけは返してくれといわねばなるまい」

マイルズはくるりと踵《かかと》でまわり、徽章を護《まも》るように震える両手を上げて襟を押さえかけたが、途中でやめた。

「この目まで！　そんなこと……ほんとうじゃない。ぼくは説明できます、できますよ――」

通信コンソール・デスクも、椅子も、イリヤンの顔も、室内のあらゆるものの角や表面が、さきほどまでより際立って見えた。現実の基準が突然厳しくなって、そうしたものにも影響を及ぼしたかのように。そして緑の火の余光が砕けて色つきの紙吹雪《かみふぶき》になり、マイルズを包みこんだ。やめてくれ――！

意識をとりもどすと、マイルズはイリヤンの部屋の絨毯《じゅうたん》の上に仰向けに伸びていた。イリヤンが、血の気の引いた顔に緊張と不安を浮かべて覗きこんでいた。口には何か差しこまれている――顔を横に向けて鉄箪のようなものを吐き出した。イリヤンのデスクの上にあったライトペンだ。襟元がゆるめられているが――手を触れてみた――銀の目はまだいつもの場所にあった。倒れていたのは、わずかなあいだにすぎないのだろう。

「さて」彼はやっとかすかにいった。「さぞ面白い見物《みもの》だったでしょうね。どのくらいのあいだですか」

「だいたい」イリヤンは腕のクロノメーターに目をやった。「四分ほどだ」

「だいたいいつもどおりです」

「まだ寝ていなさい。医者を呼ぶから」

「医者なんかいりません。歩けますよ」

彼は起きようとした。だが片足がぐにゃりと曲がってふたたび倒れ、顔が絨毯で押しつぶされた。顔がべたついている――どうやら最初に倒れたときにぶつけたらしく、口が腫れて鼻も打ったのか鼻血が出ていた。イリヤンがハンカチを差し出したので、彼はそれを顔に当てた。一分ほど経《た》ってから、マイルズはイリヤンの手を煩《わずら》わせてさきほどの椅子にもどった。イリヤンはデスクに浅く腰掛けてマイルズを見つめていた。いつもこうやって見張っているのだ。

「きみはわかっているな」とイリヤン。「自分が嘘をついたことを。このわたしに。嘘の報告を書いた。あのいまいましい偽《いつわ》りの報告で、きみは何もかも……ふいにしたのだ。わたしはきみを疑うまえに、自分の記憶チップを疑ったよ。なぜなんだ、マイルズ。そんなにきみは気が動転していたのか」傷から血が滲《にじ》むように、その淡々とした声には苦悩が滲んでいた。

〈そうだ。ぼくはそれほど動転していたんだ。ぼくはネイスミスを失いたくなかった。失いたくなかったんだ……何もかも〉

「いまはもうどうでもいいことです」マイルズは襟を探った。片方の徽章が緑色の布地を破って震える手から落ちた。彼はふたつの徽章を、やみくもにイリヤンに突き出した。「さあ。あなたの勝ちです」

イリヤンは片手でそれを握りしめた。「そんな勝利なんか」と彼は静かにいった。「二度とごめんだね」

「そりゃけっこう。読み取りパッドをください。それに網膜スキャン装置も。さあ、こんないやなことは、さっさとすましてしまいましょう。ぼくは機密保安庁なんかうんざりだし、保安庁のくそを食うのなんか、もうまっぴらだ。もういい。けっこうです」

へその穴から熱波が外に向かって放射しているような感じで、震えがとまらない。マイルズはイリヤンのまえで自分が叫び出すのではないかと、怖くてたまらなかった。

イリヤンは握った手を内側に向けて、椅子の背に寄りかかった。「落ち着くまで、少し休みなさい。必要なだけ休むといい。そのあとわたしの部屋の洗面所で顔を洗いなさい。きみの具合がよくなって外に出られるようになるまで、ドアのロックはあけないからな」

〈不思議な慈悲だな、イリヤン。そうやって丁重にぼくを殺すんだ〉と思いながらも彼はうなずいて、よろよろとイリヤンの部屋の小さな手洗いにはいった。イリヤンはその入口までついてきて、どうやらそこで待つことに決めたらしく、マイルズを一人にした。鏡のなかの顔はまったく見るに堪えないものだった。血だらけで凄惨な感じだ。それはベアトリーチェ軍曹が死んだ日、振り返ってマイルズに見せた最後の顔に似ていた。もっともそれは百年も昔のことに思われる。〈イリヤンは偉大な名跡に恥をかかせたりはしないのだ。ぼくだってそうすべきではない〉彼は注意深く顔を洗ったが、破れた襟とその下に覗いているクリーム色のシャツについた血の汚れはうまくとれなかった。

マイルズは部屋にもどるとおとなしく椅子に腰を下ろして、イリヤンのなすままに掌紋の読み取りパッドに手を当て、網膜スキャンの処理をすませ、短い公式の辞任の言葉を記録した。

「さあいいでしょう。ぼくを外に出してください」マイルズは静かにいった。

「マイルズ、きみはまだ震えているぞ」

「もうしばらくは震えがとまらないはずです。そのうち収まります。どうか外に出してください」

「車を呼ぼう。そしてそこまで送っていくよ。一人になるべきではないな」

〈いや、一人になるべきなんだ〉「それはどうも」

「直接病院に行きたいかね？　そうすべきだと思うが。正式に除隊した退役兵として、きみは帝国軍病院の診察を受ける資格があるんだ。もちろん父上の名だけでも通用するだろうがね。これは……重要なのではないかと思うんだが」

「いや。ぼくは家にもどりたいんです。発作のほうはなんとかします……あとで。これは慢性のもので、危険なものではありません。つぎの発作まで、おそらく一ヶ月はあるでしょう、実際に起こるとしても」

「病院に行くべきだよ」

「あなたは」マイルズは相手に目をあてていった。「たったいま、ぼくの行動を左右できる権威をなくしたんですよ。念のために申し上げますが、シモン」

イリヤンは無言のまま、片手を開いてそれを認めた。そして自分のデスクのほうにもどると、ドアのロックを解除するキーパッドを押した。それから感情を拭いさろうとするように、ちょっと片手で顔を撫でた。そのとき彼の目に涙が湧きあがった。マイルズは、その涙がイリヤンの頬骨の上で気化するときの冷たさを、感じられるような気がした。だが振り返ったイリヤンの顔に浮かんでいたのは、見慣れたいつもの穏やかで感情を見せない表情だった。

〈まいったな。胸が痛むよ〉それに頭も痛い。それに胃も。そしてからだのどこもかしこも。

マイルズは立ちあがると、イリヤンが肘を支えようとためらいがちに伸ばした手をすり抜けて、ドアのほうに歩いていった。

ドアがしゅっと開くと、そこに心配顔の警備兵と並んで三人の男が立っていた——イリヤンの秘書、ハローチ将軍、そしてガレーニ大尉だ。ガレーニはマイルズを見ると眉を上げた。彼が徽章をとられた襟に気づいた瞬間が、マイルズにははっきりわかった。ショックで目を見開いたからだ。

〈おやおや、ダヴ。きみは、ぼくがどうしたんだと思う？〉イリヤンと怒鳴りあいの果てに、殴りあいをしたとでも？　そしてかっとしたイリヤンが、機密保安官の目を無理やりマイルズの上着からむしりとったとか？〈状況証拠からは、そう信じられるはずだ〉

ハローチの唇が開くと、困惑と驚きの混ざった吐息が洩れた。

「いったいこれは……」イリヤンに問いかけるように、ハローチは片手を開いた。

「ちょっと通してください」イリヤンは誰とも目を合わさず、そこを通り抜けた。集まっていた機密保安庁の士官たちは全員くるりと向きを変えて、二人が通路を進んで左に曲がるのを見送った。

7

機密保安庁の運転手の視線を意識しながら、マイルズは注意深くヴォルコシガン館《やかた》の正面玄関からはいった。そして背後でドアが無事に閉まるまで肩の力を抜かなかった。そして最初に行きついた椅子に、カバーもはずさずに倒れこんだ。震えがとまったのはそれから一時間後だった。

そしてやっと立ちあがったのは、室内が暗くなったときではなく膀胱《ぼうこう》の圧力に耐えきれなくなってからだった。〈ぼくらの主人はからだだ。からだのとりこなのさ。とりこを解き放て〉立ちあがって動き出してはみたが、唯一の望みはもう一度じっと座りこむことだとわかった。〈酔いつぶれるべきなんだな。こういう状況では、それが昔からのしきたりじゃないのか〉彼は地下室からブランディーを一本とってきた。ワインには毒気があってふさわしくない気がしたのだ。突然動き出してはみたものの結局尻つぼみになって、これ以上なさそうな狭い部屋を四階で見つけたので、そこで休むことにした。窓はあるがクローゼットといってもいいような部屋だ。以前は召使いの部屋だったのだが、ここには古びた耳付き安楽椅子があった。はるばる出かけてブランディーを見つけてきただけで、マイルズにはもうボトルをあける気力が残っていなかった。そこで大きな椅子のなかに小さく丸まった。

深夜をいくらか過ぎたころふたたびトイレに出かけ、ついでに祖父の形見の短刀を持ち帰って、椅子の左手にあるランプ用テーブルの上の、口をあけていないブランディーの横に置いた。短刀には飲み物と同じようにあまり気をそそられなかったが、いじっているとしばらくは面白かった。刃の上で光を遊ばせたり、手首や喉に刃を押し当ててみたりした。喉にはすでに低温処置の準備《プレップ》の際についた細い傷が残っている。〈とうぜん喉さ、やるとすれば〉完全にやるかまったくやらないか。遊びはなしだ。

といっても、すでに一度死んだことがあるのに、それが何の助けにもなっていない。死には神秘も希望も内在しない。それに怖いのは、このまま死んだとき蘇生させるために手をつくした人々が、また同じことをしたがる可能性があることだ。そしてまたもやしくじる可能性も。いやそれどころか、まえよりもっとまずいことになるかもしれない。マイルズは以前に、低温蘇生の中途半端《はんぱ》な成功例というのを見たことがあった。成功例とはいっても、かつては人間だった肉体が植物状態や動物状態になりさがって、ときたま泣き声のようなものを上げたりするのだ。いやだ。死にたくはない。少なくとも自分の死体が発見される場所ではいやだ。たったいま生きていることが耐えがたいだけのことなのだ。

生と死というふたつの有機的状態の中間にあるサンクチュアリ——つまり眠りは、訪れることを拒んでいた。もっともここにいつまでも座りこんでいれば、とうぜん最終的には眠るにちがいないのだが。

〈起きろ。起きあがって逃げ出すんだ。全速力で〉機密保安官やほかの者に追いつかれないうちに、デングリィ隊にもどってしまえ。いまがチャンスだ。ネイスミスになるチャンスだ。ネイスミスになる最後のチャンスだぞ。〈行け。行け。行け〉

彼は筋肉をこわばらせ、頭のなかでは逃亡という言葉を連禱《れんとう》のように響かせながら座りこんでいた。

そのうち水を飲まなければそうたびたび立ちあがる必要がないことに気づいた。相変わらず眠れなかったが、夜明けまえには思考がゆるやかになってきた。一時間に考えひとつ。それでけっこうだ。

窓から部屋のなかにふたたび光が忍びこんでくると、スタンドの明かりが青白くぼやけてきた。四角い日の光がすり切れた模様入りの絨毯《じゅうたん》の上を、左から中央へそして右へと、彼の思考のようにゆっくりと移動していき、やがて消えた。

外から聞こえる町の騒音が、夕闇が押し寄せてくるとともに薄らいだ。だが小さな泡のなかの一人だけの闇は、低温保管器のなかのように、世の中から遮断されて変わりがなかった。

遠くで声が彼の名を呼んでいた。〈イワンだ。げー。あいつとは話したくない〉返事はしなかった。何もいわず何もしないでいれば、たぶん見つからないだろう。たぶんみんなまた行ってしまうだろう。乾いた目で、マイルズは古びた漆喰《しっくい》の割れめを見つめていた。もう何時間も視線はそこに張りついたままだった。

だが、その企《たくら》みはうまくいかなかった。この小さな部屋のまえの廊下に、ブーツの足音が響いた。そしてさきほどよりずっと大きな声で叫ぶイワンの声が、耳に痛いほど聞こえた。

「ここにいるぞ、ダヴ！　見つけたよ！」

べつの足音。急ぎ足でどしんどしんと歩いてくる。イワンの顔が壁を遮って、視野のなかで揺れている。イワンは顔をしかめた。

「マイルズ、どうしたんだ？　こんなところで」

ガレーニの声。「なんてこった」

「心配ない」とイワン。「閉じこもって、適当に酔っぱらっただけのことさ」口をあけていない瓶を持ちあげる。「あれ……ちがうらしいね」それからイワンはその横に置かれていた、鞘《さや》を払ったナイフをつついた。「ふーん」

「イリヤンのいったとおりだ」ガレーニがつぶやいた。

「いや……そうともいえないよ」とイワン。「二十五回もこういうことを見せつけられると、いちいち驚かなくなるんだ。そいつはただ……何か必要があったんだろう。自殺するつもりだったのなら、何年もまえにやっている」

「まえにもこういう状態になったのを見たことがあるのか」

「そう……これとまったく同じではないけど……」イワンの緊張した顔が、もう一度壁のまえをふさいだ。そしてマイルズの目のまえで片手を振った。

「瞬《まばた》きしなかったぞ」ガレーニが不安そうに指摘した。「おそらく……彼に触らないほうがいいだろう。医者を呼ぶべきだとは思わないかい」

「精神科のってことかい。とんでもない。ぜんぜん見当ちがいだよ。精神科の連中に一度つかまったら、マイルズは二度と放免してもらえないぞ。だめだ。これは家庭内で解決すべき問題なんだ」イワンはきっぱりといった。「どうすべきか、ぼくにはわかっている。おいでよ」

「一人にしておいてだいじょうぶだろうか」

「もちろんさ。一日半も動いていないんなら、遠くには行かないだろう」イワンはちょっと考えてからいった。「だけど、ナイフは持っていこう。念のために」

彼らはがたがたと出ていった。マイルズのゆるやかな思考が、十五分にひとつに速まってそれを受けとめた。

〈二人とも行ってしまった。

よかった。

きっともうもどってこないだろう〉

だが残念ながら、そのとき二人がふたたび現れた。

「ぼくが肩を持つよ」イワンが指示した。「きみは足だ。いや、ブーツをさきに脱がせたほうがいいな」

ガレーニはそのとおりにした。「少なくとも硬直はしていないね」

〈まさか、まったくぐったりしてるよ〉硬直するには努力がいる。ブーツはごとんと床に落ちた。イワンは自分の制服の上着を脱ぎ、下に着ている丸襟シャツの袖をたくしあげて、マイルズの腋の下に手を入れて持ちあげた。ガレーニはいわれたとおりに足を持った。

「思ったより軽いな」とガレーニ。

「そうさ。でも今度マークを見てごらんよ」とイワン。

二人の男は、四階と三階をつなぐ狭い召使い用の階段を通って、マイルズを担ぎ下ろした。たぶんベッドに運ぼうというのだろう。それなら面倒が省《はぶ》けていい。ベッドでなら眠れるかもしれない。それにもし、非常に運がよければ、つぎの世紀まで目覚めずにすむかもしれない。そのころになれば、自分の名も自分の世界もなくなっていて、ゆがめられた伝説が人々の頭に残っているだけかもしれないのだ。

ところが二人は寝室のまえを素通りして、あちこちぶつけながら廊下のさきの、昔から改装されていない古い浴室にマイルズを運んでいった。そこには小さな男の子たちが泳げるくらいに大きな旧式の鉄の浴槽があった。少なくとも百年はまえのものだ。

〈ぼくを溺死させるつもりかな。それならむしろ好都合だ。やらせておこう〉

「一二の三の、三でやるかい」

「せえのだけでいい」とガレーニ。

「わかった」

二人はバスタブの縁の上でマイルズを揺らした。そこではじめて、下にあるものがちらりとマイルズの目に映った。からだは痙攣《けいれん》しようとしたが、使わずにいた筋肉がかたまって動かず、憤慨して叫ぼうにも喉がからからで声が出なかった。

百リットルほどの水。そこに氷のかけらが五十キロほど浮いている。

マイルズは縮みあがるような冷たい水のなかに投げこまれた。イワンの長い両腕がマイルズを底まで押さえこんだ。

マイルズは叫びながら水から顔を出した。「氷み――」そしてイワンに突きもどされた。

つぎの息継ぎで、「イワン、とんでもない、やろ――」

三度めに上がってきたとき、マイルズの声は言葉にならない怒号《どごう》になっていた。

「よし、よし」イワンは嬉しそうに笑った。「これならきっと、反応すると思ったんだ！」

そしてしぶきを避けて首をすくめている、かたわらのガレーニに向かっていいたした。「マイルズは永久凍土基地で気象観測士官として勤務したときから、何よりも寒いのが嫌いになったんだよ。さあもどろう」

マイルズはイワンの手を振り払って凍った水を吐き出し、攀《よ》じ登って、バスタブの縁から転げ出た。氷のかけらがびしょ濡れの制服の上着のあちこちにこびりついており、首筋からも冷たく滑り下りてくる。マイルズは拳《こぶし》を握って構え、にやにや笑っている従兄弟《いとこ》の顔に向けて突き出した。

拳はイワンの顎にがつんと肉に食いこむ音を立ててぶつかった。手の痛みが快《こころよ》かった。

イワンを殴るのに成功したのは、これが生まれてはじめてだった。

「おい！」イワンは後ろに下がりながらわめいた。マイルズの二発めは、イワンが慎重にマイルズの腕の届かない距離をとっていたので空を切った。「そんなことしたら、腕が折れると思っていたけどな」

「もう折れないんだ」マイルズは息を切らしていった。そして腕を振りまわすのをやめて、震えながら立っていた。

イワンは不思議そうに眉を上げて、顎を撫でている。「気分はよくなったかい」ちょっと間をおいてイワンはたずねた。

マイルズはそれには答えず、まだ上着についていた氷のかけらをむしりとりイワンの顔めがけて投げつけながら、罵《のの》りの言葉を浴びせかけた。

「そういう言葉を聞いて嬉しいよ」イワンは優しくいった。「それじゃこれから、きみが何をすべきかいうから、ちゃんとそのとおりにするんだぞ。まず部屋にもどって、その濡れた制服を脱ぐんだ。それから、そのみっともない髯《ひげ》を除毛して、熱いシャワーを浴びる。そのあと服を着る。これだけできたら、きみを夕食に連れていってやるからな」

「出かけたくない」マイルズはむっつりと小声でいった。

「きみの意見なんか訊いてないぞ。ダヴ、ぼくはマイルズに、ベータ式に多数決で決めてもらうなんていったかい」

ぼやっと見とれていたガレーニが、首を横に振った。

「よし」イワンはつづけた。「意見を聞く気はないし、きみには選択権はないんだ。階下のフリーザーにはまだ五十キロほど氷があるし、ぼくらが躊躇《ちゅうちょ》なくそれを使うことはわかってるはずだ」

マイルズは、この脅《おど》しに断固たる熱意と誠意がこめられているのを読みとった。そこで、まくしたてていた悪態は、不愉快ではあるが戦意をなくした小声のぼやきに変わった。

「面白がっていただろう」というのが最後の文句だった。

「まったくそのとおり」とイワン。「さあ、服を着替えてこい」

イワンは近くのレストランにマイルズを引っぱっていくあいだに、さらにつぎつぎに命令を出した。レストランでも、小声で脅しつづけたので、マイルズは仕方なく食べ物を口に入れて嚙み、呑み下した。だが一度食べはじめると、マイルズはひどく腹がへっていたことに気づいたので、イワンも満足して口うるさくいうのをやめた。

「さあ」イワンはデザートの最後のひと口を自分の口に放りこみながらいった。「いったい何があったんだ?」

マイルズは二人の大尉を見上げ、ガレーニのホルスの目の徽章《きしょう》を見つめながらいった。

「そっちがさきだ。きみたちは二人とも、イリヤンにいわれて来たのか」

「きみのようすを調べるようにいわれたのはぼくだ」ガレーニがいった。「ぼくらが友人か何かだと思っているようだね。門衛の報告では、きみはいったきり出てこないということだし、通信コンソールで何回呼びかけてメッセージを送っても返事がないから、自分で見にいくほうがいいと思った。だけど……一人でヴォルコシガン館に押し入るのは気が進まなかったから、イワンを誘った。イワンなら親戚として館にはいる権利があると思ってね。イリヤンの許可はもらっていたから、門衛は館のロックを開いてぼくたちをなかに入れてくれた。だから窓からはいらずにすんだのさ」ガレーニはそこでいいよどんだ。「それに、一人できみの死体をどこかの垂木《たるき》から下ろしている場面は、考えたくなかった」

「そんなことないって、いっただろ」とイワン。「マイルズのやりかたじゃない。もしほんとうに自殺するのなら、絶対に大がかりな爆発かなんかをやらかすはずだぜ。そしてたぶん罪もない人たちを巻き添えにするのさ」

マイルズとイワンは冷笑を交わした。

「そうとも……いいきれなかった」ガレーニはいった。「きみは、イリヤンのオフィスを出てきたときのマイルズを見ていないからね。まえにも、ショックを受けてああいう表情をしているやつを見たことがあるが、そのときはライトフライヤーの残骸からそいつを引き出すはめになった」

「説明するよ」マイルズはため息をついた。「だけどここではできない。もっとうちうちの場所でね。職務にかかわることだから」そしてぷいっとガレーニの銀の目から顔をそむけた。「ぼくのこれまでの職務に」

「そうだな」ガレーニは穏やかに同意した。

三人は結局ヴォルコシガン館の厨房《ちゅうぼう》に落ち着いた。マイルズはイワンが酒を飲ませてくれないかと期待したのだが、従兄弟は紅茶を淹《い》れて、マイルズに水分補給させるために二杯飲ませた。それから椅子にまたがると、背後で両手を組んでいった。

「さあよし。はじめろよ。話さなきゃならないのはわかってるだろ」

「ああ。わかってる」

マイルズはちょっと目を閉じて、どこからはじめようかと考えた。最初はおそらくうまくいくだろう。弁解と否定の言葉。すべて練習ずみの言葉が、頭のなかに湧きあがった。それらを舌の上でバランスをとろうとすると、真実の告白よりもいやな味がして、なめらかに出てこなかった。二点をつなぐ最短の方法は直線だ。

「去年、低温蘇生したあとで……ぼくには後遺症があった。ある発作を起こしはじめたんだ。二分から五分つづく痙攣発作だ。極端なストレスがあったとき誘発されるらしい。ぼくの手術をした医師は、記憶喪失と同じように、自然に治るかもしれないといった。発作は稀《まれ》にしか起こらず、その言葉どおり落ち着いたように思われた。だからぼくは……帰郷したとき、それを機密保安庁所属の医師には話さなかった」

「そりゃあ、まずい」イワンがぼそりといった。「話がどうつながるかわかるよ。誰にも話さなかったのかい」

「マークは知っていた」

「マークにはいった。だけどぼくにはいわなかったのか」

「マークは信頼できたから……ぼくが頼んだことについてはね。きみは、自分で正しいと判断した場合だけしか信頼できない」これとほとんど同じことをクインにいったような気がする。まいったな。

イワンは口元をゆがめたが、それを否定はしなかった。

「最悪の場合、それが医療退役の片道切符になるかもしれないと、ぼくが恐れたことはわかるだろう。よくてデスクワーク、二度とデンダリィ傭兵隊や現場の仕事にはもどれない。だけど、ぼくが、というよりデンダリィ隊の軍医が秘かになんとかしてくれれば、イリヤンに知られることもない、と思ったんだ。軍医はぼくに薬をくれた。それが効《き》いているとぼくは

思っていた」〈だめだ。弁解はやめろ、ちくしょう〉

「それでイリヤンがきみを捕まえて、そのために馘《くび》にしてしまったのか。いままでイリヤンにあれだけつくしてきたのに、それはちょっと極端じゃないか」

「それだけじゃないんだ」

「ああ」

「最後の特命任務で……ぼくらは誘拐された機密保安庁の急使士官をハイジャッカーの手から救い出すため、ゾアーヴ・トワイライトの向こうまで出かけた。ぼくは自ら救出の指揮をとりたかった。そこで戦闘アーマーを身につけたんだが……その作戦のさなかに症状が出たんだ。ぼくのスーツのプラズマ・アーク銃が発射状態に固定された。ぼくは気の毒な急使士官をまっぷたつにするところだったが、さいわい彼は足を切断されただけですんだ」

イワンはぽかんと口をあけ、それから口を閉じた。「ああ……そういうことか」

「いや、まだだ。まだあるんだ。それは単なる馬鹿げた過《あやま》ちにすぎない。そのあとぼくがやったことが、致命的だった。ぼくは特命報告を偽造したんだ。ヴォルベルグの事故を機能不全のためだと主張して」

ガレーニがほうっと息を吸いこむ音が聞こえた。「イリヤンの話では……きみは要請によって辞職したということだった。ところが誰の要請なのかいわないし、ぼくもあえて訊かなかった。ぼくには信じられなかったんだ。これはべつの偽装のはじまりではないか、内部調査か何かかもしれない、と思っていた。もっともきみの顔に浮かんでいた表情は、つくりものではありえないとは思ったがね」

イワンはまだ話が呑みこめないようだった。「きみはイリヤンに嘘をついたのか？」

「そうさ。しかもその嘘を書類にしたんだ。やる価値のあることなら、何だろうと上手にやるべきじゃないか。ぼくは辞職したんじゃないんだよ、イワン。馘になったんだ。いまバラヤーじゅう探しても、ぼくほどはっきりと馘を切られた者はいないだろう」

「長官が自分で、きみの銀の目をむしりとったのか」イワンは銀の目のように目を丸くしていった。

「誰がそんなことをいった？」

ガレーニが唸った。「そう見えたのだ。ハローチはそう思ったらしい」

〈もっと悪いんだ。イリヤンは泣いていたよ、イワン〉イリヤンが泣くなんて、マイルズの生涯でもはじめてのことだった。

「いや。自分でとった。すべて自分で片をつけた」そしてためらったのちいった。「じつはイリヤンの執務室でまた発作を起こしたんだ。彼の目のまえで。この発作はストレスで誘発されるって、さっきいったと思うけど」

イワンは顔をゆがめ、同情とたじろぎを半々に浮かべていた。

ガレーニはふうっと息を吐き出した。「ハローチには辞職自体信じられなかったようだ。

ハローチはね、きみが金の延べ棒をひりだすやつだとイリヤンが思っていることは、機密保安庁司令部の人間なら誰でも知っている、といっていたよ」

〈ネイスミスは最高だった、そりゃそうだ〉「ダグーラ第四惑星作戦のあとでは、そう思って当然だったね」といっても、ダグーラ救出作戦はもう四、五年前のことだ。〈それでおまえは最近、わたしに何をひりだしてくれた？〉「それは、ハローチがいったとおりの言葉だろう。彼のいいそうなことだ」

「うむ。彼の表現はぶっきらぼうだね。まさしく馬鹿者には甘い顔をしないやつだ。あの男は下の階級からの叩きあげだと聞いている。ハローチは、きみがイリヤンの後継者として仕込まれていた、といってたよ」

マイルズは驚いて眉を上げた。「そんなことありえない。デスクワークの監督には現場スパイとはまるでちがう素質が求められるはずだ。第一、規則に対する姿勢がまったくの正反対だろう。ぼくには……イリヤンの仕事を引き継ぐような用意はまるでなかった」

「だけどハローチはそういっていた。きみのつぎのポストはハローチの補佐役だったらしい。五年間惑星内で過ごして、イリヤンが退役する用意ができるころには、きみも昇格する用意ができているというわけだ」

「くだらない。惑星内業務部だなんて。仮に船の代わりにデスクを与えられるにしても、コマールの銀河業務部なら話はわかるけどね。あそこならいくらか経験もある」

「きみをハローチにつける狙いは、きみの経験にそういうギャップがあるからだ。以前にイリヤンから聞いたところでは、ハローチは惑星内業務の諜報員だったころに、皇帝の命を狙った重要な陰謀の阻止に少なくとも四回はかかわっているんだそうだ。彼が部長に昇進することになった、あの〈ノコギリソウ事件〉はべつにしてね。たぶんイリヤンは、ハローチからそういうところを学んでほしいと思ったんだろう」

「ぼくにそんな必要は――」といいかけてマイルズは口を閉じた。

「その〈ノコギリソウ事件〉って何だい」イワンが訊いた。「そんなに重要な事件なら、なぜぼくは聞いてないんだろ?」

「対テロリズムの教科書的事例だよ」とガレーニ。「イリヤンは新しい部下の分析官にはかならず勉強させている」

「機密保安庁のなかでは有名な事例なんだ」マイルズは説明した。「ところが成功した事例なのに、保安庁の外部ではほとんど知られていない。それが仕事というものなんだ。成功例は秘密にされて感謝もされず、失敗例はぱっとひろまって非難だけが寄せられる」〈ぼくの軍歴がいい例だ……〉

「危機一髪の事件だった」ガレーニがいった。「ある極端な孤立主義の党派がヴォルトリフラニー国守と手を組んで、ノコギリソウ号という名の古いジャンプ貨物船で、皇宮めがけて自爆降下をしようと企んだんだ。実行されていたら、積載していた爆発物がなくても、皇宮の大部分を破壊していただろう。爆発物を積んだことが唯一の失策だったんだね。ハローチのチームは、そこから糸をたぐって彼らを突きとめた。ヴォルトリフラニーは必死でテロリストと距離をおこうとしたが、支援していたことが露顕《ろけん》して、それ以降は、あー、彼が帝権を煩《わずら》わすことはなかった」

イワンは目をぱちくりさせた。「おふくろのマンションは皇宮からたいして離れていないな……」

「そう、もし連中が目標を誤っていたら、どれほど多くのヴォルバール・サルターナの住民がやられていたかわからない」

「数千人だろう」マイルズはつぶやいた。

「こんどハローチに会ったら、忘れずに礼をいうことにしよう」感慨深げな声音《こわね》でイワンはいった。

「ぼくはそのとき惑星外にいたんだ」マイルズはため息をついた。「いつものとおり」彼は理屈に合わない嫉妬の疼《うず》きを抑えた。「ぼくの昇格の提案のことは、いままで誰にも聞いたことがないなあ。いつ……そのろくでもないちっぽけな贈り物が現実になる予定だったんだい」

「今年じゅうらしいね」

「ぼくは、デンダリィ隊を機密保安庁にとってかけがえのない存在にして、ぼくにはほかの仕事が考えられないようにしたつもりでいたんだけど」

「それじゃ、きみは少々うまく仕事をやりすぎたんだな」

「三十五で機密保安庁長官か。ふん。ありがたい、ぼくは少なくともそれを免《まぬが》れたんだ。さあて。ハローチにとっては、自分の頭越しに昇進させるために、ヴォルの小犬にトイレのしつけをするなんて、ありがたくなかっただろうね。絶対にほっとしているはずだな」

ガレーニは謝るような口調でいった。「実際に、そういう顔つきだったよ」

「ふん」マイルズは陰鬱《いんうつ》にいった。そのあとつけ加えた。「ところで、ダヴ。ぼくがきみに話したのは内密の情報だと、もちろん思ってくれるね。機密保安庁司令部をはじめとして他方面に流す公式のやつでは、ぼくは既得権つきの医療退役になったということになっている」

「そうイリヤンはいったよ、ハローチに訊かれて。イリヤンはすごく口が堅かった。だけど、もっと何かあるはずだとはわかるだろう」

イワンが出ていった。マイルズはティーカップの上に頭《こうべ》を垂れた。いまなら眠れそうだと思った。じつのところ、いましたいのはそれだけだ。イワンはすぐにもどってきて、厨房のテーブルの横にどしんとスーツケースを置いた。

「何だい、それは」マイルズは疑念にかられて訊いた。

「ぼくの身のまわりのものさ」とイワン。「この二、三日のためにね」

「まさか引っ越してきたんじゃないだろう！」

「なんだい、場所はたっぷりあるだろう。ホテルよりもたくさん部屋があるじゃないか、マイルズ」

議論しても勝ちめがないとわかって、マイルズはまたぐったりした。「ぼくのつぎの仕事を思いついたよ。ヴォルコシガンのベッド・アンド・ブレックファースト経営だ」

「部屋は安いかい」イワンは眉をぐっと上げていった。

「とんでもない。大金を請求する」ちょっと考えてから、「それで、いつ家にもどる予定なんだい」

「きみがここに何人か人を入れるまでいるよ。きみの頭が治るまで、少なくとも運転手は必要だ。さっきついでに、下の駐車場にきみのライトフライヤーがあるのを見てきた。修理屋に調整に出しているだって、くそったれ。それから食事をつくって、きみが食べるのを横に立って見張る人間が必要だね。それからきみが汚したところを掃除をしてくれる者も」

「ぼくはそんなに汚さないから――」

「それにほかの連中が汚したところも」イワンは容赦なくつづけた。「ここには職員が必要だよ、マイルズ」

「ほかの博物館と同じようにかい。わからないな」

「職員が欲しいかどうかわからないというのなら、考えてごらん。選択の余地はないぞ。雇う方法がわからないというのなら……ぼくのおふくろに頼めばいい」

「いやあ……自分の部下は自分で選んだほうがいいと思う。きみの母上は、正しくかつふさわしくやりすぎるんだよ、ボサリ軍曹の昔のいいぐさだけど」

「じゃあ、それでいいさ。自分でやれよ、でないとおふくろにやらせるからな。これで脅しになるか？」

「効果的だ」

「じゃ、それでよし」

「一人いれば足りるとは思わないか。全部やってもらうんだ。運転も、料理も……」

イワンは鼻を鳴らした。「――きみのあとを追っかけまわして、いやな薬まで服《の》ませてくれるやつかい。それなら、バーバを一人雇って女房を見つけてもらう必要があるね。運転手とコックの兼任からはじめて、あとはおいおいでいいじゃないか」

マイルズはうんざりして顔をしかめた。

「いいか」とイワン。「きみはヴォルバール・サルターナのばりばりのヴォル卿なんだぜ。この町はぼくらのものだ。だったら、それらしく暮らせよ！　楽しい気晴らしを見つけてさ！」

「イワン、気が狂ったのか」

「きみはヴォルコシガン館の客じゃないんだぞ、マイルズ。ここの一人息子だ。マークが来るまではそうだったし、マークは個人的な財産を持っている。少なくとも自分の可能性に目を開けよ！　きみはイリヤンの下で働いて、視野が狭くなったな。最近じゃ自分の人生がほとんどないような感じだったぞ」

〈それはほんとうだ。ネイスミスがぼくの人生を独り占めしていたんだ〉だがいまやネイスミスは死んだ——結局は、ジャクソン統一惑星でニードル手榴弾で殺されたのだ。ただその認識がしみ渡るのに、まるまる一年の月日が必要だったということだ。

マイルズはある種のミュータントの話を読んだことがある。切り離しのできないからだで、いっしょにくっついて生まれた双生児のことだ。ときには恐ろしいことだが片方がさきに死んで、他方は数時間から数日間死体にくっついたまま暮らし、それからやはり死ぬということだ。ヴォルコシガン卿とネイスミス提督は、からだがひとつになった双生児だ。

〈これ以上は考えたくないな。こんなことは、まったく考えたくない〉

「もう……寝ようよ、イワン。もう夜もおそいんだろう」

「そりゃあおそいさ」イワンはいった。

8

つぎの朝、マイルズは日が高くなるまで寝ていた。迷宮のような家を通り抜けて厨房《ちゅうぼう》に行ってみると、イワンが座ってコーヒーを飲んでいて、流しには彼のとった朝食の皿が山積みになっていた。マイルズはがっくりした。

「仕事に行かなくていいのか」マイルズはコーヒー・メーカーの底に残ったどろっとしたものをカップに注ぎながらたずねた。

「数日間の休暇をとったんだ」というのがイワンの返事だった。

「何日だい」

「必要なだけさ」

マイルズが適切な行動がとれそうだと、イワンが満足するのに必要なだけということか。マイルズはそこをじっくり考えてみた。それなら……マイルズが欲しくもない職員を雇えば、イワンは監視役から解放されて、自分のこぎれいなマンションに帰っていくだろう——ちなみに、そのマンションには控えめな清掃サービスがはいっているだけで、邪魔な職員など誰もいない。そのあとマイルズはその職員とやらを解雇して……つまり、あとであらためて、文句なく熱意あふれる推薦状とボーナスを添えて辞《や》めさせればいいわけだ。それでうまくいくだろう。

「両親には、もうこのことは知らせたのかい」イワンがたずねた。

「いや。まだだ」

「知らせるべきだ。どこかよそから、事実を曲げた内容が伝わるまえにね」

「そうだね。だけどそれは……容易じゃない」マイルズは顔を上げてイワンを見た。「きみが知らせてくれないかな……」

「絶対にだめだ！」イワンはぞっとしたような声で叫んだ。そして一瞬黙りこんだあと、いくぶん気の毒そうな声音《こわね》になって、「そのう……きみがどうしても自分でできないのならね。だけど、できたらやりたくない」

「じゃあ……考えてみるよ」

マイルズは色の変わったコーヒーの残りをカップにがばっと入れると、とぼとぼと二階に上がり、刺繍《ししゅう》のあるゆったりした田舎風のシャツと黒っぽいズボンをクローゼットの奥から見つけて身につけた。このまえ着たのは、もう三年もまえのことだ。少なくともきゅうくつにはなっていなかった。それからイワンが近くにいないうちに、バラヤー軍の制服とブーツを全部引っぱり出してひとくくりにし、廊下のさきの使っていない客用寝室のクローゼットに放りこんだ。これでクローゼットをあけるたびに見なくてすむ。それからじくじくためらったすえに、デンダリィ傭兵隊の制服も同じように始末した。吊るしてある服が少なくなったクローゼットは、淋しく見捨てられたような感じがした。

それからマイルズは、寝室の通信コンソールのまえに落ち着いた。両親へのメッセージを書くために。ああ、まいったな。エリ・クインにも書かねばならない。彼女と仲なおりをする機会ははたしてあるのだろうか。顔と顔、からだとからだを合わせて。それを通信コンソールのメッセージで片づけるのは、おそろしく複雑な作業だった。影の薄い電子の幽霊が、現実から数週間ずれて、まずい選び方をした言葉や誤解されそうないいまわしを口にするのだ。それにデンダリィ隊へのメッセージはすべて、機密保安庁のセンサーでモニターされている。

〈いまはこんなことには向きあえない。あとでやろう。まもなく。約束する〉

メッセージを送る代わりに、まだしも気が楽なヴォルコシガン館《やかた》の職員を雇うプランに頭を切り替えた。ところでこの計画の予算はどれくらいあるのだろう。医療退役後は中尉の俸給の半額が支給されるが、それではフルタイムの召使い一人分の給料と賄《まかな》い分にもならない。部屋代はかからないにしても、少なくとも一般的な首都在住の貴族に雇われるような優秀な人材ならば——この都市の労働市場では、六十もあるほかの領地の国守の館や、国守ではない貴族の主人や、ヴォルではない新興の裕福な実業家といった人々と競わねばならないのだ。

いまではそういった実業家が適齢期のヴォルの娘をかどわかして妻にし、憧《あこが》れの様式で家政をとり仕切らせている例が深刻なほど増えている。

マイルズは通信コンソールに暗証を入力した。驚くべき速さでハサダーの事務所までマイルズの通信が届いたとみえて、たちまちヴォルコシガン家の事業支配人ツィッピスの感じのいい笑顔がホロビッド盤の上に現れた。

「おはようございます、ヴォルコシガン卿！　惑星外の任務からおもどりとは存じませんでした。どんなお役に立てますでしょうか」

どうやら彼はまだマイルズの医療退役のことを知らないらしい。マイルズはこの出来事を、かいつまんだ一般向けの形でも何でも、いま説明するのは気が重かったので、こう答えるだけにした。

「ええ。数週間前にもどったんです。それで……思ったよりも長く地上にいることになりそうなんですよ。ぼくはどういう資金を利用できるんでしょうか。父はそちらに何か指示を残していきませんでしたか」

「何もかもです」ツィッピスはいった。

「何ですって？　意味がわからないけど」

「国守閣下と夫人は、セルギアールに発《た》たれるまえに、すべての預金口座と債券をあなたとの共有にしていかれました。万一に備えて。あなたはご父君の遺言執行人です、ご存じのとおり」

「そりゃそうですけど……」マイルズはセルギアールがそんなに野蛮な開拓地だとは思っていなかった。「えーと……ぼくは何ができますか」

「できないことをいうほうが簡単ですね。つまり、あなたに相続が限定されている家屋敷を売ることはできません。すなわちハサダーの邸宅とヴォルコシガン館は。でもお好きなだけ何でも買うことができますし、もちろんあなた個人の名義でおじいさまから相続されたものは、売ることもできます」

「それでは……フルタイムの運転手を雇うこともできますか」

「ああ、そりゃあ、もちろんです。ヴォルコシガン館の職員を必要なだけ何人でも雇うことができますよ。そのための資金はじゅうぶんにあります」

「そういう資金は、セルギアールの総督宮殿に必要なんじゃないんですか」

「国守夫人の持ち分からはかなりの出費がありましたが、どうやらそれは改修費のようです。お父上のほうはいまのところ、二十人の親衛兵士を抱えておられるだけです。その他のセルギアールの経費は、すべて帝国予算から出ています」

「なるほど」

ツィッピスはにっこりした。「ヴォルコシガン館を再開するお考えなのですか。それは素晴らしいことです。昨年、冬の市のときにそちらの晩餐に招かれましたが、まことに見事なお屋敷ですね」

「いや……まだいまのところは」

ツィッピスは目を伏せた。そして、「ああ」とがっかりしたような声でつぶやいた。それから遅まきながらはっとしたような顔になった。「閣下……お金がお入り用なのですか」

「あー……そうなんです。それを考えていたところなんです。たとえば運転手とか、たぶんコックも必要だろうから、その給料や、請求書の支払いをしたり、必要なものを買ったり……相応な生活費ってことですよ」

これまでは機密保安官の給料が任務で長期間留守にしたあいだに蓄積されて、いつもじゅうぶんすぎるほどあった。ツィッピスにどのくらい頼んだらいいのかわからない。

「それはもちろんです。どういうふうにしたらよろしいでしょうか。毎週あなたの軍の口座に振りこむようにいたしますか」

「いや……新しい口座が欲しいんです。べつのを。単なる……ヴォルコシガン卿としてぼく個人のを」

「素晴らしいお考えです。お父上もいつも、個人の資金と帝国の資金とをはっきり分けるように気をつけていらっしゃいます。あなたもこれから身につけるといい習慣ですね。どんなにむこうみずな皇帝直属の聴聞卿でも、お父上にちょっかいを出そうとはよもや思わないでしょう。さもなければ、出納記録を見せられたあとに、まったくの阿呆面《づら》をさらすことになりますからね」ツィッピスは通信コンソールのキーを叩いたあと、横を向いて何かのデータを読んだ。「それでは、これまで使われずに貯まっていた所帯運用資金をあなたの新しい口座に入れて、元手としたらどうでしょうか。そのあと毎週、通常の割り当て額をお送りします」

「けっこうです」

「では、それ以上に必要になりましたら、すぐにお知らせください」

「ええ、もちろん」

「新しい口座のカードは、一時間以内に急使便でお届けします」

「ありがとう」マイルズは通信コンソールに手を伸ばしかけてから思いついていった。「ところでいくらですか」

「五千マルクです」

「ああ、いいですね」

「それから元手のぶんが八万マルクです」ツィッピスはいいたした。

マイルズは急いでさきほどの説明を思い出して期間を計算した。「この屋敷は一週間に五千マルクも吸いとっていたんですか」

「いえ、それ以上でした。親衛兵士のぶんと、国守夫人の個人的な経費を加えると。それにこれには大規模修理費はふくまれていません。それは別予算です」

「ああ……そう」

「ところで、興味をお持ちになったのでしたら、喜んでいつでも、お邸の財政業務についてもっと詳しくごいっしょに検討いたします」ツィッピスは熱心な口調でいった。「いままで以上に意欲的で、企業家らしい、そしてあえていうなら、あまり保守的でない、気配りのあるやりかたで扱う方法も、いくらでもありますから」

「そう……そのうち時間があればね。ありがとう、ツィッピス」マイルズはなにげなくとはとてもいえない口調で通信を切った。

驚いたな。これなら……何だって手当たりしだい買える。彼は何が買いたいのか考えてみようとした。

〈デンダリィ隊。

そうさ。わかってる〉

といってもデンダリィ隊の価値は、自分にとって、金で計算できるものではない。〈ほかには？〉

ずうっとまえ、いよいよ遠くなりつつある若いころに、わずかなあいだだがライトフライヤーが欲しくてたまらない時期があった。イワンのよりもスピードの出る赤いのを。いままでは、数年前の機種とはいえ最高級のライトフライヤーが、数回しか使われずに下の駐車場に置かれている。もちろんいまのところは、それを飛ばすことはまったくできない。

〈何かを買いたいという望みが、ぼくの心を占めつづけたことはない。いつも心にあったのは、何になりたいかということだ〉

それは何だったのだ？　そう、もちろん提督だ。本物の、バラヤーの提督。父が〈孤立時代〉以降ではもっとも若い提督になった三十六歳よりも、一年早い三十五歳で。この身長で、しかも障害があるにもかかわらず。もっともマイルズが普通のからだで生まれていたとしても、いまは都合よくスピード出世のできるような大戦のない時代だ。そういう意味で機密保安庁の秘密作戦は、彼にその可能性をもたらしてくれる最高の場だった。機密保安庁は自分を受け入れてくれる軍の一部署だというだけでなく、現在考えられる数少ない有意義な戦闘の前線に、自分を送ってくれる唯一の部署だったのだ。歴史が重大な出来事を用意してくれなければ、どうやって偉大な人物になれるだろうか。あるいはせっかく重大な出来事に送りこまれても、若すぎたり年をとりすぎていたりしたら。〈どうしようもない〉

彼は手元のリストに目を向けた。ヴォルバール・サルターナ地区で暮らしている、退役したヴォルコシガンの元親衛兵士五人のリストだった。親衛兵士としては年をとっていても、その妻がたぶんコックに使えるだろうから、マイルズの問題解決には理想的だ。ヴォルコシガン館の日常業務については何も教える必要がないし、仕事が短期間でも異議を唱えたりしないだろう。彼は通信コードを叩きはじめた。〈もしかしたら最初のでうまくいくかもしれない〉

一人はあまりにもよぼよぼで、マイルズ以上に運転は無理だった。そのほかの四人の妻には、すべて断られた。断るというより、むしろ拒絶されたのだ。

戦闘の熱い興奮のなかにいるのとは勝手がちがっていた。古めかしい忠誠の誓いを持ち出して押しつけることもできない。鼻を鳴らしてあきらめたマイルズは、厨房に行って昨夜の残飯を掻き集めた。このところ猫のザップを相手に、ある作戦行動を進めているのだ。鋭い爪で食べ物をひったくるな、椅子の下に駆けこむな、がつがつ食べながら唸るな。ヴォルの猫にふさわしく、上品に食べて、膝の上に座り、食事のあとは感謝の気持ちをこめてごろごろ喉を鳴らせ、としつけているのだ。全体的にザップには、クローン兄弟のマークを思い出させる面がたくさんあるのだが、マークとは結局何もかもうまくいくようになったではないか。ついでに門衛に、ツィッピスの急使便が来ることを知らせておいてもよかろう。

下へ行ってみると、門衛のところに客が来ていた。背の高い金髪の若い男で、多少柔らかめではあるがきつい顔だちのコスティ伍長と明らかに似ていた。手には塗《ぬ》りものの大きな箱を抱えていた。

「おはようございます。それとも、こんにちはというべきでしょうか」伍長はマイルズが制服を着ていないことに気づくと、上げかけた敬礼を司令部の分析官程度のあいまいな形にとめて挨拶した。「あの……うちの弟のマーチンを紹介させていただいていいでしょうか」

〈自分だって若いのに、弟がいるのかい〉

「やあ」とマイルズは片手を差し出した。

金髪の若者はためらわずに手を握ったが、マイルズを見下ろして多少目を見開いた。「あ……こんにちは。中尉。ヴォルコシガン卿」

まだコスティには誰も知らせていないらしい。たぶん伍長というのはずっと下の階級だからだろう。マイルズは兄のコスティの硬い襟についている機密保安官の銀の目から目をそらした。そうだな、面倒なことはさっさと片づけよう。

「残念ながらもう中尉じゃない。ぼくは軍から完全に除隊したところなんだ。医療退役でね」

「おや。それは残念ですね――マイロード」門衛の口調は真摯《しんし》そのものだった。だが根掘り葉掘り訊いたりはしなかった。マイルズを見れば、誰でも医療退役の理由を訊こうとはしない。

ザップが番小屋の椅子の下からすうっと出てきて、マイルズを見覚えたのか、こっちに向かってかすかに唸った。

「あの毛だらけのやつはいっこうに友好的にならないね」とマイルズはいった。「ちょっと太ったけど」

「それも当然ですよ」コスティ伍長はいった。「勤務のシフトが変わるたびに、新しく任務についた者に前任者から餌をもらえなかったようなふりをするんです」

マイルズが残り物を差し出すとザップはいつもどおりの行儀でさっと受けとり、それから引きさがって戦利品を抱えこんだ。マイルズは親指の裏の引っ掻き傷を舐《な》めた。

「どう見ても、あいつは門衛の猫になる練習をしているらしいな。敵と友人の見分け方を教えられればいいんだけどね」といってマイルズは立ちあがった。

「この二ヶ月、どこに行っても雇ってもらえないんだ」マイルズが来たために中断された会話のつづきらしく、マーチンが兄にいった。

マイルズはほうっと眉を上げた。「仕事を探しているのかい、マーチン」

「十八になって軍に採用されるのを期待しているんですけど」マーチンはむっつりした口調でいった。「あと二ヶ月待たなきゃならないんです。でも、おれが自分でそのあいだの仕事を見つけられないと、おふくろが探すっていうんですよ。おふくろのいう仕事ってのは、清掃業じゃないかと心配してるんです」

〈おまえの最初の軍曹に出会うまで待つんだね、坊主。清掃とはどういうことか、思い知らされるはずだ〉

「ぼくはキリル島でどぶ掃除をしたことがある」マイルズは思い出していった。「とてもうまかったよ」

「あなたがですか、マイロード」マーチンの目がまんまるになった。

マイルズの唇に皺が寄った。「すごく面白かったよ。なにしろ死体が見つかったんだから」

「ああ」マーチンは納得した。「機密保安官の仕事なんですね」

「いや……そのときはちがった」

「こいつの最初の軍曹がしつけなおしてくれますよ」伍長が自信ありげにマイルズにささやいた。

〈この男はぼくを名誉ある退役兵のように扱っている。何も知らないんだ〉

「ああ、そうだね」内情に通じている彼らは、見習いになる予定の若者を見て意地悪くにやりとした。「最近では、以前より軍が新兵を選《え》り好みするようになってね……きみが学校をさぼったりしてなきゃいいけど」

「そんなことありません、マイロード」とマーチン。

それがほんとうなら楽勝だ。この男は儀仗兵《ぎじょうへい》にでもなれそうな体格だ。兄のほうは明らかに、実際に軍にはいるだけの頭脳を持っているのだし。

「そうか、幸運を祈るよ」〈ぼくよりは幸運にね〉いや毎日こうして呼吸できるのに自分の運に文句はつけられない。「ところで、マーチン……きみは運転できるかい」

「もちろんです、マイロード」

「ライトフライヤーは?」

多少ためらってから、「ちょっとやったことがあります」

「ぼくはいまたまたま、運転手が必要なんだけどね」

「ほんとうですか、マイロード。おれにできると——お考えですか」

「たぶんね」

伍長はやや当惑したように、額に皺を寄せた。「マーチン、この方が死なないように守るのもおれの仕事の一部だ。おまえ、おれを困らせるようなことしないだろうな」

マーチンは兄に向かってにやっとしたが、興味深いことに、兄の言葉にとりあわなかった。弟はマイルズに気をとられていたのだ。

「いつからはじめられますか」

「いつでもいいだろう。よければ今日からでも」そうだ、少なくとも食料品店に行って、また一箱レディ・ミールとやらを買ってこなければならない。「最初はあまり用がないかもしれないけど、いつ用ができるかわからないから、ここに住んでもらいたいんだ。暇なときには軍の入隊評価のための勉強をしてかまわない」

それプラス、もちろん、医学的な監視だ。イワンよりも御しやすそうなマーチンを手に入れれば、イワンを追い払うにはじゅうぶんではないだろうか。そのちょっとした余分の仕事の中味については、あとでマーチンに教えることにしよう。

いや。いますぐがいい。つぎの発作がいつ起こるかわからない。警告もなく雇い主が痙攣《けいれん》発作を起こしてこんな子どもを驚かすなんてよくないのだ。エリ・クインだってそうしろというだろう。

「ぼくは自分で運転できないんだ。じつは発作を起こす心配があってね。去年、死ぬという深刻な事態に見舞われたんだが、その後遺症なんだよ。ご丁寧《ていねい》にも……まっすぐぼくに狙いをつけたニードル手榴弾でやられてね。低温蘇生がだいたいうまくいったんだけど」

伍長はそれでわかったというような顔をした。「わたしは一部の人がいうように、急使士官というのが甘い仕事だなんて、絶対に思ってませんでした」

マーチンはどぶ掃除の告白と同じくらい感銘を受けた顔つきで、まじまじとマイルズを見下ろしていた。

「死んだんですか、マイロード?」

「あとからそう聞いたよ」

「どんな感じでしたか」

「わからない」マイルズはぶっきらぼうにいった。「何も気づかなかった」それからやや気持ちを和《やわ》らげていいたした。「生き返ったときには痛んだけどね」

「わあ」マーチンはラッカー塗りの箱を兄に突き出した。猫のザップがまた出てきて、鏡のように磨きあげた伍長のブーツの爪先にごろりところがり、ごろごろ喉を鳴らして、爪を振り立てながら箱を睨《にら》んでいる。

「おとなしくしろよ、ザップ。警報が鳴るぞ」

伍長は面白そうにいった。そして渡された箱を番小屋の小さなテーブルの上に置いて蓋《ふた》をとった。それからどこか上の空のようすで、軍支給のレディ・ミール・ランチの覆いを破りとって、床の上に置いた。ザップはランチを嗅いだあとまたもどってきて、伍長のブーツに爪をかけ、ラッカー塗りの箱のほうを欲しそうに見た。

箱の蓋の内側はひっくり返すと、小さな仕切りがついた、盆か皿のようにうまくできていた。その上にコスティは保温ポットをふたつ、ボウルをひとつ、カップをひと組置いた。つづいて並べられたのは、二種類のパンを使ってさまざまな色の具をはさんだサンドイッチのとりあわせで、耳はとって丸や星形や四角に切ってあった。刻み目をつけ楊枝《ようじ》を添えた果物《くだもの》。バター・クッキー。丸いタルト菓子の、果物をまぜ砂糖をまぶしたフレーク状のパイ皮からは、黒っぽい濃厚なシロップがしみ出している。コスティは片方のポットからボウルに、ピンクがかったクリーム・スープを注いだ。もういっぽうのポットの中身は香りの強い温かい飲み物だ。冷気のなかで、どちらからも湯気が上がっている。ザップ用には、緑の葉できれいに結《ゆ》わえた包みがあって、あけるとサンドイッチの具のひとつらしい肉ペーストが出てきた。コスティが床にほうると同時にザップはそれに飛びつき、無我夢中で唸りながら尻尾《しっぽ》を振り立てた。

マイルズは驚いて見つめていたが、唾を呑みこんだ。「いったいそれは何なんだ、伍長」

「昼食ですよ」コスティはあっさりといった。「おふくろが毎日寄越すんです」そしてサンドイッチに伸ばした弟の手を払った。「おい。おまえは家で食べられるだろ。これはおれのだぞ」それから多少不安げな眼差しを、マイルズのほうにちらりと向けた。

厳密にいうと、機密保安庁の兵士は任務中、保安庁支給の糧食以外のものは食べてはいけない。食べ物に混ぜた薬や毒による攻撃を避けるためだ。とはいえ自分の母親や兄弟が信用できないとしたら、誰を信じればいいのだ？　おまけに……保安庁の規約をこういう馬鹿げた場面で無理強いするのは、もはやマイルズの仕事ではなかった。

「きみのお母さんがこれを全部つくるのか。毎日かい？」

「ほとんどそうです」とコスティ。「結婚した姉も手伝いますが――」〈そりゃそうだろう〉「――もう家にはマーチンしか残っていないので、おふくろも退屈なんでしょう」

「コスティ伍長。マーチン」マイルズはうまそうな匂いのぷんぷんする空気を、深く吸いこんでいった。「きみたちのお母さんは仕事をしたがると思うかい」

「ものごとが上向きになってきたな」つぎの日イワンは、昼食の席で分別臭い口調でいった。コスティおっかさんはその芸術的供物《くもつ》を置くと、黄色の客間から引きさがっていた。おそらくつぎの料理をとりにいったのだろう。数分後にイワンは口いっぱいに詰めこんだまま、もごもごいった。「あの人にいくら払うんだい」

マイルズはその金額をいった。

「それは倍にしろ」断固とした口調でイワンはいった。「でないと、最初のディナー・パーティーのあとでいなくなるぞ。誰かに雇われてさ。でなきゃ誘拐されてね」

「息子がうちの門衛なんだから、だいじょうぶだ。それに、ディナー・パーティーなんかするつもりはない」

「それはけしからん。ぼくが計画しようか」

「いや」といってからマイルズは弱気になった。香料入りの桃のタルトが口のなかで溶けて、微妙なよからぬ効果をもたらしたのかもしれない。「とにかくいまはいい」彼はゆっくり微笑んだ。「だけどね、歴史の偉大な先駆者として……ヴォルコシガン卿が門衛や運転手と同じものを食べているという紛《まぎ》れもない事実は、誰にでも話してかまわないよ」


イワンが利用している清掃サービス業者と契約して、週に二回、人を寄越してもらうことにすると、ヴォルコシガン館に職員を配置する計画は完了して、イワンも満足した。ところがイワンを撃退する企《たくら》みとしては、コスティおっかさんを手に入れたのは少々計算ちがいだったことに、マイルズは気づいた。下手なコックを雇うべきだったのだ。

イワンさえ出ていってくれれば、マイルズはまた静かに引きこもることができただろう。寝室のドアに鍵をかけて返事をしない、なんてことはできない。イワンがドアを蹴破る恐れがあるからだ。それに怒鳴ったり拗《す》ねたりするのも、氷水につけられる危険性を思うと限界があった。

　イワンは日中だけでも、とりあえず仕事にもどれるはずだとマイルズは思った。そこで夕食のときに遠まわしにそれをいってみた。

「たいていの人間は」とマイルズは引用した。「食べ物を糞《くそ》に変える機械として働く以外は、一生何の役にも立たない」

　イワンは、へえっと眉を上げた。「誰がそんなことをいったんだ？　きみのおじいさんかい？」

「レオナルド・ダ・ヴィンチだよ」マイルズはとり澄まして答えたが、しぶしぶつけ加えた。「祖父が彼の言葉を引用して教えてくれたんだけどね」

「そう思ったぜ」満足したようにイワンはいった。「老将軍のいいそうなことだもの。彼はあの時代の怪物だったんだろ？」イワンはワインのソースの垂れるローストを、またひと口頬ばって咀嚼《そしゃく》しはじめた。

　イワンは……苦手だ。怪物がいちばん望まないのは、一日じゅう鏡を持ってつけまわす友人だろう。

　数日がなんとなく過ぎて一週間になろうとするころ、マイルズは自分の通信コンソールに外の世界からメッセージがはいっているのを見つけた。再生してみると、立派な骨格のレデイ・アリス・ヴォルパトリルの顔がホロビッド盤の上に形づくられた。

「こんにちは、マイルズ」と彼女はいいはじめた。「あなたが医療退役になったと聞いて、とても残念です。あれだけ努力していたのに、どんなにかがっかりしていることでしょう」

イワンに借りができたな。母親にすっかり話したりはしなかったのだ。でなければ、慰めの言葉はもっとべつのものになっていただろう。彼がメッセージをすっかり消去してしまおうとしたとたん彼女は軽く手を振って、自分の用件をつづけた。

「明日の午後、皇宮の南庭園で内輪の昼食会があって、わたしはグレゴールに女主人役を頼まれました。そしてあなたを招待するようにいわれました。あなたとは個人的な相談があるから、一時間前に来てほしいとおっしゃっています。わたしがあなたなら、何はともあれ、これは招待というよりは、出席を要求要請する、ということだと受けとりますよ。でなければ、行間をそう読みとったということです。といってもグレゴールはとても柔らかい口調でそうおっしゃったのですけどね。ほら、ときどきそういうことあるでしょう。このメッセージを見たら、すぐにお返事ください」といって通信は切れた。

マイルズは頭を伏せ、額を通信コンソールの冷たい端につけて憩《やす》めた。このときが来ることはわかっていたのだ。生きることの選択には、こういうことがふくまれる。マイルズが公式に謝罪する機会を、グレゴールは与えようとしているのだ。遅かれ早かれ暗雲は払わねばならない。将来にヴォルコシガン領の国守だけしかないのなら、マイルズはこれからもずっとヴォルバール・サルターナで過ごすことになりそうだ。謝罪するために腹を突き刺す古代のやりかたができればいいのに。〈みんなが留守のあいだに〉そのほうが簡単だし、痛みも少ない。

〈なんだってみんなは、最初のときにぼくを死なせてくれなかったんだ？〉

マイルズはため息をついて身を起こし、通信コンソールにレディ・アリスの番号を入力した。

9

ヴォルコシガン国守の装甲地上車が、皇宮の東玄関の下にすっと停《と》まった。マーチンは不安そうにゲートを振り返って、あたりにうようよいる警備兵たちを手で指した。

「マイロード、ほんとうにあれはだいじょうぶでしょうか」

「心配するなよ」運転手用仕切りのなかの隣の席に座っていたマイルズがいった。「あんな鋳鉄《ちゅうてつ》のちっちゃなへこみなんか、ぼくがまた拾ってもらうころまでに連中がまっすぐに叩いて塗りなおしているよ」

マーチンはキャノピーを上げようとした。というより、目のまえにある輝く操縦キーの列をやみくもに探していた。マイルズはそのキーを指さした。

「すみません」マーチンはぼそっといった。

キャノピーが上がった。マイルズは無事に車から脱出した。「マーチン……いいことを思いついたよ。ぼくが用をすましているあいだに、市内をひとまわりしてこのおんぼろ車の練習をしてきたらどうだ」といいながら、車の通信リンクをポケットに落としこむ。「必要になったら通話を入れるよ。そっちで」事故に、といいかけてマイルズはその言葉を嚙み殺した。「何かやっかいなことがあったら、連絡してくれ……あ、それより」

自分は、これからグレゴールと会うあいだに、すぐに邪魔がはいることでも期待しているのだろうか。それにしても、あらかじめそう仕組んでおくのはいかさまだ。

「この番号に連絡するといい」彼は身を乗り出して車の精密なコンソールに番号を叩きこんだ。「この番号にかけると、ツィッピスという名の有能な人物につながる。感じのいい人で、どうしたらいいか教えてくれるはずだ」

「はい、わかりました」

「突進する勢いに気をつけろよ。こいつのパワーには騙《だま》されるぞ。頑丈な燃料タンクは、装甲部分と同じくらいの重量があるのに、その扱いを間違えやすいんだ。ひろびろとした場所まで行って実験をしてみたらいい。二度と驚かなくなるからね」

「あー……ありがとうございます」

キャノピーはしゅっと閉まった。なかば鏡のようになった偏光面を通して、マーチンが唇を嚙みしめた真剣な表情でふたたび車を前進させるのが見えた。こっちの車の銀色に光る左後部の端には傷ひとつついていないのにマイルズは気づいたが、べつに驚くことでもなかった。これも訓練生だからな。自分に配慮があれば、先週のうちにこの若者に練習をさせておいて、グレゴールの皇宮の門にちょっとした迷惑をかけずにすんだのだが。といってもマーチンはだいじょうぶだろう。じゅうぶんな練習時間を与えられて、しかも横に貴族の新しい雇用主という不安な存在がくっついていなければ、もっとましなはずだ。

皇宮のお仕着せを着た召使いの一人が、入口でマイルズを待っていて、北翼に案内してくれた。それではグレゴールの私的な執務室に行くのだ。四方にひろがった形の皇宮のなかで、北翼だけが二百年以上経た建物ではない。ここはマイルズがソルトキシン・ガスの障害を負って生まれた年、ヴォルダリアンの皇位簒奪《さんだつ》の反乱のさなかにすっかり焼け落ちて、再建されたものだ。ここの一階にある皇帝の執務室は、ほんとうに私的といえる、数少ないグレゴールの個人的な場所のひとつだった。装飾は控えめで、数少ない美術品は若く将来性のある芸術家から購入したものばかりで、作者はみなまだ生きている。骨董品《こっとうひん》はここにはひとつもない。

マイルズがはいっていったとき、グレゴールは重たげにカーテンの垂れた背の高い窓の脇に立って、庭を見つめていた。いままで室内を行ったり来たりしていたのではないだろうか。今日はヴォルバーラ館《やかた》の制服を着ていて、非常にきりっとしている。マイルズはいまのところ制服アレルギーになっているので、皇宮を訪れるにしては格式のない、いくぶん流行遅れになった街着をクローゼットから引っぱり出して着ていた。

召使いは「ヴォルコシガン卿です」と声を上げて取りつぎ、一礼して出ていった。グレゴールはうなずいて、マイルズに椅子に座るよう手を振って示した。マイルズはなんとか元気のない笑みを返した。グレゴールは向かい側に腰を下ろし、両手を膝の上で握って身を乗り出した。

「こういうことは、きみにはつらいにちがいないが、わたしにとってもつらいんだよ」とグレゴールは口を切った。

マイルズの笑みが辛辣《しんらつ》になった。「さあ……まったく同じではないと思いますけど」とつぶやく。

グレゴールは顔をしかめ、怒りを払いのけるように片手を振った。「きみがあんなことをしなければよかったのにと思ってる」

「ぼくも、しなければよかったと思ってます」

グレゴールは矛盾《むじゅん》する言葉をそのあとにつづけた。「やってしまったことはとり返せない。どんなにそうしたいと思っても」

「うーむ。もしぼくが――たったひとつだけ望みがかなうとしても――このやり直しを選ぶかどうかわかりません。あるいはこれではなく、ボサリ軍曹の死までもどって、まったくはじめからなかったことにしようとするかもしれません。ぼくにはわかりません……どっちみちうまくいかないのかもしれない。たぶんだめでしょう。しかしあの過《あやま》ちは、ぼくには致命的だったとしてもむしろ罪のない過ちです。ここ何日かのあいだに、ぼくはあれを卒業して、もっと計算ずくの愚行に行きつきましたよ」マイルズの声はこわばっていた。

「きみはああいう重要なことを目前にしていたのに」

「え、惑星内業務のデスクワークのことですか。お言葉ですが、ぼくの考えはちがいます」

おそらくそれは、このこみいった状況でもっとも辛辣な部分だったはずだ。なにしろ自分の身分を守るために誠心誠意あらゆることを犠牲にしてきたというのに、その身分はどっちみち一年以内にとりあげられる予定だったのだから。もしそれを知っていたら、自分は……何をやっただろう？　え、何だ？

グレゴールはひどく不愉快そうに唇を噛んだ。「わたしはこれまで、老人たちに管理されて過ごしてきた。きみはわたしが同じ世代のなかから、現実の権力と責任のある地位につけてやれそうだと思った、最初の人間だったんだぞ。皮肉なことにわたしの政府と呼ばれている上級官吏の一人にね」

〈それなのに、ぼくはしくじった。そう、それはわかってるよ、グレゴール〉

「彼らも同じように信頼なさらなきゃいけません。彼らだって、陛下に仕えはじめたときには老人じゃなかったんですから。イリヤンが内戦中に機密保安庁長官に名誉昇進したのは、ええと、三十のときでしたね？　それなのに彼は、ぼくを三十五まで待たせるつもりだったんですよ、猫かぶりめ」

グレゴールはしきりに首を振っていた。〈「マイルズ、マイルズ、きみをいったいどうしたらいいんだろう」なんていいだしたら、ここからさっさと出ていくよ〉しかしグレゴールの言葉はちょっとちがった。

「それできみは、これからどうする計画なんだ」

〈これも最低だな〉それでもマイルズはまだ席を立たなかった。

「わかりません。ぼくに必要なのは……休む時間です。休む時間が大事なんです。考える時間が。これまでの医療休暇や旅行の時間は、それと同じとはいえません」

「わたしが……要請したいのは、勝手にデンダリィ傭兵隊に連絡をとったりするな、ということだよ。もしきみが、傭兵隊をハイジャックして連れ去ることに決めたら、わたしと機密保安庁が力を合わせてもとめられないのはわかっている。けれども、今度ばかりは反逆の告発からきみを救うことは、わたしにもできない」

マイルズはやましい気持ちを呑みこんで、完全に理解したというようにうなずいた。あれが片道切符になったのは、ずっとわかっていたことだ。

「デンダリィ隊にはもう、こんな発作持ちの司令官なんか必要ありません。ぼくの頭が治るまで——もし治ればですが——そういう誘惑はゼロです」たぶん。さいわいにしてというべきだろう。マイルズはためらってから、いまいちばん心配なことを、できるだけ他人事のような言葉でたずねた。「デンダリィ傭兵隊の立場はこれからどうなるんでしょうか」

「それは新しい司令官しだいらしいね。クインはどうしたいだろうか」

それではグレゴールは、マイルズの創造的な努力の結果をすべて、一方的に廃棄するつもりではなかったのだ。マイルズは内心ほっとため息をつきながら、つぎの言葉を注意深く選んだ。

「クインは愚かにも、われわれの――彼女の――帝国の庇護《ひご》は投げ捨てるでしょう。それでも彼女は抜け目がないですよ。艦隊が彼女のもとで、ぼくのときと同じように機密保安庁の手先として働けないわけはないと思います」

「どういうことになるか、じっくり待ってみるつもりだよ。彼女が成果をもたらすかどうか見てみよう。それともだめか」

〈クイン、うまくやれよ〉とにかくデンダリィ隊は、マイルズがいなくても皇帝の直属軍でいられるのだ。そう、それが肝心な点だ。見捨てられることはない。

「クインはたっぷり十年近く、ぼくの下《もと》で司令官の見習いをしてきました。もう三十代のなかばですし、いま絶頂期だといえるでしょう。彼女は創造的で決断力もあるし、緊急事態では驚くほど合理的に判断します。ぼくに従って何度も緊急事態に出合っていますからね。もし彼女に昇格する用意がないとしたら……それはぼくが、自分で思っていたほどの司令官ではなかったということです」

グレゴールは軽くうなずいた。「けっこうだね」

グレゴールは大きな深呼吸をひとつすると、目に見えるくらいはっきりと針路を変えた。その顔はさきほどより明るくなっていた。

「ところでこれから昼食をいっしょにとらないかい、ヴォルコシガン卿」

「お気持ちはありがたいのですが、グレゴール。まだここにいなければいけませんか」

「きみに会わせたい人がいるんだよ。というか、見てもらいたい人かな」

〈まだぼくの意見を重く見ているのだろうか〉「最近のぼくの判断力は、核心をつくというほどのものではありません」

「ふむ……核心といえば……きみはこのことについて、もうご両親に話したのか」

「いいえ」マイルズはいってから、用心深くたずねた。「陛下から話されたのですか」

「いや……」

二人はむっつりと黙りこんだ。

「それはきみの仕事だ」そのあとグレゴールがきっぱりいった。

「それはそうです」

「それから早急に治療をしてもらいなさい、マイルズ。必要なら、皇帝命令にでもするつもりだよ」

「いいえ……必要ありません、陛下」

「よし」グレゴールは立ちあがった。マイルズも仕方なく立ちあがった。

出口に向かっていっしょにすこし歩いてから、マイルズは思い切って小声でいった。「グレゴール」

「なに……？」

「ごめんなさい」

グレゴールはためらったあと、小さくうなずいた。二人はそのまま歩きつづけた。

南の庭園の片隅にある、木々や花の茂みに囲まれた芝生に、縁飾りのついたモスリンの日覆いをさしかけて四人用の食卓が用意されていた。空模様もこの昼食会に協力的で、秋の日差しは木洩《こも》れ日を落とし、かすかに流れるそよ風は申し分なく涼しかった。周囲の市街地の騒音は遠くくぐもっていて、まるで夢のなかに埋めこまれた庭のようだ。いささか当惑しながら、マイルズはグレゴールの左側の席についてテーブルに目を向けた。〈ここで、彼がぼくに名誉を与えようとしているのでないのは確かだ。もしそうなら、いまのぼくにはひやかしになる〉グレゴールは、食前酒を熱心に勧めようとするお仕着せの召使いを、手を振ってさがらせた。誰かを待っているところらしい。

レディ・アリス・ヴォルパトリルが到着すると同時に事情ははっきりした。夫人はヴォルの女性の午後の装いにふさわしく、銀色のトリミングのある青いボレロとスカートを身につけていて、それはまるで——わざとだろうか？——黒髪のなかの銀色の筋に合わせたかのようだった。彼女はライザ・トスカーネ博士を伴っていた。ライザはコマール風のスラックスと上着を着ていて、すっきりと格好がいい。召使いが飛んできて二人を席につかせ、ふたたびつつましく視界から姿を消した。

「こんにちは、トスカーネ博士」みんなで挨拶を交わすときマイルズはいった。「お久しぶりです。では、皇宮においでになるのはこれで二度めですか」

「いえ、四回めですわ」と彼女はにっこりした。「先週はグレゴール陛下が、ご親切にもラコジー大臣やその部下の方々といっしょに昼食会に招待してくださったので、わたくしの通商団の考えをご披露《ひろう》できましたの。それからご領地内の、退役なさる士官たちのための公式レセプションがあったんですけど、とても魅力的でした」

〈グレゴールが？〉マイルズは自分の左側に座ったアリス・ヴォルパトリルをちらりと見た。アリスはまったく無表情な顔で見返した。

召使いが食べ物を給仕しはじめると、当然ながらコマールの政務に関するありきたりな話題から会話がはじまった。ところがほとんど間をおかずに話題は一転して、グレゴールとライザは家族や子ども時代の思い出をくらべはじめた。二人とも一人っ子だということがわかって、いろいろ比較分析する価値があると夢中になっているようだった。マイルズは続きものの物語の第二部あるいは第四部に、自分がはいりこんだような気がしてならなかった。マイルズ自身の役割は、あまりよく覚えていない遠い過去の出来事について、そうでしたねと、ときたまつぶやくことぐらいしかなかった。ふだんはおしゃべりなアリスも、ほとんど口をきかなかった。

グレゴールは努めてライザから話を引き出そうとしたが、彼女はなかなか手のうちを見せず、一対一の情報の交換をおだやかにいいはっていた。こんなによくしゃべるグレゴールを見るのは、マイルズははじめてだった。

デザートに、クリーム・ケーキと五種類のコーヒーとお茶が用意されたとき、グレゴールははにかみ顔でいった。

「ライザ、あなたに小さなお楽しみを用意しているんだけど」

そういって、からだの脇の下のほうでこっそり手を振って合図した。明らかにあらかじめとり決められていたらしく、注意深い従者が即座に気づいて茂みの向こうに姿を消した。

「ホロビッド以外では、馬を見たことがないといったでしょう。馬はヴォルの象徴といった存在だから、乗ってみたいんじゃないかと思ったんですよ」

その言葉に合わせたように、マイルズが見たこともない素晴らしい小柄な白い牝馬《ひんば》を引いて、従者がもどってきた。高価なサラブレッドを集めた祖父の厩舎《きゅうしゃ》にも、こんなのはいなかった。目が大きく足がきゃしゃで……四本とも黒い蹄《ひづめ》は磨きあげられ、長い銀色のたてがみと流れるような尾には、詰め物をした鞍《くら》の布に合わせて赤いリボンが編みこまれている。ついでにいえば金の轡《くつわ》につけた手綱《たづな》の刺繍《ししゅう》も真紅だった。

「まあ、なんて」ライザはその馬をうっとり見つめて、すっかり息をつまらせている。「撫でてやっていいのかしら。でも馬の乗り方なんて、ぜんぜんわかりませんわ！」

「そりゃあもちろんです」

グレゴールはライザを牝馬の横に連れていった。彼女は大きな馬の首に両手でそっと触り、ぴかぴか光るたてがみに手を滑らせて、ころころ笑った。牝馬は穏やかな目をなかば閉じて、この求愛のような振る舞いを静かに受け入れた。

「わたしが自分で引いてあげますよ」とグレゴール。「並足だけで。とても優しい馬なんです」

じつのところ、この牝馬はいまにも眠りこみそうだ、とマイルズは思った。間違ってもグレゴールは、ショーをぶち壊す不愉快な馬の事故なんか起こす可能性はなさそうだ。

ライザは、わたしをその気にさせて、というように不安と期待の混じった鼻声を立てた。

マイルズはレディ・アリスに身を寄せてささやいた。

「いったいグレゴールは、どこであの馬を見つけたんでしょう?」

「三つさきの領地よ」彼女も小声で答えた。「昨日皇宮の厩舎に届いたばかりなの。この四日間というもの、グレゴールは召使いたちを気も狂わんばかりに追い立てて、この昼食会の計画を細部まで詰めたのよ」

「わたしが馬に乗る手伝いをしますよ」刺繍をした手綱を馬丁《ばてい》に持たせて、グレゴールは言葉をつづけた。「さあ、やりかたを見せましょう。あなたが足をこう曲げたら、わたしが手で支えて……」

三回試してさんざん笑いころげたあと、ライザは馬上の人になった。グレゴールがお触りを企《たくら》んでいたのなら、あっけにとられるような機転でやってのけたことになる。彼女は嬉しそうな、人目を気にしているような、そしてすこし誇らしげな表情で、ベルベットの鞍の上におさまった。グレゴールは手綱を自分の手にとりもどすと手を振って馬丁をさがらせ、手振りをまじえてライザに話しかけながら馬を引いて庭園の小道を歩み去っていった。

マイルズは目をまるくして、舌の焼けそうな紅茶をがぶりと飲みこんだ。「それじゃ、アリス叔母様は……バーバ役か何かやっているわけですか」

「どうもそういう感じになってきたわね」優雅な小騎馬行進を目で追いながら、彼女は皮肉っぽくいった。

「いったいいつからなんです?」

「よくわからないのよ。気がついたら……こうなっていたの。それからは、追いつこうとして必死になっているのよ」

「でも叔母様……コマール人を皇后になんて」グレゴールの胸中にあるのは、皇后の二字に決まっている。アリスとても売春の手助けなんかするわけがない。「保守派のヴォル卿たちは、糞《くそ》をちびることにならないでしょうか。過激な革命的コマール人の残党のことはさておいても。連中は横っちょにちびりそうだな」

「食事中に兵隊用語を使わないでちょうだい、マイルズ。でもご質問に答えると……たぶんそうよね。もっとも中道連合は気に入るでしょう。でなくても、説得できるわね」

「説得って叔母様が？　それとも叔母様のさしがねで連中の女房たちがって意味？　とにかく賛成なんですね」

アリスは考えこむように目を細めた。「いろいろ考えると……そう、賛成なんだと思うわ。あなたのお母さまはそういった面では動きそうもないから、この十年間わたしが代わりにグレゴールの花嫁探しを指揮してきたの。いらいらする仕事だったわよ。だってね、グレゴールはただそこに座りこんで、〈なぜそんなことするんだ〉って顔つきで、不愉快そうに暗い目でわたしを見つめるだけなんですもの。わたしは惑星じゅうの、背が高くてすらりとしたヴォルの美人は一人残らず、一度や二度はグレゴールの目にとまるところに連れてきたつもりよ。その人たちの生活や家族の日常にひどい迷惑をかけながらね。何十もの履歴書も用意したけど……まるで効果がなかったの。間違いなくイワンよりグレゴールのほうに、余計にいらいらさせられたわ。イワンはあんなにたくさんの機会をつぶしてしまったけど……。どこやらの名もないものしりだか、半可通だかに、男の子を試せとささやかれたこともあったけど、それでは世継ぎの問題の解決にはならないと指摘してやったわ。そもそもこんな苦労をしているのは、それが肝要なんですものね」

「いまだかってない遺伝子工学の干渉をおこなわないかぎりはね」とマイルズは同意した。

「いや、男の子はだめですよ、グレゴールには。でもヴォルもだめなんです。もう何年もまえに、ぼくはそれに気づきましたよ――ぼくに相談してくだされぱよかったのに。グレゴールはぼくより、狂人皇帝ユーリに血筋が近いんです。それに、あの……彼は父親の、誰一人亡くなったことを悲しまないセルグ皇太子のことを、すっかり知っているんですよ。ぼくの両親はそこまで知られたくなかったんだと思うけど。グレゴールの遺伝に対する妄想には、歴史的に根拠があるんです――つまり――妄想を恐れる妄想ですね。それにヴォル同士の交配についても。だから決してほかのヴォルとは恋に落ちたりしませんよ」

アリスの立派な黒い眉がびくっと動いた。「わたしも最後には、ヴォルはだめなんだと思ったのよ。わかるでしょうけど、そうなるとわたしは悩むほかなかったわ」

「それで……トスカーネ博士のどこが気に入っているんだと思いますか。知能とか、美しさとか、人柄のよさとか、ユーモアのセンスとか、社交的な優雅さとか、財産とか、ヴォルでない遺伝子を持っていること以外では?」

アリスは女らしく軽く鼻を鳴らした。「そんなことよりもっと単純で基本的なことだと思うわよ。もっともグレゴールがそれに気づいているかどうかは疑問だけど。あなたのお母さまの、あのうるさいベータ式即断心理分析を真似るつもりはないけど……グレゴールのお母さまはあの方がまだ五つのときに殺されたのよ」昔の痛みを思い出したように、アリスは赤い唇をちょっとすぼめた。レディ・アリスはそのころ、カリーン妃と親しかったのだ。「トスカーネ博士の体形をご覧なさい。あれは……母性型ね。どこにも骨っぽいところがないでしょ。グレゴールのために背の高いすらりとした美人ばかり狩り集めたのは、まったくの無駄骨だったわ。背の低いぽっちゃり美人を集めるべきだったのよ。ほんとに泣きたいわよ」

アリスは泣く代わりに、クリーム・ケーキにぱくりと食いついた。

マイルズはあいまいに咳払いした。グレゴールとライザは角を横に折れて、刈りこんだイチイの並木道を通っているところだ。背の高い瘦《や》せたグレゴールはライザのあぶみの横を大股に歩きながら、さかんに手振りをまじえて微笑みかけたり話しかけたりしている。ライザは鞍の上からすこしグレゴールのほうに身を傾けて、目を輝かせ、唇を半開きにして聞いている……きっと夢中で聞きいっているんだろう、とマイルズは思った。

「ところでマイルズ」アリスが冷静な声にもどっていった。「あなたのガレーニ大尉のことを話してちょうだい。彼がこれにどうからんでいるのか、わたしにはよくわからないのよ」

「べつにぼくの大尉じゃないけどな」とマイルズ。「グレゴールの大尉です」

「でもイワンの話だと、あなたのお友だちだそうね」

「イワンのほうがぼくよりも、いっしょに働いていた時間は長いでしょう」

「質問をはぐらかすのはやめて。それは重要なことだという気がするのよ。重要なことになるかもしれないって。グレゴールのために内輪の災難を防ぐのがわたしの仕事よ。シモンが機密上の問題を防ぎ、あなたのお父さまが——いまではラコジー大臣の仕事だとは思うけど——政治上の問題を防いでいたようにね。シモンの機密保安庁報告によると、ガレーニとトスカーネ博士は恋人ではないそうだけど」

「ぼくは……ええ、恋人じゃないと思いますね。だけど、ガレーニは彼女に求婚しようとしていたんです。それが、最初のときにぼくが二人を皇帝の公式晩餐会に招待した理由です。彼によかれと思ってね」皇宮の昼食が、マイルズの腹のなかで重く沈みはじめていた。

「でも正式に婚約してはいないわね」

「してないと思いますよ」

「結婚について話しあったことはあるのかしら」

「さあわかりません。それほどぼくはガレーニと親しいわけじゃないから。ぼくらはただ……地球で働いていたとき、マークにまつわる事件にたまたまいっしょに巻きこまれたり、そのあとコマールでいやな事故が発生したときにも、機密保安庁の調査担当に任命されていっしょに働いたりしただけなんです。ガレーニは結婚を考えていただろうとは思いますよ、たしかに。だけど、彼にはいろいろもっともな理由があって、ひどく閉鎖的な人間なんです。ライザに近づこうとしても、そううまくいかなかったんだろうと思いますね。彼女がどうこうということではなく、彼のやりかたのせい、というか、自分を表現する方法に原因があるわけです。ゆっくり、慎重に、注意深くっていう」

レディ・アリスは自分のまえの、パン屑《くず》も食べこぼしもないレースのテーブル・クロスを、マニキュアをした長い爪でとんとんと叩いた。

「わたしは知る必要があるのよ、マイルズ。このことでガレーニ大尉は問題になりそうかしら。これ以上驚かされるのはごめんだわ」

「問題ってどういう意味ですか。問題になるってことか、問題を起こすってことか？」

穏やかだったアリスの声が尖《とが》った。「それをわたしは訊いているのよ」

「さあ……わからないな。彼は傷つくだろうとは思います。残念ながら」

ガレーニはめったためったに叩きつぶされそうだ、ということだ。〈困ったな、ダヴ……こんなことをきみにするつもりはなかったのに。すまない、すまない、今日はぼくにとって、情けないやつになる最低の日なんだな、わかったよ〉

「まあ、結局のところ、ライザが決めることだわ」アリスが分別のある口調でいった。

「気の毒に、ガレーニが皇帝と競争なんかできるわけないでしょう」

アリスはかすかに哀れむような表情でマイルズを見た。「彼女がガレーニを愛していれば……競争にはならないわ。そうでなければ……そのときは何の問題もないわね。そうでしょう？」

「頭の痛いことですよ」

レディ・アリスは秘かに同意するように口の端をすこし上げた。だがそのときグレゴールがポニーのショーを終わらせてもどってきたので、アリスはいつもどおりの感じのいい静かな表情にもどった。ライザが降りるのを手伝ったグレゴールは、その手順のあいだにまるで抱きしめるようなきわどい格好に持っていった。グレゴールが手綱を馬丁にもどすと、べつの召使いが馬に触れてついたもの（があるとすれば）を洗うために銀の洗面器を二人のところに持ってきた。余計なことだ。馬は今朝、半殺し近くまでシャンプーされていたはずだ。その輝く尻の後ろで昼食を食べろといわれても、マイルズはためらいもしなかっただろう。

アリスはわざとらしく自分のクロノメーターを見た。「グレゴール、この楽しい午後のつどいをお開きにするのは残念ですけど、ヴォルターラ国守とヴァーン大臣にお会いになる時間まで、あと二十分しかありませんわ」

「まあ」ライザは頬を染め、申し訳なさそうな顔になって、たったいま座ったばかりの椅子から立ちあがった。「お仕事の邪魔をしてしまって」

「そういうことを注意してもらうために、レディ・アリスに来ていただいたわけじゃない」グレゴールがちらりと見ていうと、アリスの笑みが薄れた。それでもグレゴールはおとなしく立ちあがり、ライザの手をとって頭を下げた——まさか……？　いや、そうだ。キスをしようとしている。だが実際には、グレゴールは彼女の手を裏返して掌《てのひら》に唇を当てた。マイルズは腕を組むと片手で口を押さえ舌に嚙みついて、出かかった言葉を抑えた。ライザはキスされた掌を蝶を捕まえるように握りしめて微笑した。微笑というより、にやっと笑ったという感じだ。グレゴールはうきうきした表情で、やはりにやっと笑い返した。アリスが咳払いした。マイルズはさらに舌に嚙みついた。グレゴールとライザはどう見ても痴呆にしか見えない表情で、長いあいだ見つめあっていた。とうとうアリスが割ってはいって、ライザの手をとって連れ去った。象嵌《ぞうがん》の壁面の見える下のサロンを通っていきましょう、といったことを明るい声で話しかけている。

グレゴールはぽんと横向きに椅子にかけ、肘かけに片足をかけて揺らした。「さあて。きみは彼女をどう思う？」

「トスカーネ博士ですか」

「きみのアリス叔母様のことなんか、意見を訊いたりしないよ」

マイルズはグレゴールの熱のこもった微笑を観察した。いや……グレゴールは批評を欲しがっているわけじゃない。

「素敵ですね」

「そうだろう」

「とても知的です」

「頭のいい人だ。きみもラコジーの部下との会合に出席できればよかったな。彼女の提案はじつに明快だった」

とうぜん、その通商団所属の専門家たちが夜を徹して準備を手伝ったにちがいない……。といっても、マイルズだって自分のときには、参謀会議の一回や二回はやったものだ。そういう努力には敬意を感じた。けれどもグレゴールは自分の考えを確認してもらうためにマイ

ルズの意見を求めているわけではない。〈ぼくはイエスマンじゃなかったんだけどな〉

「非常に愛国心が強い」グレゴールはしゃべりつづけた。「まったく前向きで、きみの父上がいつもコマールに達成させようとしていたとおりの協調的な姿勢だ」

「はい、陛下」

「美しい目だ」

「はい、陛下」マイルズはため息をついた。「とても深い、あの、青緑です」

〈なんだってグレゴールは、こんなことをぼくにいわせるんだ?〉おそらく、ヴォルコシガン国守夫妻がここにいないからだろう。彼はマイルズを両親の代理に使っているのだ。なんといっても、マイルズの両親は孤児になったグレゴールの、いわば養い親だったのだから。まいったな、両親だったらどう反応するだろう。

「機転が利《き》いていて……」

「はい、陛下。非常に」

「マイルズ」

「はい、陛下」

「それはやめろよ」

「うむ」マイルズはふたたび舌に嚙みつく芸を試みた。

グレゴールのブーツの揺れがとまった。彼の顔がさきほどよりも真剣になり、暗くなった。

そして静かにいいたした。

「怖いんだよ」

「拒絶されるのが？　ぼくはイワンみたいに女性の専門家じゃありませんけど……これまでのところあらゆる徴候が、進めといっているように見えますよ」

「ちがうよ。その……あとに起こることだ。わたしの仕事は死の原因になりかねない。そしてわたしのいちばん身近な人々の死にも」

すうっと、微風が吹きぬけたわけでもないのに、カリーン王妃の影がさしてその場の空気を冷たくした。グレゴールが自分の正気を信じられずにいるのは、ひとつには、北翼はグレゴールの母が死んだときに焼け落ちて再建されたもので、見守る霊がいないせいかもしれない。

「普通の男や女は……毎日死んでいますよ。たまたま死が訪れた者も無情な時間に押し出された者も、理由は千差万別ですが。死は皇室の専売ではありません」

グレゴールはマイルズを見つめた。

「そういうことだね」グレゴールはものやわらかにいった。そしてマイルズが何か役に立つことをいったかのように、きっぱりとうなずいた。何だ？

マイルズは話題を変えようとした。「それで、ヴォルターラとヴァーンとの会合では、どんな議題が出るんですか」

「ああ、いつもどおりだ。彼らの帝国国土分配委員会では、友人の優遇を望んでいる。わたしは、その友人たちに適正な使用計画の証拠書類を提出させろといっているんだ」

「ああ」

それらは南大陸にかかわる問題で、ヴォルコシガンの領地には直接的な利害はない。今週は領地についてグレゴールに陳情する好機だと、父の代理人に知らせてやるべきだろうか、とマイルズはふと思った。恋患いのグレゴールは、セックスの靄《もや》に包まれて夢見る痴呆のようなありさまだから何でも与えてくれるだろう。いやいや……帝権のためには、この一時的な狂気は国事上の秘密にしたほうがいい。結婚すれば、グレゴールもたちまち正気に返るだろう。

コマール人の皇后か。なんてことだ。機密保安庁にとってはとんでもない悪夢だ。イリヤンは数年前から心配している卒中《そっちゅう》にほんとうに見舞われかねない。

「さっきの話はもうイリヤンに伝えたんですか」

「望みがありそうになったら、レディ・アリスを使いに出して知らせてもらおうと思っているんだ。じきにね。あの人はそれを専門にしているようだから」

「あれだけの同盟軍兼仲人《なこうど》はほかにには望めませんよ。行儀よくしていれば、自分の味方につけておけるでしょう。だけど、政治的影響のことはよくお考えになりましたか……この結婚の」この言葉を口に出すのは、誰にとってもこれが最初だ、とマイルズは気がついた。

「ここ一週間ほど、そのことばかり考えていた。いい結果を生むことだってあるだろう、マイルズ。帝国の結束の象徴、とか多方面で」

コマールの地下組織が、これもまたバラヤーのコマール圧政の象徴だと受けとるというほうが、もっとありそうなことだ。マイルズは、悪意ある政治的風刺を思い浮かべてたじろいだ。

「そういった望みは膨《ふく》らませないほうがいいですよ」

グレゴールはかぶりを振った。「いや、なに……そんなこと、どうでもいいのだ。とうとうわたしに合う人を見つけた。帝権も、皇帝も関係ない、ほんとうにわたしに合う人だ。ただわたしに合うだけなんだ」

「じゃ両手でしっかりつかんでいらっしゃい。そしてろくでもない連中にとりあげられないようにするんですよ」

「ありがとう」グレゴールは小声でいった。

マイルズは一礼して部屋を出た。そして歩きながら、新任の運転手はまだ誰も轢き殺していないだろうか、国守の車はまだ引っくりかえらずにいるだろうか、と考えていた。だがいちばん気になっていたのは、これから数週間、どうやってダヴ・ガレーニを避ければいいか、ということだった。

10

それから数日経《た》って、やっとマイルズはイワンの手を逃れ、南にあるヴォルコシガン領に向かって一人旅立つことができた。一人といっても運転手つきだ。最後にはイワンに向かって、出かけているあいだ積極的にだろうと消極的にだろうと決して自殺を企《くわだ》てたりはしないと、正式にヴォルコシガンの誓いを立てたのだ。イワンはしぶしぶこの誓いを受け入れたが、マーチンが急に用心深くなったことから察して、きみの雇い主には発作以外にもこういう問題があるからしっかり見張れよと、イワンにささやかれたのは明らかだった。それにおそらく、緊急事態が起きたりひどくようすがおかしくなったときに連絡する通話番号も教えられているのだろう。

〈いまじゃこいつは、ぼくが狂ってると思っているな。いずれにしても、ぼくが退役になって狂ったのではなく、狂っているから退役になったんだと思っているんだろう。おかげさまでね、イワン〉とはいえ平和で静かなヴォルコシガン・サールーで数日過ごしたら、マイルズの心も安らぐだろうし、マーチンも同じだろう。

正面の地平線のあたりがうっすら色づいて、デンダリィ山脈の青い影が大気のなかから突然蜃気楼《しんきろう》のように現れたとき、マイルズには領地の北の境界を越えたことがわかった。

「ここで針路を東にとれ」彼はマーチンにいった。「領空をジグザグに飛んでいこうかと思ってるんだ。ハサダーのすぐ北を通ることになる。きみはこのルートを飛んだことがあるかい？」

「いいえ、ありません」

マーチンは従順にライトフライヤーを傾けて朝日に向けた。キャノピーの偏光装置が眩《まぶ》しさを抑えた。マイルズが心配したとおり、マーチンのライトフライヤーの操縦は地上車の運転よりもっと心もとなかった。といっても、小さな十字形のライトフライヤーは半重力橇《そり》と飛行機の中間のようなもので、余分なものをとり除いたため非常に操作しやすく、フェイルセーフ機構のおかげで衝突したくてもできないといえそうだ。もっとも五分つづく発作の恐れのある者なら、そういうめずらしいことをやってのけるかもしれない。

ときには四角形の向こうに渡るのに、三辺をぐるりとまわるのがいちばんいい方法である場合もある……。といっても、正確にいうとヴォルコシガン領は正方形というよりひしゃげたいびつな平行四辺形で、北端の低地から南端の峠《とうげ》まで約三百五十キロメートル、東西は約五百キロメートルあり、その四角のなかにバラヤーでもっとも高い峰々が連なる山脈がある。北側の約五分の一が肥沃《ひよく》な平野だが、もちろんいまでは利用できるのはその半分だけだ。ハサダー市が右手近くに見えてきた。ライトフライヤー交通を管理している市の複雑なコンピュータ航空管制を避けるため、マイルズは交通量の多い空域は迂回《うかい》するようにマーチンに指示した。

「ハサダーなら平気だと思いますが」生まれも育ちもヴォルバール・サルターナのマーチンは、都市部がじわじわひろがろうとしているあたりを眺め下ろしていった。

「この都市の近代化は、バラヤー内のどの都市にもひけをとらないよ」マイルズはいった。

「ヴォルバール・サルターナより進んでいるくらいだ。ほとんどすべてセタガンダ侵略のあとに建設されたもので、当時ぼくの祖父がヴォルコシガン領の新しい首都に選んだんだ」

「そうですね、でもこの領地の目ぼしいところは、まあハサダーだけでしょう」とマーチン。

「つまり、ほとんどほかに何にもないってことですよ」

「そうか……きみがいってる何にもが都市のことならそうだね。内陸だから港の交易の機会もない。山岳地帯でもできる範囲で、農業だけをずっとつづけてきたんだ」

「ヴォルバール・サルターナに仕事を探しにくる山男の数から見て、きっと山の上にはあまりすることがないんでしょうね」マーチンがいった。「この連中については、こんなジョークがあるんですよ。兄弟より逃足の速いデンダリィ山地の娘を何と呼ぶか——処女、ってね」マーチンはくすくす笑った。

マイルズは笑わなかった。ライトフライヤーの室内にはっきりと冷気が漂った。マーチンはちらりと横を見て座席に縮みこんだ。

「すみません、マイロード」彼はつぶやくようにいった。

「そのジョークは聞いたことがあるよ。ほかのもみんな聞いたことがある」

じつをいうと、父の親衛兵士はすべて領内の男で、よくこういうジョークをいったものだ。とはいえ、それはこれとはちがう。それに親衛兵士にも何人か山の男がいたが、機知を欠いてはいなかった。

「デンダリィ山岳民が、きみたちのようなヴォルバール・サルターナのぐうたらよりはるかに先祖の数が少ないのは事実だけど、それはセタガンダ軍に寝返ったり降伏したりしなかったからなんだ」

多少褒めすぎたかな。セタガンダ軍は低地を占領したものの、若いころの恐るべきピョートル・ヴォルコシガン国守将軍に率いられた山岳民の、格好の襲撃目標になった。セタガンダ軍が彼らを追って危険な山岳地帯にはいったのは失敗だった。五十キロも後方に前線を移すべきだったのだ。ヴォルコシガン領はその後、ほかの領地よりも近代化が遅れたが、それはここがバラヤーじゅうでもっとも戦争の傷跡の深い領地だからである。

さて……二世代前なら、あるいは一世代前でも、それが立派ないいわけになったかもしれない。だがいまでは？

〈帝国はぼくらヴォルコシガンを領地から引き抜き、フルに使っておいて、借りた穴埋めはしなかった。そのうえ、ぼくらの貧しさを笑いものにするんだ〉奇妙だ……マイルズはいままで、自分の家族が熱心に奉仕してきたことを、秘かに領地に課せられた税だなどとは思ったことがない。

予定していたよりも長く、さらに十分過ぎてから、マイルズはいった。「ここで南に向けてくれ。千メートルほど高度を上げなきゃならないけどね」

「はい、わかりました」

フライヤーは右に傾いた。数分後、地上の自動ビーコンがこちらを見つけて、ライトフライヤーの通信機にお決まりのたわごとを送ってきた。録音された声が、単調にいう。

「警告。これより高濃度放射線帯にはいります……」

マーチンは青ざめた。「マイロード。この方角に飛びつづけていいんでしょうか」

「ああ。このくらい高ければだいじょうぶさ。といっても、このまえ荒野の中心の上を飛んでから数年になる。いつ来ても、下の状態がどう変化したか調べるのは興味深いことだ」

数キロ前から農地は森に姿を変えていた。いまやその森も、しだいにまばらになって色は奇妙に黒ずみ、部分的に不揃いに枯れた地帯もあり、不思議と密生している地帯もある。

「このあたりの土地は、ほとんどぼくのものだ」マイルズは下を覗きこみながら話しつづけた。「つまり、ぼく個人のって意味だ。ぼくの父が領地の国守だからという、言葉のあやじゃないよ。祖父がぼくに残したものだ。うちの資産のほとんどは父に残されたんだけどね。

これはぼくに対するどういうメッセージなんだろうと、いつも思うんだよ」

萎《しお》れた土地は萎れた子どもに、というような、障害を持って生まれたマイルズに対する祖父の気持ちを表しているのだろうか。それともアラール国守の寿命は、爆撃された土地が回復するはるかまえにつきるだろう、という覚めた認識によるのだろうか。

「ぼくもあそこに足を踏み入れたことはない。子どもが生まれてしばらくしたら、放射能防護服を着て行ってみようかと計画しているんだ。あそこには、みょうな植物や動物が発生しているという説もあるよ」

「人間はいないんですか」見るからに不安そうな顔つきで下を見ながら、マーチンがいった。そして何もいわれないのに、また数百メートル高度を加えた。

「不法居住者や無法者が多少いるけど、癌ができたり子どもが生まれたりするほど長くは生きられないはずだ。ときどき領地の辺境警備隊が連中を狩り出している。一部回復したように見えるまぎらわしい場所もあるよ。じつは一部地域では、放射能レベルがぼくが生まれたころとくらべて半分ぐらいに落ちているんだ。ぼくが老人になるころには、ここもまた使えるようになるだろう」

「あと十年ぐらいですか」とマーチン。

マイルズの口元がひきつった。「ぼくの考えでは、まあ、あと五十年ぐらいかかるだろうね、マーチン」と穏やかにいう。

「へえ」

それから数分後に、マイルズは首を伸ばしてマーチンの肩越しにキャノピーの外を覗いた。

「ほら、きみの左手をごらん。あのしみの部分が、昔の領都ヴォルコシガン・ヴァシノイのあった場所だ。ほう。だいぶ灰緑色になってきたな。ぼくが子どものころには、まだ真っ黒だった。いまだに夜は光っているんだろうか」

「暗くなってからまた来て見ることはできますよ」ひと呼吸あとで、マーチンが提案した。

「いや……いい」マイルズは自分の座席に腰かけなおし、前方に見える南に向かって高くなっていく山々を見つめた。「もうじゅうぶんだ」

「もうすこしパワーを上げられます」ほどなくマーチンがいった。眼下ではひからびた色あいが背後に過ぎて、風景はもっと健康的な緑や茶色や金色に変わっていた。「このフライヤーがどこまでやれるか、やってみましょう」その口調は明らかにねだるようだった。

「こいつの性能は知っている」とマイルズ。「それに今日は急ぐ理由はないんだ。たぶんこのつぎにでもね」

マーチンはさっきから何度となくこういうことをほのめかしているので、雇い主は落ち着いた退屈な旅が好みなのだと思っているにちがいない。マイルズは操縦席を乗っ取って、本物のスリルをマーチンに味わわせてやりたくてうずうずした。デンダリィ地溝《ちこう》のあいだを通り抜けるのだ。中央の滝の横や下をくぐり、急激な上がり下がりを三回もくり返して峡谷を通り抜ければ、拳《こぶし》を白く握りしめた乗客はゲロを吐かずにはいられない。

だが残念ながら、発作の心配がなくても、マイルズは肉体的にも精神的にも――道徳的見地からいっても――もうあんなことはできそうもなかった。ここにいるマーチンよりいくらか若いころ、イワンといっしょにやったようなことは。死ななかったのが奇跡みたいなものだ。あのころは優れたヴォルの技術のせいだと信じていたが、いま思い返すと、神の手がはいっていたような気がする。

そのゲームのいいだしっぺはイワンだった。従兄弟《いとこ》二人は代わるがわるライトフライヤーの操縦桿《かん》を握って、深くえぐるような地溝のあいだを相手が負けを認めるまで急降下しつづけたものだ。格闘技のやりかたを真似て、あわててばんとそこらを叩くか、直前に食べたものを吐き出したら負けというわけだった。これをうまくやるためには、ライトフライヤーのフェイルセーフ回路をまず解除しておかなければならなかった。マーチンにはとうぶん教えてやるつもりのない技術だ。最初はマイルズが、直前には何も食べないという単純な予防措置によってイワンより点数を稼いだが、やがてそれを見破ったイワンが公平を保つためにいっしょに朝食をとろうと主張した。

最終ラウンドは、マイルズが夜間飛行をイワンに挑んで勝った。最初はイワンの番で無事に帰ってはきたものの、最後の地溝の縁の上に飛びあがって水平飛行にもどったときには、イワンは蒼白になり冷や汗をかいていた。

マイルズは自分の番になって位置につくと、フライヤーのライトを消した。勇敢なイワンの名誉のためにいえば、それでも彼は悲鳴を上げて中断しようと切ってある緊急脱出ボタンをつかんだりはしなかった——隣の席の従兄弟が地溝を縫うスピード・パターンを描きながら目をつぶっているのに気づくまでは。

もちろんマイルズは、そのまえの三日間に日中にまったく同じパターンで六十回ほども飛んで、しだいにキャノピーを暗くして最後には完全に真っ暗にしていたのだが、そんなことはおくびにも出さなかった。

それがこのゲームの最終ラウンドになった。イワンはその後は二度と挑んでこなかった。

「なにをにやにやしておられるのですか」マーチンがたずねた。

「あ……何でもないよ、マーチン。ここでバンクしてあの森林地帯の中央を横切る方向に向かってくれ。ぼくの森林がどうなっているのか知りたいからね」

不在地主だったヴォルコシガンの祖先たちは、管理の手間のかからない農業にご執心だったのだ。五十年経った森林は、収量の維持された見事な硬材《こうざい》の木々がほとんどいつでも選択伐採《ばっさい》のできる状態になっている。十年後にはどうなるだろう。樫《かし》、楓《かえで》、楡《にれ》、ヒッコリー、白樺《しらかば》などそれぞれの林が、秋の日を浴びて輝かしく紅葉を競いあっている。暗緑色の上品な色あいが険しい斜面のあちこちに見えるのは、遺伝子工学で改良された、寒さに強い黒檀《こくたん》という新しい品種——少なくともバラヤーでは新しい——で、三十年ほどまえに輸入されたものだ。あれはそのうち何になるのだろう。家具か、家か、ほかの日常的な品物だろうか。マイルズとしては、この林のいくらかは美しい品物に使われてほしかった。たとえば楽器とか彫像とか寄せ木などに。

幾峰《いくみね》かさきのあたりから煙が立ちのぼっているのを見て、マイルズは顔をしかめた。

「あっちのほうに行ってくれ」

彼はマーチンに指さした。だがそこに行ってみると、何でもないことがわかった。それはここの地勢改良を進めている人々で、ある斜面の毒性のある自生の茂みを焼き払って、地球産のDNAを持った有機肥料で土を改良して小さな苗木《なえぎ》を植えるための準備をしていたのだ。マーチンがその人々の上を旋回すると、呼吸マスクをした五、六人の人々が見上げて、相手が誰かわからないのに丁寧《ていねい》に手を振ってきた。

「連中に翼を振って返事しろ」

マイルズがいうと、マーチンはそのとおりにした。古いローテクなやりかたで一メートルずつバラヤーを地勢改良するために、ああいう仕事を毎日つづけているのはどんな気分なのだろうか。少なくとも背後を振り返って達成したものを確かめるのは容易だろうけれども。

そのあとフライヤーは植林地を離れて、ごつごつした赤茶色の丘陵の上を西に向かって飛びつづけた。ところどころパッチワークか刺繡《ししゅう》のようにまばらに地球伝来の色彩が見られ、どこが人の住んでいる場所でどこが原野なのかを示している。そのうち左手のほうに、これまでの山よりも高い、雪の残る灰色の峰々がせまってきた。マイルズはなんとなく疲れを感じて、座席に深く身を沈めて目をつぶった。食事も睡眠も以前と同じようにとっているのだが。しばらくして小声で何か問いかけるマーチンの声で目をあけると、ヴォルコシガン・サールールの長湖《ちょうこ》のきらめきが遠くに見えた。長湖はパッチワークの丘のあいだを、西に向かって四十キロほどうねうねとつづいている。

湖のふもとにある村の上を通り過ぎ、村を見下す岬角《こうかく》に立ちはだかる焼け落ちた城の廃墟の上を通り過ぎた。そもそも村がここにあるのは、その城があったからだ。マイルズはマーチンにいって湖の源流まで飛ばしてから、ぐるりと引き返して、ヴォルコシガン家の土地に着陸させた。ここより上のほうの湖畔《こはん》には、カーブした湖岸の数キロにわたって百戸ほどの新しい屋敷が点在している。もとはそこも一族の所有する土地だったが、いまではハサダーやヴォルバール・サルターナの人々のものになっている。この人々が爆発的な人口増加の原因……いや、少なくとも、青い水面を汚している——というか、見方によれば彩っている——ボートが十艘ぐらいまで増えた原因なのだ。村だって成長している。近くにある数戸の古いヴォル屋敷だけでなく、別荘族や老後を過ごす人々にも対応するようになったからだ。

このヴォルコシガン家の夏の家は、もとは城に付属した石造りの細長い二階建ての衛兵宿舎だったが、いまは湖を見渡す景観を楽しむ優雅な邸宅に変わっている。マイルズはマーチンに、その屋根を越して駐車場に隣接した着陸場に降りさせた。

「家のなかに持っていきますか」マーチンは二人のバッグを降ろしながらいった。

この家には少なくとも、邸宅を管理し、広大な土地を維持管理するための管理人夫婦が住んでいる。首都の屋敷みたいな暗い墓のような雰囲気ではないだろう。

「いや……いまはまだいい。さきに厩舎《きゅうしゃ》に行きたいから」

マイルズはさきに立って、湖から少し下にもどったところにある小さな谷間の、いくつかの納屋《なや》や地球の牧草が茂る放牧地目ざして歩きはじめた。近づくと、いまも残されている数頭の馬の面倒を見ている十代の村娘が、出てきて挨拶した。マーチンは明らかに、奇矯《ききょう》な主《あるじ》のお供で退屈な田舎で数日過ごすのも仕方ないと、義務的に我慢するつもりでいたらしいが、とたんに顔をほころばせた。マイルズは二人が自己紹介しあうようにそこに残して、放牧地の門のほうに向かった。

マイルズの馬は、生後数週間の仔馬のころに、祖父から〈ふとっちょニニー〉というあまりありがたくない名をもらっていた。ニニーは呼ぶといななきながら挨拶にやってきた。マイルズはそれに応えてポケットからペパーミント・キャンディーを出して与えた。そして大きな葦毛のビロードのような幅広の鼻を撫でてやった。この馬は……もう二十三歳にもなるのか——赤毛のなかの灰色が増えているし、放牧地を駆け寄ってきたため、鼻息が荒い。それにしても……こんな発作持ちなのに、乗っていいものだろうか。いままでいちばんの楽しみだった、数日かけてキャンプしながらする丘陵めぐりの遠乗りなんかは、たぶんだめだろう。マーチンを監視役に仕込めば、おそらく放牧地を数回まわるぐらいのことはできそうだ。落馬しても人造骨は骨折しそうもないし、ニニーなら落ちたマイルズを踏むようなことはないと信じていられる。

水泳もヴォルコシガン・サールーでの楽しみのひとつだが、いまはだめだ。ヨットはどんなものだろう。常にライフ・ジャケットを身につけてマーチンといっしょにいる必要がありそうだ。そもそもマーチンは泳げるのだろうか。まして、船上で発作を起こして水中に落ちた主人を救助しながら、同時にヨットが流れないように押さえているなんてことができるか？ 頼むことがたくさんありそうだ。とにかく……湖の水温は秋の深まりとともに冷たくなってきている。

湖畔の静かな倦怠《けんたい》のなかでぶらぶら過ごすうち、つぎの週にはマイルズの三十回めの誕生日が訪れた。これは偶然ではなかった。行事を無視するには、ここが最良の場所なのだ。首都では知人や親戚に煩《わずら》わされそうだし、少なくともイワンは誕生日を種《たね》にしてマイルズをかまうだろう。悪くするとパーティーを押しつけられるかもしれない。もっともイワンは二、三ヶ月さきに自分の番が来ることを知っているから、間違いなくそれなりの自制はあるはずだ。とにかく実際には、ほかの日と同じように一日だけ、まえの日より年をとるだけのことなのだ。そうだろう？

当日は明け方から霧に包まれ、前日の陰鬱《いんうつ》な雨のせいで湿っぽく、マイルズのいまの気分にまことにふさわしかった。とはいえ、頭上の高空の薄い青色からいって、このあと暖かくもやっとした、申しぶんのない日に変わっていくのは明らかだ。それに、あらゆることを無視するのが許されないのも、また明らかだった。この家の通信コンソールに最初にはいったお祝いの通話は、つんと澄ました、楽しげな表情のレディ・アリスからだった。叔母の背後のどこかにイワンがいるのかもしれない。身を隠す方法を考えないと、一日じゅうブーブー鳴るコンソールに縛りつけられかねない。

マイルズは準備中の厨房《ちゅうぼう》から、通りすがりに朝食用のロールパンを一個失敬して、庭園墓地につづく坂道を登っていった。そこは本来、兵舎にいた衛兵たちが人生の最後に憩《いこ》う場所だったのだが、ヴォルコシガン・ヴァシノイが壊滅したあとは、一族の墓所としてヴォルコシガン家が引き継いだのだ。マイルズはしばらくのあいだボサリ軍曹の墓の横に親しげに座りこみ、ロールパンを齧《かじ》りながら、ヴォルコシガン・サールーを包んだ朝霧のなかで赤く燃えている朝日を見つめていた。

それから立ちあがると、ピョートル老将軍の墓に大股に近づき、数分間じっと眺め下ろした。まえには、嘲笑うように黙りこんでいる石に向かって地団駄《じだんだ》を踏んで叫んだり、ささやきかけたり、懇願したりしたこともあった。ところがもはや、老人とは何も話しあうことがない気がする。なぜだろう？

〈ぼくは見当ちがいな墓に向かって話しかけている。それが問題なのだ〉マイルズは唐突にそう思った。そこでまわれ右すると、情け容赦なくマーチンを起こすため大股に家のほうに向かった。ほうっておくと、あいつは昼まででも寝ていそうだ。マイルズは通信コンソールが追ってこない場所をひとつ知っている。それにいまは無性《むしょう》に、あの小さなレディと話がしたかったのだ。

「それで、どこに行くんでしょうか」マーチンはライトフライヤーの操縦席に落ち着き、指を曲げ伸ばししながらたずねた。

「シルヴィー谷と呼ばれている、山中の小さな村落に行く」

マイルズは屈みこんで、ホロビッドの地図ナビゲーター・プログラムに指示を入れた。プログラムは、色のどぎつい立体格子をホロビッド盤上に出した。

「この小さな谷に、降りてもらいたい特別な場所があるんだ。この狭い川の分岐点のすぐ上《かみ》だ。じつは、そこは墓地なんだけどね。林のなかに、ちょうどライトフライヤーが着陸できるくらいの広場があるはずだ。とにかく、まえに行ったときにはあった。小川のほとりのきれいな場所だよ。木洩《こも》れ日が落ちていて……ピクニックの用意をすればよかったな。ここから歩いていくと四日かかるし、馬なら二日半かかる。ライトフライヤーで行けば、まあ、一時間もかからないけどね」

マーチンはうなずいてパワーを上げた。尾根の上に出ると南に方向転換した。

「絶対にそれよりも早く行けると思いますよ」マーチンがいった。

「いや……」

「またぐるっと遠まわりしていくんですか」

マイルズはためらった。空に上がってみると、急《せ》いていた気持ちがゆるみ、じわじわと恐れに変わった。〈これもあるのに、皇帝に謝るのがいちばんつらいと思っていたんだ〉

「ああ。きみに山の下降気流とライトフライヤーの関係を、実地に見せようと思っているんだ。ここで機首を南西に向けて、あの峰を目指してくれ」

「かしこまりました」ヴォル卿の立派な召使いの口調を真似てマーチンはいったが、つぎの言葉でたちまちぼろを出した。「また乗馬の練習をするよりは、ぜんぜんましですよ」

マーチンとニーは、マイルズの期待に反して気が合わなかったのだ。マーチンは明らかにライトフライヤーのほうがよさそうだった。

そのあと一時間ほどは、デンダリィ地溝のなかやまわりで、興味深い瞬間がつぎつぎに訪れた。あたりの壮観には都会育ちのマーチンも感銘を受けたらしいのを、マイルズは嬉しく心にとめた。もっともマイルズやイワンがあのころ飛んでいたのよりははるかにゆっくりで、朝食をとったことはすこし悔《く》やまれたが、緊急事態に陥るようなことは何もなかった。というわけで、それ以上マイルズが時間稼ぎをするいいわけもなくなり、やがて針路は本来の東に変わった。

「それで、シルヴィー谷ってところに何があるんですか」マーチンがたずねた。「お友だちですか。景色ですか」

「いや……とくに何もない。ぼくがきみの兄さんぐらいの年に――実際には、帝国士官学校を卒業したばかりだったけど――父の国守にあることを押しつけられた。つまり、国守の法廷に持ちこまれた事件を引き受け、父の代理を務めるようにいわれたのだ。そしてある殺人事件を調査して裁決するために、シルヴィー谷に送りこまれた。それは突然変異の嬰児《えいじ》殺しで、古めかしい伝統的なやりくちだった」

マーチンは顔をしかめた。「山男どもめ」と嫌悪感をあらわにしていう。

「うん。だけど、ぼくが思っていたよりも複雑な事情がしだいにわかってきて、なんとか正しい容疑者にたどりついたのさ。殺された幼い少女は――生後四日めの女の子で、兎唇《としん》に生まれついた子だった――その子の名前はレイナ・クスリクだ。生きていたら、いまごろ十歳近くになっていたはずだ。ぼくはその子と話がしたいんだ」

マーチンは呆《あき》れたように眉を上げた。「閣下は、そのう……よく死人と話をされるんですか」

「ときにはね」

マーチンは、これはジョークですよねというように、あいまいににんまりした。「これまで、相手から返事はありましたか」

「ときにはね……なんだ、きみは死者と話をしたことがないのかい」

「おれは誰も知りません。閣下以外には」マーチンはやや婉曲《えんきょく》に答えた。

「ぼくは死人じゃないよ。なりかけただけだ」〈きみにはもっと時間が必要だね、マーチン。きみもきっとそのうち交遊がひろがるだろう〉マイルズには死者の知人がたくさんいる。

といっても、死者の長いリストのなかでレイナは特別な位置を占めていた。マイルズが帝国のあらゆる虚飾やナンセンスをかなぐり捨て、昇進競争にうんざりして、馬鹿げた軍規や軍隊生活の暗く汚い部分をくぐり抜けて……軍隊生活なんか、もはやどえらいゲームでも何でもなくなり、物事を現実的に見るようになってほんとうの恐怖を知り、軍のために命も魂も瞬間ディスポーザーのなかに投げ入れてしまったとき……マイルズが奉仕する相手の象徴として、まだ意味を持っていたのはレイナだけだった。それが最近の騒ぎのなかで、レイナとのつながりまで失ったような恐怖を感じたのだ。

ネイスミスを演じるのをやめ、ゲームに勝つことをすっかりやめて、何のために演じているのか忘れてしまったのだろうか。レイナはこの十年、地下に囚われたままで、ネイスミス提督が決して救い出すことのできないたった一人の捕虜だった。

マイルズの祖先のセリグ・ヴォルコシガン国守にまつわる、出所の怪しげな話がある。領地の人々から税を集めるのは——というより、集めようと企てると——当時も現在と変わらず見通しが厳しかった。無責任な亭主の死後、負債を残されて貧窮していたある後家が、唯一価値のある息子の太鼓演奏を、息子とともに税として差し出そうとした。セリグは、演奏は受けとったが、息子は帰したということだ。これは自分に都合のいいヴォルのプロパガンダにちがいない。ネイスミスはマイルズ自身の最高の生贄《いけにえ》で、すべてであり、懸命に自分をつくり変えて創作したものだった。バラヤーの銀河的利益なんか、この山の朝の光のなかではるかに遠く感じられるが、その利益に奉仕することがマイルズの役割だった。ネイスミスは彼が演奏した太鼓の曲だが、それを演奏していたのはヴォルコシガンだったのだ。だから、ミスをひとつずつ重ねてどんなふうにネイスミスを失ったのか、彼にははっきりとわかっている。あの一連の悲惨な出来事は、その連鎖のひとつひとつに手で触れ、その名をいうことができる。いったいどこでヴォルコシガンを見失っていたのだろうか。

着陸したらマーチンに散歩してこいというか、さもなければ、もうすこしそこらを飛んでこいといおう。この死者との対話には、目撃者はいてほしくない。マイルズはグレゴールを失望させたが、対面は果たした。家族も失望させたが、まもなく顔を合わせなければならない。だがレイナと向きあうのは……ニードル手榴弾でやられるぐらい痛そうだ。

〈ああ、レイナ。小さなレディ。頼むよ。いまぼくはどうしたらいいんだ?〉彼はひっそりとマーチンに背を向けてうずくまると、キャノピーに額をつけ、目を閉じた。頭がずきずきしていた。

マーチンの声が、しだいにつらさを増すマイルズの瞑想のなかに割りこんできた。

「マイロード、どうしたらいいんでしょうか。閣下がおっしゃった谷には着陸できません。すっかり水没しています」

「なに？」マイルズは座りなおして目をあけ、びっくりして外を見つめた。

「あそこには湖があるようです」とマーチン。

たしかにそうだ。細い山の肩の向こう、ふたつの流れが下って出合うところに、小さな水力発電ダムがあった。その後方には、険しい谷を埋めて水の帯がうねり、もやった朝の青空を映している。マイルズは念のために、もう一度ホロビッドの地図を確かめ、地図の日付を見た。

「この地図はわずか二年前のものだ。でもこれはぜんぜん出ていない。だけど……たしかにこの場所だ」

「やっぱり着陸なさりたいですか」

「そうだな、えーと……その印にできるだけ近い、東側の湖岸に降りてくれたまえ」

たやすい作業ではなかったが、マーチンはやがて適当な場所を見つけてライトフライヤーを木々のあいだに降ろした。ぽんとマーチンがキャノピーを開くと、マイルズは這い出して、切り立った土手の上に立ち、透明な茶色の水を覗きこんだ。だが水のなかは数メートル下までしか見えなかった。あちこちに白い木の株が骨のように水面から突き出ている。マーチンも好奇心にかられてついてきて、見るのを手伝うように隣に立っていた。

「それじゃ……あの墓地は水のなかに置かれたままなんだろうか。それともシルヴィー谷の人たちが墓を移したんだろうか。もしそうなら、どこに移したんだろう」マイルズはつぶやいた。

マーチンは肩をすくめた。土手も、静かな鏡のような水も、何も答えなかった。

11

マーチンがライトフライヤーを木々のあいだから上昇させると、探していた空《あ》き地が一キロほどさきにあるのが見えた。マイルズは、風雨にさらされて白っぽくなった木造の小屋の前庭に降りるようにマーチンにいった。その小屋は、見覚えのある谷と新しくできた湖を一望できるポーチが端から端までついていて、何ひとつ変わっていないように見えるが、斜面をすこし下ったあたりに、離れ屋がふたつ新たに建てられていた。

庭に何が着陸したのか見ようと、男が一人ポーチに出てきた。それは頭の禿《は》げた片腕のカラール村長ではなかった。マイルズにはまったく見覚えのない背の高い男で、きれいに整えた黒い顎髭をたくわえている。しかも、皮を剝《は》いだ若木の手すりに興味津々《しんしん》の顔つきでもたれているようすは、その家の主《あるじ》のようなたたずまいだった。マイルズは伝い降りたライトフライヤーの横に立って、誰なんだろうと男を見つめて自己紹介の言葉を考えながら、マーチンがでかいやつでよかったと、ひそかに喜んでいた。訓練を積んだボディガードを伴ってくるべきだったかもしれない。

ところが見知らぬ男は、訪問客が誰かわかったらしく、興奮に顔を輝かせた。

「ヴォルコシガン卿！」

男は叫んだ。そしてポーチから一段飛ばしに駆け降りてきて、大股にマイルズに近づき、にこにこしながら両手を差し出して挨拶した。

「またお目にかかれて嬉しいですよ！」だが、ふっとその笑みが消えた。「まさか、何かよくないことでも？」

それでは、この男はマイルズを覚えているのだ。よかった。あの裁判はもう十年もまえのことなのに。

「いや、純粋に友だちとして訪ねてきただけですよ」とマイルズはいったが、そういっているあいだにも男は身を寄せて、マイルズの手を――両手を――丁寧《ていねい》ではあるが熱狂的に握っていた。「公式の用は何もないけど」

一歩しりぞいてマイルズの顔を覗きこんだ男の笑みが、いたずらっぽくなった。「おれが誰かわからないんですか」

「えーと……」

「ゼッドですよ」

「ゼッドだって？」カラール村長のまんなかの息子のゼッド・カラールは、あのころ十二歳だった……。マイルズは急いで計算してみた。二十二か、その前後だ。そうか。「このまえきみに会ったときには、ぼくより背が低かったのに」

「そうですね、うちのおっかあは料理が上手でしたから」

「まったくだ。覚えているよ」といってマイルズはいいよどんだ。「だった、って？　ご両親はそのう……」

「ああ、二人とも健在ですよ。ここにいないだけです。兄がセリグラッド出身の低地の娘と結婚して、そっちに仕事も住まいも見つけたんです。おっかあとおとうは、こういう高地の冬がつらくなってきたので、冬だけそっちで兄たちと過ごすことにしてるんですよ。おっかあは兄の子の世話をしています」

「とすると……カラールさんはもうシルヴィー谷の村長じゃないのか」

「はい、新しい村長に替わって二年ほどになります。ハサダーで暮らしたあいだに進歩的な考えを詰めこんできた、若いやり手の村長です。ちょうど殿下みたいなタイプのね。彼のことはちゃんと覚えておられるはずですよ。名前はレム・クスリクです」ゼッドの笑みが満面にひろがった。

「そうか！」とマイルズ。この日はじめてマイルズの唇に笑みが浮かんだ。「ほんとうかい。レムなら……会いたいな」

「乗せてくだされば、いますぐにでもレムのとこに連れていけますよ。今日はたぶん診療所で働いているはずです。診療所の場所はご存じないでしょう、できたてのほやほやだから。

ちょっと待ってください」

ゼッドは、何か片づけるものでもあるのか、小屋に駆けこんでいった。その走り方には十二歳のころの彼を彷彿《ほうふつ》とさせるものがあった。マイルズは、キャノピーに頭を叩きつけてむりやり脳の回転ギアをバックに入れたような気分だった。

ゼッドはもどってくると、ライトフライヤーの後部座席に飛びこんだ。フライヤーが空に上がってつぎの尾根を越えると、ゼッドは操縦上の注意をまじえながら、つぎつぎにマーチンに指示を出した。そして二キロほどさきで、建造中の六室ある建物のまえにフライヤーを降ろさせた。シルヴィー谷でこんな大きな建物を見るのははじめてだ。ここには動力線がすでに引かれていて、棚に並んだ動力工具用の再充塡パックにエネルギーを供給していた。五、六人の男が仕事の手を休めて、フライヤーが着陸するのを見守っている。

ゼッドはフライヤーから伝い降りて手を振った。「レム、おおい、レム！　思いもよらないお客だよ！」

マイルズはゼッドについて建設現場に近づいた。マーチンは操縦席に座ったまま、当惑顔で眺めている。

「若様！」

レム・クスリクも、ただちにマイルズを認めた。といっても、マイルズの姿かたちは見間違えようがない。じつはマイルズのほうでも、レムは人込みのなかでも一瞬のうちに見わけられるだろう。レムはいまでもマイルズの記憶にあるとおりの、マイルズと同年配の屈強《くつきょう》な山男だったが、誤って殺人罪で訴えられた十年前より、見るからに幸せそうだった。そして六年前に、ハサダーで見かけたときよりも、さらに自信に満ちて見えた。レムも両手でマイルズの手を包みこんで挨拶した。

「クスリク村長。おめでとう」マイルズは挨拶を返した。「さぞかし忙しい毎日だろうと思うよ」

「いやあ、ご想像以上ですよ、若様！　こっちに来て見てください。自分たちの手で診療所をつくっているところなんです——地域じゅうの患者をここで診《み》るんですよ。初雪が舞うまえに外壁をすませて、冬の市のまえには完成させようと急いでいるところです。そのころに医者が来てくれることになっています。週に一回巡回してくるメドテクなんかじゃない、本物の医者ですよ。その医者は若様のお母上の奨学生の一人で、ハサダーの新設校で勉強しているんですが、学業と引き換えに四年間ここで奉仕する予定です。冬の市のころには卒業するはずです。斜面の上のほうに、その医者の小屋もつくるつもりなんですよ。素晴らしく景色のいいところで——」

レムは自分の仲間をマイルズに紹介して、屋内を案内してくれた。まだここは診療所とはいえないが、レムの頭のなかで熱く燃えている診療所の夢を聞くうちに、マイルズにも完成したときの姿がおぼろげに見えてきた。

「来る途中で、谷間の発電用ダムを見たよ」レムの話がひと区切りしたところで、マイルズはいった。「あれはどういう経緯だい?」

「おれたちがつくったんです」レムは誇らしげにいった。「わずかな動力工具でつくるなんて、手にあまる仕事にはちがいないです。だけど、動力を手に入れるためには、もちろんまず動力をつくらなければなりませんからね。領政府が約束してくれた衛星動力受信機を待ちつづけているんですが、ここは順番待ちの尻尾《しっぽ》のほうなんで、まだまだ待たなきゃなりません。だから考えるほかなかったんですよ。おれはドスタヴァールに出かけて、水力設備を見てきました。数年前にできたものです。それはローテクですが、ちゃんと役に立っています。そこから二、三人、ダムをつくる手伝いをしてくれるやつを連れてきて、いちばんいい場所とか選んでもらって、おれが手伝って家を建てたハサダーの技師に、中身の電気装置を備える手伝いをしてもらったんです。その技師は見返りに、新しい湖の上のほうにある小屋を、夏休み用に手に入れました。まだ発電機の借金はありますが、あとはそれだけですよ」

「あそこがいちばんいい場所だったんだね」

「ええ、そうです。あれだけ差しわたしが短くて落差が大きく、水量のあるところはほかにありません。そのうちあれでは間にあわなくなるかもしれませんが、あそこは完璧な場所です。基礎になる動力がないと、この土地はいつまでも停滞したままです。これでやっと、おれたちも成長できます。領政府のくじに当たりでもしなければ、動力のない診療所には医者も来てくれませんよ、そもそも」

「何者にも妨害なんかさせなかったんだね」

「ええまあ、若様。それを誰に学んだかご存じでしょう」

妻のハラだ、もちろん。レイナの母親だ。マイルズはうなずいた。「ハラといえば、今日はどこにいるんだい」

マイルズは死者のまえに無言で立つことだけ考えてここに来たのだが、いまは無性《むしょう》にハラと話がしたくなってきていた。

「学校で教えています。教室をひとつ増やしたので——いまでは教師は二人になりました。ハラが仕込んだ女の子がいて、その娘が小さな子どもたちを見て、ハラが大きな子たちを教えています」

「ぼくに、そのー、学校を見せてくれるかい」

「ハラに会わせないで若様を帰したら、あいつに生皮《なまがわ》を剝がれてしまいますよ。それじゃ、これからご案内しましょう」

マイルズを責任者に引き継いだゼッドは、手を振って別れ、家に帰るため林のなかに姿を消した。レムは仲間に二言三言話してから、ゼッドから現地ガイド役を引き継ぎ、ライトフライヤーの後部席に乗りこんだ。

またひとつ飛びすると、さっきの建物よりは古くて伝統的な造りの、両端にドアと石積みの暖炉がある細長い小屋に着いた。ポーチの上に掲げた大きな手彫りの看板には、装飾文字で〈レイナ・クスリク学校〉と書かれている。レムが左側の入口からマイルズを招き入れると、ついてきたマーチンは不安顔で入口のまえで立ちどまった。さまざまな体格の十代の子どもたちが二十人ほど、通信コンソールのラップ端末を載せた手づくりの木製の机のまえに座っていた。子どもたちは、教室の前方で精力的に手振りをまじえながら話している女性に耳を傾けていた。

ハラ・クスリクは相変わらず背が高く痩《や》せていて、マイルズの記憶にあるとおりだった。まっすぐな麦藁《むぎわら》色の金髪を山岳民らしくうなじできちんと髷に結《ゆ》って、着ているのは山岳民らしい簡素な服だが、清潔で仕立てがいい。暖かい日なので、大多数の生徒と同じように裸《はだ》足《し》だ。だが、突き出た灰色の目は生きいきとして温かみがあった。マイルズとレムを見ると、ハラは唐突に授業をやめた。

「ヴォルコシガン卿！　あれまあ、なんて思いがけない！」

ハラもゼッドやレムと同じように駆け寄ってきたが、握手では飽きたらずにマイルズに抱きついた。もっとも、マイルズをからだごと抱えあげたりはしなかったが。マイルズは驚きを隠してすぐに気をとりなおし、ハラを抱き返した。そしてハラがからだを離すと、なかばからだをまわしてその両手を握った。

「こんにちは、ハラ。立派な様子だね」

「ハサダーでお目にかかって以来ですね」

「そうだね……もっとまえにここに来るべきだった。だけど、いろいろと忙しくてね」

「わたしこそ申しあげなきゃなりません。師範学校の卒業式に来てくださったのは、世界じゅうのどんなことよりも嬉しかったって」

「あれは、たまたま運がよかったんだよ。ちょうどバラヤーにもどっていたから。たいしたことじゃない」

「それは見方によります。こちらへいらして……」ハラはマイルズを教室の前方に引っぱっていった。「さあ、みんな、ここに来てくださった方はどなたでしょう？　みなさんの大事なヴォルコシガン卿ですよ！」

子どもたちは、疑念や嫌悪感よりは興味をたたえた目でマイルズを見つめた。目のまえにいる生身の奇妙な小男と、教室の正面の壁に掲げられた肖像とを見くらべている。ホロビッドの映像スペースには、三つの静止肖像が並んでいた。そのうちの二つは規定のものだった。ひとつは堂々とした華やかな観兵式用軍服姿のグレゴール帝だ。もうひとつはこの領地の国守、マイルズの父親の、茶色と銀のヴォルコシガン家の正式礼装をまとった肖像で、厳しくまえを見据えている。三つめの肖像は、規定のものではない——普通の公共施設では、国守の跡継ぎの肖像を掲示することまで要求されてはいないのだ。ところがここでは、壁の上からマイルズ自身の澄ました笑顔が眺め下ろしていた。帝国軍の礼装軍服を身につけて、水色の少尉の徽章《きしょう》を襟に留《と》めた、若いころの堅苦しい写真だった。まだホルスの目のピンが光っていないので、士官学校を卒業したころのものらしい。いったいハラは、こんなものをどこから手に入れたのだろう。

ハラは、誇らしげにマイルズを生徒たちのまえに押し出した。まるで興奮してペットの虫のはいった小瓶を見せる六歳児のように。マイルズは公《おおやけ》の場で話をするどころか、シルヴィー谷の誰とも会わないつもりで来たので、古い田舎風のチュニックとまだ残っていた軍の作業用のすり切れた黒ズボン姿だった。貯水池で泥まみれにした古ぼけた軍用ブーツはさておいても、あまりにもかまわない格好ではないかという気がした。それでもありきたりだが、立派、立派、と心から挨拶すると、みんな喜んだようだった。ハラは正面のポーチを通って隣の教室にマイルズを連れていき、そこでも同じショーをくり返して、授業をしていた若い女性をすっかりどぎまぎさせて、若い生徒たちのもじもじ指数を爆発寸前まで引きあげた。

またポーチを通ってもどる途中で、マイルズはハラの手をつかんで足をゆるめさせた。

「ハラ――ぼくは抜きうちで査察するために、ここに来たわけじゃないんだよ、絶対に。ここに来たのはただ……そう、正直にいうと、レイナの墓でちょっと供物《くもつ》を焚《た》きたかっただけなんだ」三脚と火鉢と香木《こうぼく》は、ライトフライヤーの後ろのほうにこっそり載せてきた。

「それはご親切なことです、若様」とハラはいった。マイルズはいやいやというように手を振ったが、彼女はかぶりを振って、さらにそれを打ち消した。

マイルズは言葉をつづけた。「いまじゃそれにはボートがいるようだが、乗ってるボートに火がついたら困るしね。それともみんな、墓地をどこかに移したのかい」

「はい、水につかるまえに、そうしたい人は墓を移しました。以前の場所を見下ろす、とてもいい場所を尾根の上に見つけたのです。母の墓はもちろん移しませんでした。下に残しました。埋葬場所を水の中につかるままにして、供物も焚きませんでした」ハラは険しい顔でいった。マイルズは、わかったというようにうなずいた。「レイナの墓は……あのう、あそこは川の近くで土地が湿っぽかったし、あんなありあわせの箱をお棺代わりにしていたし、あの子はとても小さかったから……移そうにも見つからなかったんです。土に還《かえ》ったんだと思います。でも、気になりませんでした。考えてみると、それでいいんだという気がしたんです。どっちみち、この学校があの子の記念としていちばんだと思っていますから。ここへ教えにくるたびに供物を焚いているようなものだし、かえっていいくらいです。ここではものを焼いて壊すのではなく、つくりだしているんですから」ハラはきっぱりと、静かにうなずいた。

「なるほど」

そのあと彼女は、つくづくとマイルズを眺めた。「お元気なんですか、若様。ひどくお疲れのように見えます。顔色も悪いし。いままでご病気か何かだったんじゃないでしょうね」

三ヶ月死んでいたということは、いちばんひどい病気とほとんど同じだろうとマイルズは思った。

「まあそうだね。そんなところだよ。やっと回復してきたところだ」

「あれまあ。そうでしたか。これからどこかへお出かけですか」

「いや、べつに。いわば……休暇中ってとこだ」

「うちの子どもたちに会ってほしいんです、わたしとレムの子どもたちに。わたしが学校で教えているあいだは、レムのおっかさんか姉さんが面倒を見てくれてます。いっしょにお昼を食べにいらっしゃいませんか」

マイルズは昼食の時間までに、ヴォルコシガン・サールーに帰るつもりでいた。「子どもたちって？」

「いまは二人になりました。四歳の男の子と一歳の女の子です」

ここではまだ誰も人工子宮は使っていない。ハラは亡くした最初の子と同じように、自分のおなかを痛めて産んだのだろう。おやおや、それでもこの女性は働いているのだ。おそらくこれは逃れられない招待だろう。

「ありがたくご招待にあずかるよ」

「レム、ヴォルコシガン卿をしばらくご案内していて——」

ハラは仲間の教師や生徒たちと相談しに教室のなかにもどった。レムはいわれたとおりにマイルズを外に連れ出して、学校の建築上の特徴などを説明した。数分後には、授業が早じまいになって喜んだ子どもたちが歓声を上げて建物から飛び出してきて、四方に散っていった。

「きみたちの日常を邪魔する気はなかったのに」

マイルズは反対したが無駄だった。いまや引くに引けない状況だ。こういう歓迎の笑顔というものは、絶対に裏切ったりできないものなのだ。

一同はライトフライヤーで、予告なしにレムの姉の家に降りた。だが彼女はこの難局をうまく切り抜けた。もてなされた昼食は、ありがたいことに軽いものだった。マイルズはクスリク家の子どもたちや姪や甥と対面して、礼儀正しく誉め言葉を並べた。それから子どもたちに拉致《らち》されて、林のなかを散策し、子どもたちのお気に入りの穴プールを眺めた。そして粛々《しゅくしゅく》とブーツを脱いで穴のなかにはいり、冷たさに足がかじかむまで、なめらかな小石の上を子どもたちといっしょに歩いて、ヴォルらしい権威のある声で、これは領地のなかでいちばん素晴らしい、いちばん立派な穴プールだと宣言した。どうやら同じくらいの背丈の大人だという、普通とちがう点が子どもたちには魅力だったらしい。

あれやこれやしている間《ま》に時間が過ぎ、また学校にもどってきたときには午後も遅くなっていた。マイルズは校庭に流れこんでくる群衆をひとめ見るや、うんざりした。皿やバスケットや花、楽器や水差しや瓶、椅子やベンチや架台や板、薪《たきぎ》やテーブル・クロスなどを手に手に持っている。今日はこういうことを避けたいと思っていろいろ努力したにもかかわらず、結局びっくりパーティーにはまってしまったらしかった。

「マーチンが山岳地帯を夜飛ぶのに慣れていないから、暗くならないうちに帰らないといけないんだ」といった言葉も口にしにくかった。明日の午前中にここを出られれば幸運というべきだろう。あるいは――彼はデンダリィ山地特産のメープル酒のはいった石の瓶に気づいた。人間の発明したアルコール飲料でこれ以上きついやつはない――明日の午後になるかもしれない。

というわけで、ご馳走も日没も焚き火も、注意してすこしずつ飲んだメープル酒もたっぷり味わうことになったが、マイルズは実際に気持ちがゆるやかになり、楽しみはじめていた。それから音楽がはじまると、まったく無理せずに楽しめるようになった。すこし離れて横のほうにいたマーチンは、はじめは田舎風の手づくり料理ばかりなのを鼻であしらうような態度だったが、いつのまにか熱心な少年少女たちにつかまって、都会風ダンスを教えていた。マイルズはこの若者に、「メープル酒は甘くて口あたりがいいが、お返しに細胞膜を破るからな」などと分別臭い注意をするのはやめておいた。ある程度の年齢になったら、自分で学ばなければならないこともある。マイルズはハラと伝統的なステップで踊り、それからほかの女たちとも数えきれないほどたくさん踊った。十年前の裁判のときもいた年配の人々が数人来ていて、跳ねまわっているマイルズに敬意をこめて会釈《えしゃく》した。誕生祝いの言葉やジョークを山ほど浴びせられたが、これは結局マイルズのためのパーティーではなかったのだ。シルヴィー谷のためのパーティーだった。マイルズがそのいいわけになったのなら、そう、この数週間でこんなに人の役に立ったことはほかにない。

けれども、パーティーは焚き火が消えるころにはお開きになり、マイルズの不完全燃焼の感じは強まった。ここに来たのはいったい……何のためだったんだろう。自分の引きずっている鬱《うつ》を、たぶん腫れ物を突いて膿《うみ》を出すように、ある種の頂点まで持っていこうとしたのだろうか。そうすれば痛みはあるが解放される。これは感じの悪いたとえだが、マイルズはすっかり自分に嫌気がさしていたのだ。地酒をひと瓶飲んでレイナとの対話を終わりにしたいところだ。たぶんそれはよくない考えだろう。酔っぱらって貯水池のほとりで泣き、悲しみといっしょに溺れてしまうのがオチだ。それでは素敵なパーティーを開いてくれたシルヴィー谷にお粗末なお返しをすることになるし、イワンとの約束も裏切ることになる。いったい自分は癒《いや》しを求めていたのか、破滅を求めていたのか。どちらでもよかった。その中間の、ぶかっこうな状態だから耐えられないのだ。

どういうわけか、結局のところ、真夜中すぎにマイルズは水辺にたどりついていた。だが一人きりではなかった。レムとハラがいっしょに来て、丸太に座っていた。ふたつの月がともに空に昇っていて、小波にかすかな絹織物のような模様を映し出し、谷間から上がってくる霧を銀色に煙《けぶ》らせていた。レムは瓶入りの地酒を預かって、分別ある間合いでまわしていたが、それ以外は穏やかに沈黙を守っていた。

闇のなかで話すべき相手は死者ではない、とマイルズは気づいた。必要なのは生者《せいじゃ》だ。死者に告白しても無意味だ。死者には救済の力はないのだから。〈だけど、ぼくはきみの言葉を信頼したいんだ、ハラ。いつかきみがぼくを信頼したように〉

「きみに聞いてもらいたいことがある」マイルズはハラにいった。

「何か問題があるのはわかっていました。死期が近いとかいうのでなければいいんですが」

「ちがうよ」

「そういうことじゃないかと心配だったんです。突然変異は、喉を切られたりしなくても、あまり長生きしない人が多いものです」

「そんなことはヴォルコシガンが過去に葬《ほうむ》ってやる。ぼくはたしかに喉を切られたけど、それは生きるためであって、死ぬためではなかった。長い話になるし、極秘の部分もあるけど、かいつまんでいえば、去年ぼくは銀河宇宙のはるか彼方で低温保管器に入れられていたんだよ。温めて保管器から出されたとき、ちょっとした医療上の問題が残った。そのあとぼくは馬鹿なことをしでかした。それからさらに馬鹿なことをしたんだが、それは最初のを隠す嘘だった。そして見つかってしまった。そこで除隊になった。いくらぼくの業績をきみたちが称賛してくれて、それできみたちが鼓舞《こぶ》されていても、いまではすべて無になったんだ。十三年かけた努力が、一瞬のうちにディスポーザーのなかに消えてしまった。その瓶をまわしてくれ」

彼は甘ったるい火のようなやつを飲み下して、レムに瓶をもどした。レムはハラに瓶をまわし、それから自分も飲んだ。

「三十歳のときの自分をいろいろ想像したことがあるけど、民間人というのは思いもしなかった」

月光が水面に小波を立てた。「でも若様はわたしに、まっすぐに立って真実を話しなさい、っておっしゃったんですよ」しばらくしてから、ハラがいった。「そういうことだと、ご領地でしばらく過ごされるわけですね」

「たぶんね」

「よかった」

「きみは意地悪だね、ハラ」マイルズは呻《うめ》くようにいった。

林のなかで虫たちが、小さな器官を使って月光ソナタを静かに合奏していた。

「小さな方」闇のなかで響くハラの声は、メープル酒のように甘く、かつまた酷《きび》しかった。「母はわたしの娘を殺しました。そしてシルヴィー谷のすべての人々のまえで裁かれたんです。世間に顔向けできない恥ずかしさを、わたしが知らないとでもお思いですか。あるいは、心のすさみというものを」

「だからきみに、こんなことをみんな話したんじゃないか」

ハラがあまり長いこと黙っているので、レムは薄暗い月の光と影のなかで、石の瓶を最後にひとまわりさせた。そのあと彼女がいった。

「さきへお行きなさい。ただ進むだけです。それ以外に何もすることはないし、それを楽にする術《すべ》もありません。ただ進むだけです」

「さきで何が見つかるんだろう。進んでいったら？」

彼女は肩をすくめた。「やはりあなたの人生ですよ。ほかに何がありますか？」

「それは約束されているのかい」

彼女は小石を拾いあげて指ではさみ、水のなかに投げこんだ。満月のような線が花開いて踊った。

「それは避けられないことなんです。術もないし、選ぶこともできないんです。ただささきに進むだけですよ」

翌日の正午には、マイルズはふたたびマーチンの操縦するライトフライヤーで飛んでいた。マーチンの目は赤く腫れていて、顔にはデンダリィ地溝《ちこう》をスピードを出して通り抜けたときのように青みが差していた。今日は非常に穏やかで注意深い操縦なので、マイルズにはまったく異存がなかった。マーチンは口数が少なかったが、ひとつだけたずねた。

「探し物は見つかったのですか、マイロード」

「山岳地帯といっても、ここまで上がるとバラヤーのどこよりも光が鮮明なんだが……わからないね。以前にはここだったんだが、いまはもうここじゃない」

マイルズはシートベルトをよじらせて、遠ざかっていくぎざぎざの山並みを振り返った。

〈あそこの人々には必要なものが山ほどある。だけど、英雄は必要ではない。少なくともネイスミス提督のような英雄は。レムやハラのような英雄ならともかく〉

マーチンにはその光はいまのところありがたくないらしく、目を細くしていた。

しばらくしてマイルズはたずねた。「マーチン、中年って何歳ぐらいからかな」

「さあ……」マーチンは肩をすくめた。「三十歳ぐらいですか」

「これまではぼくもそう思っていたんだ」

もっとも、国守夫人がいつか、それは自分自身の年齢より十歳ぐらい上のことだと定義していたのを聞いたことがある。移動祭日みたいなものだと。

「以前、帝国士官学校で、ある教授から」マイルズは眼下の山々がしだいに柔らかみを帯びてくるのを見ながらいった。「戦術的工学技術の初歩を教わった。その先生がいっていた。カンニングを防ぐためにテストの内容を学期ごとに変える気はまったくない、質問がつねに同じでも答えは変化しているからだ、と。そのときは、先生はジョークをいっているのかと思っていたんだ」

「それで？」とマーチンは調子を合わせた。

「気にするなよ、マーチン」マイルズはため息をついた。「とにかく行ってくれ」

12

湖畔の家にもどったあと、昼食はマーチンがまったく欲しがらなかったので、軽くすませた。マイルズは通信コンソール室に閉じこもると、ヴォルバール・サルターナから送られてきているはずのたくさんのメッセージに対峙《たいじ》する心の準備をした。誕生日を祝う挨拶文は、それぞれの送り手にふさわしいものだった。重々《おもおも》しく率直な言葉はグレゴールから、用心深いからかいの気配があるのはイワンからで、マイルズが惑星にもどっていることを知っている四、五人の知人からのはその中間だった。

ベータ植民惑星から来たマークの収束ビーム録画は……いかにもマーク風だった。彼のからかい方は不器用にイワンを真似たものだが、さらに痛烈で、もっと自意識過剰だった。軽薄めかした大袈裟な言葉を読んだときには、最初の下書きはこんなものではなかったはずだと思った。だがもう一度考えてみて、きっと最初からこうだったのだろう、とマイルズは気づいた。相手が誰にしても、これはおそらくマークが生まれてはじめて作文した誕生祝いの挨拶なのだろう。〈マーク、努力をつづけろよ。まだこのさき、どうすれば人間らしくなれ

るか学んでいくんだな〉
だがこの返信を書かねばならないことに気づくと、自分は賢明だと思いあがっていた気持ちが消えた。マイルズの身分が変わったことを、マークはもちろんまだ聞いていないはずだ。どういういいかたをしたら、クローンの弟は自分に責任があると解釈せずにいられるだろうか。そこでとりあえず、この問題は脇に置いた。
両親からのは最後にとっておいた。それはビームで送られてきていて、普通メールではなかった。セルギアール政府のデータ収束ビームで送られ、受信者とのあいだに立ちふさがるワームホールはエクスプレス船のジャンプで通り抜け、船便ディスクだったら人間がふたつの惑星のあいだを旅行するのと同じくらい、つまり二週間ぐらいかかるところを、一日少々で届いていた。だからこれは最新のニュースなのだ。そして両親が受けとった最近のニュースに対する言及もふくまれているはずだった。マイルズは深呼吸をひとつしてから、キーを叩いて映像化した。
両親は二人そろって映るように、ホロビッド受像器からすこし離れて座っているらしく、ホロビッド盤上には微笑している二人の小さな半身像が現れた。アラール・ヴォルコシガン国守は白髪《はくはつ》で七十代前半のがっしりした体つきだ。茶色と銀色のヴォルコシガン家の制服を身につけている。とするとこのメッセージは、勤務のある日に録画されたものにちがいない。国守夫人は、ヴォル・レディの午後の装いにふさわしい、緑色の揃いの上着とスカートを着ていた。ニニーの葦毛に似ているがもっと白髪の多い赤毛を、いつものように広い額から後ろに流して、きれいな櫛《くし》で留《と》めている。夫と同じぐらいの背丈があり、灰色の目は楽しげに躍っていた。

〈両親は知らないのだ。まだ誰も知らせていないのか〉二人が口を開かないうちからそれがわかって、マイルズの気持ちは沈んだ。

「こんにちは、マイルズ」と国守夫人がいいはじめた。「生きて三十歳になれておめでとう」

「そうだとも」と国守がつぎに口を開いた。「お母さんもわたしも、おまえが果たして生き延びてくれるかと何度も心配したんだよ。だが、みんなここでそろっている。みんないささかくたびれてはいるが、逆だった場合のことをじっくり考えれば、これが幸せというものだ。わたしは遠く離れたセルギアールにいるが、毎朝鏡でこの白髪《しらが》を見ては、おまえが苦労をかけたせいだと思い出しているよ」

「そんなこと嘘よ、マイルズ」国守夫人が、にやっとしながら打ち消した。「お父さまはね、わたしと結婚した四十代のころから灰色になりかけていたの。わたしの白髪が出はじめたのはそのあとですけどね」

「顔を見たいな」国守はつづけた。「つぎの特命は、ぜひともセルギアールを通るルートにしてくれと申し入れなさい。往路でも復路でも、あるいは両方でもいいから、ちょっと立ち寄ることを計画しておくれ。ここでは将来の帝権にとって重要な事柄がいろいろと起こっている。おまえなら興味を持って見学したがるはずだ」

「あなたを寄越してくれなかったら、シモンの私生活を世間に公表してやるわ」国守夫人が口を添えた。「これはわたしの個人的な脅《おど》しだと伝えていいわよ。アリスの話だと、あなたは数週間前から故郷にいるそうね。なぜ知らせてくれなかったの。イワンとパーティーをするのに忙しくて、年とった両親と話す時間さえ満足にとれないの？」

レディ・アリスも、この悪いニュースを自分の口から伝えるのは、極秘でない部分だけでも気が進まなかったらしい。ふだんはヴォルバール・サルターナやグレゴールの宮廷で起きたヴォル関係のありとあらゆることを、国守夫人に伝えるゴシップ・パイプラインなのに。

「アリスといえば」国守夫人はつづけた。「グレゴールが女の子に出会ったといってきたけど——あなたにも、女の子に力を入れたアリスの声が聞こえるでしょ。あなたは何か知っている？　その人に会ったの？　わたしたち喜ぶべきかしら、心配すべきかしら？　どうなの？」

「皇帝がコマール人と結婚するというのは」ヴォルコシガン国守がいった——彼はかつては政敵から〈コマールの殺し屋〉というあだ名で呼ばれていたが、その政敵もいまはもういない。「複雑な可能性をはらんでいる。といってもここまで結婚が遅れると、どんな相手であれ、グレゴールが自分の義務を果たして正当な皇太子を設ける気になったのなら、わたしはその計画を支持して何でもするつもりだ。それに、わたしの世代で継承権の控えにいる者はみんな、大きな安堵のため息をつくことになるだろう。わたしが全面的に支えるつもりだと、グレゴールにいって安心させてくれ。彼の判断を信じているよ」といって、国守はみょうにもの思わしげな顔になった。「よさそうな人なのかい。グレゴールには、いままでわたしたちのために馬鹿げたことを我慢してきた埋め合わせに、すこしぐらい個人的な幸せがあってもいいはずだな」

「アリスは賛成だといっているの」と国守夫人。「それにわたしはアリスの判断を信じるわ。そのお嬢さんがこれからどんなことに巻きこまれるか、自分でわかっているのかどうか疑問だけど。トスカーネ博士に、わたしは文句なしに支持しますと保証してあげてね、マイルズ。彼女がどうすることに決めても」

「グレゴールに申しこまれれば、もちろん受け入れるさ」と国守。

「自己防衛の感覚をすっかりなくすほど、頭のてっぺんから足のさきまでグレゴールに夢中ならね」と国守夫人。「いっときますけど、バラヤーのヴォルと結婚するなんて、理性を失わなければできないことなのよ。その人が理性を失っていることを期待しましょう」

マイルズの両親は奇妙な笑みを浮かべて顔を見合わせた。

「そういえば」国守が言葉をつづけた。「三十歳のときには、ぼくらは何をしていただろう？　そんな昔のことをきみは覚えているかい、コーデリア」

「かすかにね。わたしはベータ天体調査隊にいて、艦長に昇進する最初の機会をふいにしたところだったわ。といっても、つぎの年にまた機会がめぐってきて、もちろんそれをつかんだんだけど。そういうことがなかったら、わたしはアラールとは出会ってないし、あなたもこの世に存在しなかったわけね、マイルズ。だからいまでは、それを変えたいとはぜんぜん思わないわ」

「わたしは二十八歳のときには艦長になっていた」国守は澄まし顔でいった。国守夫人が夫を睨《にら》んだ。「艦船勤務が自分に合っていたんだ。そのあと四、五年はデスクワークにつかなかった。そのころ、エザール帝と司令部のやり手どもが、コマール併合を計画しはじめていた」彼の表情がまた深刻になった。「グレゴールの今度のことが、うまくいくといいね。成功を祈っている……。わたしはコマールでは、思うように立ちまわれなかった。新しい世代が清潔なスタートを切れれば、こんなにありがたいことはない」国守は夫人とちらりと顔を見合わせてから、こう締めくくった。「ではまたな、マイルズ。連絡を寄越せよ、まったく」

国守夫人がつけ加えた。「からだに気をつけてよ、いいわね？　連絡してちょうだいよ、まったく」

二人の姿はきらめいて消えた。

マイルズはため息をついた。〈これ以上引き延ばすわけにはいかない。絶対にできない〉

そう思いながらも、マイルズはもう一日だけ引き延ばして、つぎの朝にマーチンの操縦でヴォルバール・サルターナにもどった。コスティのおっかさんは黄色の客間で、たった一人のマイルズの昼食に素晴らしい給仕をした。明らかに、新しい仕事のためにエチケット本で学んだかその地域のヴォルの召使いに教えを乞《こ》うたかしたらしく、一生懸命ふさわしい所作をしようと努めていた。マイルズは何もいわずに食べたが、皿を掻き集めて厨房《ちゅうぼう》に行ってマーチンや彼の母親といっしょに食事をしたくてたまらなかった。ヴォル卿の役割のある面は、ときには非常に馬鹿ばかしく思われることがある。

そのあとやっと自分の部屋にはいって、両親へのメッセージを作文する仕事に向かった。そして三度作文しなおして三度めも消したとき——一個はむっつりしすぎていたし、一個は浮薄《ふはく》すぎて、もう一個は醜い皮肉に満ちていた——通信がはいってその努力に水を差した。それはじつはイワンだったのだが、それでもほっとした。イワンは制服姿だ。たぶん昼休みにかけてきたのだろう。

「ああ、こっちに帰っていたんだね。よかった」イワンはいいはじめた。そのよかったに、ひどく気持ちがこもっているように思われた。淡々とした口調でなかったのは確かだ。「山のほうですこし休んで、気分がよくなったんじゃないか」

「まあね」マイルズは用心深くいった。ここへ帰ってきたのを、イワンはどうしてこんなに早くわかったのだろう。

「よかった」とイワンはまたいった。「ところで。考えていたんだけどね。きみはもう、頭を治すために何か手を打っているのかい。医者に見せるとか」

「まだだよ」

「予約はしたのか」

「いや」

「ふうん。おふくろに訊かれたんだ。おふくろはグレゴールに訊かれたらしいよ。その質問の鎖の最後にいて、実際に何かをしなきゃならないのは誰か考えてくれ。きみは何もしてないと思うけど訊いてみよう、といっておいたけどね。なぜ、まだやってないんだ？」

「なぜって……」マイルズは肩をすくめた。「べつに急ぐことでもなさそうだからさ。ぼくが機密保安庁から放り出されたのは発作のせいじゃなくて、偽《にせ》の報告書を出したからだぜ。それに、これは簡単なことじゃないんだ。そもそも医者たちが、明日にでもぼくを完璧に仕事ができる状態にできるものなら、デンダリィ隊の軍医がすでにやってくれていたはずだ。診《み》てもらったって……何も変わりゃしないさ」

〈イリヤンはぼくを軍にはもどすまい。そんなことはできない。それは馬鹿げた原則にかかわる問題だし、ぼくの知るかぎりイリヤンほど原則を重視する人間はいないのだ〉

「考えていたんだけど……帝国軍病院に行くのがいやだっていうのが理由なら」とイワン。「つまり、軍医とかかわりたくないってこと。そういうことなら、ぼくはわかるよ。ぼくの感じでは――そりゃきみは馬鹿なことをしてるとは思うけど、いいかい、気持ちはわかる。

だから低温蘇生を専門にしている民間のクリニックを三ヶ所探し出したんだ。みんな評判はいいよ。ひとつはこのヴォルバール・サルターナにあって、ひとつはヴォルダリアン領のウエイエノヴァにあり、もうひとつはコマールだ——きみの名前に対する敵意がいまだに残っているにしても、銀河医療水準に近いほうがいいと思うならそこだね。どれかひとつに、予約を入れてあげようか」

まえに自分で探したことがあるので、三ヶ所ともどの病院のことなのかマイルズにはわかった。

「いや、けっこうだ」

イワンはとまどったように口元を曲げて椅子に寄りかかった。「いいか……きみがまっさきにすべきことは、それだと思うんだけどな。あの氷水の風呂で、すこしは頭の霧が晴れたのならね。いつものようにしっかり自分の足を動かして、そこから逃げ出すべきだよ。はじめて見るよ、乗り越えられない壁にぶつかって、きみが何もしようとしないなんて。通り抜けるかくぐり抜けるか、工兵の弾薬を使ってふっとばすか、さもなきゃ壁が倒れるまで頭をぶつけるとかしたらどうだ。そしたらみんなも、きみを追っかけろってぼくにいうだろうさ。もう一度」

「逃げ出すって、どこへだよ、イワン」

イワンは顔をしかめた。「もちろん、デンダリィ隊にもどるのさ」

「それができないのはわかってるだろう。ぼくが、機密保安庁所属の公式の地位がなく、ふさわしい皇帝の権威づけもなしにデンダリィ隊を指揮したら、ヴォル卿が、しかもけしからんことに国守の世継ぎがだよ、私設軍隊を動かすことになるんだ。それは反逆だ、由々《ゆゆ》しい反逆だ。それはまえに一度通った道じゃないか。向こうに行ったら、ぼくは二度と帰ってこられない。そんなことはしないと、ぼくはグレゴールに約束した」

「そうかあ？」とイワン。「きみが帰ってこなかったら、ヴォルコシガンとしての誓約はいったいこれからどうなるんだ？」

マイルズは黙って座っていた。そういうことか。要するに、ヴォルコシガン館《やかた》にイワンを張りつかせていたのは、自殺の見張りだけではなく、逃亡の見張りのためでもあったのだ。

「ぼくは、きみが逃亡するほうに賭けるだろうな」とイワンはつづけた。「その賭けのできるような機密認可の高い相手がいればね。もちろんガレーニはパスだよ、あいつは賭けをするようなタイプじゃない。逃亡すると思えばこそ、グレゴールとおふくろに、きみの頭を治させろってせっつかれながらもぐずぐずしていたのさ。面倒をしょいこむことないだろ。だけど、その賭けに負けるのは大歓迎だ。それでいつ予約するつもりなんだ？」

「……じきにね」

「あいまいすぎる」イワンは承知しなかった。「はっきりした返事が欲しいんだ。たとえば、今日というような。でなきゃまあ、明日の昼までにとか」

イワンは満足できる返答を引き出すまで行ってくれそうもなかった。

「じゃ……今週中に」マイルズはやっと答えた。

「いいだろう」イワンは軽くうなずいた。「週の終わりに確かめるから、いい返事を用意しておけよ。じゃな——とりあえず」通信は切れた。

マイルズは何も浮かんでいないホロビッド盤を見つめて座っていた。イワンのいうとおりだ。馘《くび》になってから、治療法を探すようなことは何ひとつしていない。機密保安庁がらみで機密に縛られていた生活からやっと解放されたというのに、なぜいままで、発作という異常に立ち向かって攻撃するなり、引きはがすなり、あるいは少なくとも気の毒な医者どもを攻めたてるなりしなかったのだろうか。デンダリィ傭兵隊を駆りたてて特命任務を成功させようと懸命になっていたときのように。

〈時間稼ぎしていたんだ〉

それが正解だということはわかっていたが、となるとまたべつのとまどいに陥った。何のための時間だ？

勝手に決めこんだ医療休暇をつづけていれば、不愉快な現実に真っ正面から向きあわずにすむ。こういう発作は治らないものなのだとか、希望の死に絶えた状態が永久につづく現実なのだとか知らずにすむ。この死体には低温蘇生などない、あるのは温められて腐っていく埋葬だけなのだと。

〈そうなのか？　ほんとうに？〉

それとも……自分の頭が治ることを恐れているだけだろうか——治ったら、当然ながら、デンダリィ隊をひっつかんでどこかに行ってしまわずにはいられないだろう。ほんとうの自分の生活にもどり、遠くはるかな輝く銀河の夜のなかに飛翔して、泥食いどものくだらない、ちっぽけな利害から逃れるのだ。生者《せいじゃ》のための英雄にもどるのだ。

〈そりゃもっと怖い〉

あのニードル手榴弾の事件以来、マイルズは気力をなくしてしまったのだろうか。いまでもあのときの、みょうな角度から眺めていた光景の記憶が、たちまち鮮やかに蘇《よみがえ》ってくる。自分の胸が赤いつぶの飛沫《しぶき》になって、外に向かって吹き飛ぶ光景。計り知れない痛みと、言葉ではいいつくせない絶望。その後目覚めたときのことも、楽しい思い出ではない。あの痛みは数週間つづいて、そこから逃れようもなかった。ふたたび宇宙服に身を包み小隊を率いてヴォルベルグを追って出かけるのは、いうまでもなくたいへんだったが、発作が起こるまでは何事もなくこなしていたのだ。

それでは……、はじめから終わりまで、発作から退役を招いた偽証までのあらゆることが、二度とふたたびニードル手榴弾を持ったやつに出くわさないように、自分の身を守るための狡猾な振る舞いだったのだろうか。やーめた、と大声でいわないですむための。

ちくしょう、もちろん怖いことは怖い。怖くなかったら大馬鹿者だ。誰でも怖いだろうが、マイルズは実際に死んだのだ。それがどれほどひどいことか知っている。死だけなら何でもないが、死に至る傷という、両方が合わさったものは正気の人間なら誰でも避けたいだろう。ところがマイルズは生還した。これまでもいつも、小さな死から生還してきたのだ。両足も両腕も潰れたことがあるし、頭のてっぺんから爪先まで全身に地図のように細く白い傷跡を残している、あらゆる怪我から生還したのだ。くり返し、くり返し。自分が臆病でないことを証明するために、人は何度死ねばいいのだろう。その行程を通り抜けるために、どれほどの痛みに耐えることを要求されるのだろうか。

イワンのいうとおりだ。これまではいつも、壁を乗り越える方法を見つけてきた。そこで、あらゆる筋書きを想像してみた。頭を治してもらえるのなら、ここだろうとコマールだろうとエスコバールだろうと、場所はどこでもいい。そして、もし自分がどこかに行ってしまって、機密保安庁が反逆ヴォル卿を暗殺するのをやめて、その後永久におたがいを無視するという暗黙の了解に達したら。そのときマイルズは完全に、ただのネイスミスになるのだ。

それから何をする？

〈戦火に立ち向かう。壁を攀《よ》じ登るのだ〉

それから何をする？

〈また同じことをする〉

それから何をする？

〈くり返しだ〉

それから何をする？

〈否定を証明するのは論理的に不可能だ。壁と遊ぶのはもう飽きた〉

いや。戦火に直面することも、避けることも必要ない。戦火が向こうからやってきたら、それと取引しよう。それは臆病ではないぞ、ちくしょう、相手が何であるにしても。

〈それじゃ、なぜいまだに頭を治そうとしないんだ？〉

マイルズは顔と目をこすって座りなおすと、国守提督と、その父がいつも大佐殿と呼んでいる国守夫人のために、自分の新しい民間人としての立場と、なぜそうなったのかについて筋の通った説明をもう一度作文しはじめた。できたものは非常に堅苦しくぶっきらぼうで、マークから来た誕生日の挨拶よりもひどいような気がしたが、明日まで延ばすのはいやだった。だからそれをデータにして送った。

といっても、収束ビームではない。遠まわりの普通メールにしたが、親書扱いにはした。いずれにせよもう送ったのだから、もう一度呼びもどすことはできない。

クインも誕生日の挨拶を送ってきたが、機密保安庁の検閲官を楽しませないように控えめな言葉を使っていた。いつものなにげない感じの文面から、ひどく心配している気配が滲《にじ》み出ていた。そのあとに来た問い合わせでは、さらにはっきりと心配していた。

さんざんためらったすえに、マイルズは両親への手紙の内容をさらにかいつまんで、言葉をとり繕わずにクインの予言したとおりの結果になったことを知らせる返事を送った。クインにはもっとましな文面で送るべきだが、いまはこれだけしかできない。返事を出さないま
ま無視するのは、彼女にふさわしくない。〈ごめんよ、エリ〉

翌日イワンが夕食に押しかけてきた。マイルズは、また医療問題について考えさせようと
するイワンの作戦活動を我慢しなければならないのかと思った。まだ何もやってないのだ。
ところがなんと、イワンはコスティのおっかさんに花束を持ってきて、夕食の支度のあいだ
厨房をうろつき、追い出されるまでおっかさんを笑わせていた。ここに至ってマイルズは、
これは自分のコックを横どりしようという新しい作戦だろうかと思った。イワン本人のため
かレディ・アリスのためかははっきりしない。

デザートを食べかけたとき——イワンの注文で、また香料入りの桃のタルトだ——通信コ
ンソールに呼び出された。というか、マーチンがふらふらと現れて、「機密保安庁のお偉方
から通話です、ヴォルコシガン卿」と告げたのだ。

〈イリヤンか？　なぜイリヤンがかけてくるんだ？〉

ところが好奇心にかられたイワンともども、その階にあるいちばん近くの、つまり裏庭に
面した祖父の昔の居間に置かれたコンソールのところに行って受けると、ホロビッド盤上に
現れた人物は、ダグ・ガレーニだった。

「このお、お調子者のけったくそ悪いちびのぽんびきめ」とガレーニはどすのきいた声でいった。

「やあ、ダヴ、どうしたんだ？」

マイルズは明るく無邪気に面食らっているような声でいいかけたが、ガレーニのひと睨みにあってつまり、最後は小声になって力なく口を閉ざした。ガレーニの顔は赤くも青くもなく、怒りのために鉛色《なまり》だった。〈あと一週間、ヴォルコシガン・サールーにいるべきだったな〉

「おまえは知っていた。おまえが企《たくら》んだのだ。おれを罠にかけたな」

「あの……ちょっと確かめさせてくれ」マイルズは唾を呑んだ。「何の話をしているんだ」

ガレーニはこんな質問には答えるまでもないというように睨みつけ、笑みとはほど遠い表情で長い歯を剝き出しにした。

「グレゴールとライザのことかい、もしかして」マイルズは思い切っていった。さらに重苦しい沈黙が返ってきて、ガレーニの荒い息づかいだけが聞こえた。「ダヴ……こんなふうになるとは思わなかったんだ。ここ数年のようすからいって、誰が予想できただろう。ぼくはきみによかれと思っていただけなんだよ、ちくしょう」

「おれにとって、いままでにない素晴らしいチャンスだった。それをとられた。盗まれた。ヴォルってのは盗人《ぬすっと》って意味なんだな。しかもおまえらバラヤーの盗人どもは、結託してやがる。おまえも、おまえの大事なくそいまいましい皇帝も、どいつもこいつも、おまえらみんなだ」

「ちょっと」横からイワンが口をはさんだ。「マイルズ、この通信コンソールは盗聴防止になっているかい。ごめんよ、ダヴ。だけど、そんなふうに、そのう、あからさまに本心を吐《と》露《ろ》するのなら、直接会っていったほうがよくないかい。つまり、これが機密保安庁の回線でなきゃいいけどってことさ。壁に耳ありって連中だからね」

「保安庁のくそったれどもは、耳だろうとぼんくら頭だろうと掻き集めて、勝手にケツに突ったてやがれ」

　ガレーニの発音は、ふだんは出身地のわからない都会風なのに、いまやはっきりコマール人と知れるだけでなく、コマールのヒッピー訛《なま》りになっていた。

　マイルズは、黙っていろとイワンに合図した。このまえガレーニがこんなふうに怒り狂ったとき不運なセタガンダ人二人がどんな目に遭《あ》ったかを思い出すと、いまうちに来てもらうのはとうてい良策とは思えなかった。もちろんコスティ伍長という護衛はいるが、相手が自分の上司とあっては、うまくさばけるだろうか。人殺しでもしかねないほど我を忘れている相手なのに。それよりも、この気の毒な男にもっといろいろ訊くことがありそうに思えた。

「ダヴ、ごめんよ。こんなふうにするつもりはまったくなかったんだ。ぼくは何も企んでなんかいない。みんな驚いているんだよ、レディ・アリスさえも。イワンに訊いてごらん」

イワンは手をひろげて肩をすくめた。「ほんとさ」

マイルズは慎重に咳払いした。「どうやって、その……それがわかったんだい」

「ライザから通話がはいった」

「いつ?」

「五分ほどまえだ」

〈彼女はあっさり彼を捨てたんだ。すごいな〉

「二人からの通話だった」ガレーニは呻《うめ》くようにいった。「ライザは、ここではおれがいちばんの親友だから、コマール人のなかで最初にこのニュースを知らせたかったといったよ」

〈それでは、グレゴールがほんとうに決断したのだ〉「それで、あー……きみは何ていったんだ?」

「もちろん、おめでとう、だよ。ほかにいうことがあるか。二人並んで座って、にんまりしながらこっちを見ているのに」

マイルズはほっとした。よかった。ガレーニは完全に自制心をなくしたわけではない。マイルズに通話して嚙みつきたかっただけなのだ。ちがう角度から見れば、それはたいへんな信頼を示すものともいえる。〈素晴らしい。ありがとう、ダヴ〉

イワンは首を撫でながらいった。「きみはその女性を五ヶ月も追いかけていたのに、友人として認められるところまでしか行かなかったのか。ダヴ、いったいずっと何をやってたんだ」

「彼女はトスカーネだ」とガレーニ。「ライザの一族の基準でいえば、おれは落ちぶれたバラヤーへの協力者にすぎない。だから、自分にはいまは何もないが、将来は彼女の役に立つということを説得しなければならなかった。そのうちきっと……。ところがそこに彼が現れて、まったく何の苦労もせずに、ただ、ひょいと彼女を攫《さら》っていってしまった」

グレゴールがライザを喜ばせようとして、いわばとんぼ返りをするのを見物してきたマイルズは、ただ「うん」といっただけだった。

「五ヶ月ってのはゆっくりすぎるよ」イワンは、真面目に批評するような口調をくずさずにいった。「まったく、ダヴ、もっと早くぼくにアドバイスを求めればよかったのに」

「ライザはコマール人だ。おまえらのような、砂糖漬け杏《あんず》みてえな、ホモ兵隊の、ひでえ道化どもに、コマール女性の何がわかる？　知的で、教養があり、洗練されていて――」

「三十近いし……」マイルズは感慨をこめていった。

「おれは予定表をつくっていた」とガレーニ。「知りあってちょうど六ヶ月経《た》ったら、彼女に申しこむつもりだった」

イワンは鼻白《はなじろ》んだ。

ガレーニは落ち着いてきたように思われた。少なくとも最初の怒りと苦しみの反応から、ややエネルギーのゆるんだ絶望に落ちこみはじめているようだった。おそらくさきほどの粗暴な言葉が、煮えたぎる感情のうまい捌《は》け口になって、ここでは暴力に走るのを防いだのだろう。

「マイルズ……」少なくとも今度は、名前のまえに悪口を並べたてたりしなかった。「きみはほとんど、グレゴールの乳兄弟だな」

ほとんどどころじゃない。「それで？」

「どう思う……やめろと説得できる可能性はあると思うか……だめか」さっきの勢いがすっかり消えている。

〈だめさ〉「ぼくはグレゴールに借りがある……ずっとまえのことだけど。個人的にも政治的な面でもね。この継承者の問題は、ぼくの将来の健康と安全管理にとって重要だし、グレゴールはもうさんざんぐずぐずしてきたんだよ、いままで。ぼくとしては彼を支持するほかない。それにどっちみち」マイルズはアリス叔母さんの言葉を思い出した。「これはライザの決断なんだ。きみのでも、ぼくのでも、グレゴールのでもなく。きみが彼女に予定を伝えとくのを忘れたのなら、ぼくには何もしてやれないよ。すまないな」

「くそっ」ガレーニは通信を切った。

「そうだよな」そのあと静まり返ったなかでイワンが小声でいった。「とにかくもう決まったことだ」

「きみもガレーニを避けていたのか」

「そうさ」

「山のなかに二週間隠れていたのは誰だっけ？」

「卑怯者《ひきょうもの》」

「あれは戦略的撤退だ」

「ところで。食堂でデザートがぱさぱさになってると思うぜ」

「食欲がないんだ。それに……今夜これから、公式発表のまえに、グレゴールとライザが選んだ個人的な友人に知らせが来るのだとしたら……もうしばらく、ここにいたほうがいいかもしれない」

「ああ」イワンはうなずいて、椅子を引きあげて座りこんだ。

三分後に通信コンソールのチャイムが鳴った。マイルズはキーを叩いた。

グレゴールははっきり私服とわかる、きりっとしたダークスーツ姿だった。ライザはいつものとおり純粋にコマール風の装いで美しかった。二人とも微笑しており、おたがいに夢中になっているのが目の輝きに表れていた。

「こんにちは、マイルズ」グレゴールがさきにいい、そのあとライザがつづけた。「こんにちは、ヴォルコシガン卿」

マイルズは咳払いした。「やあ、ごきげんよう。何かぼくにご用でしょうか」

「きみはまず第一に知らせたい人の一人だからね」とグレゴール。「ぼくはライザに結婚を申しこんだ。そして彼女は、はいと答えたんだ」

即座に受け入れられたのを驚いているのか、グレゴールは奇襲に遭ったようにぼうっとしていた。ライザの名誉のためにいうと、少なくとも彼女の微笑も同じようにぼうっとした感じだった。

「おめでとうございます」マイルズはかろうじていった。

イワンがマイルズの肩越しにホロビッドのピックアップ範囲に顔を出して、自分もというように手を振ると、グレゴールがいった。

「やあ、よかった、そこにいたのか。きみがつぎの予定だった」

ということは、公《おおやけ》の階級順に、継承者たちのリストを降りていって大いに安堵させるということだろうか。まあそれは……バラヤーのやりかただ。ライザはイワンにも挨拶の言葉をつぶやいた。

「ぼくがいちばんはじめですか」マイルズは陽気にいった。

「でもないけどね」とグレゴール。「ライザと代わりばんこなんだ。レディ・アリスがいちばんだよ、もちろん。今度のことでは、ほとんど最初から面倒を見ていただいたからね」

「両親には昨日メッセージを送信しましたの。それに、ガレーニ大尉にも話しましたわ。あの方にはとてもお世話になったので。あの方とあなたのお二人には」

「それで彼は何ていってましたか」

「二惑星の融和にとっていいことかもしれないと、賛成してくれたよ」グレゴールが答えた。「彼の出身を思うと、その言葉には元気づけられた」

〈いいかえれば、グレゴールがいいかいとあけすけにたずねたら、彼は、はい、陛下、と答えたわけだ。可哀相な、行儀のいいダヴ。ぼくに通話してきたのももっともだ。そうでもしなきゃ爆発しただろう〉

「ガレーニは……複雑な人物です」

「ああ、きみが彼を好きなのは知ってるよ。それからきみのご両親にはぼくからメッセージを送信しておいた。今夜には着くはずだ。明日にはその返事が来るだろうと思う」

「そうそう」と思い出してマイルズはいった。「アリス叔母さんにさきを越されたようですよ。父から、全面的に支えるという保証の言葉を伝えてくれといってきました。それにトスカーネ博士、母からも同じことをあなたに伝えるようにと、くれぐれも頼まれました」

「わたし、伝説的なコーデリア・ヴォルコシガン夫人にお目にかかるのを楽しみにしています」真摯《しんし》な気持ちの窺《うかが》われる声で、ライザはいった。「いろいろ教えていただけると思いますの」

「あなたのほうからもね」とマイルズはうなずいた。「ああ、そうか。ぼくの両親は、このためにもどってきますね」

「あの二人以上に、ぼくの婚礼の輪に立ち会ってもらいたい人なんかいないよ。マイルズ、きみもだけど。もちろんきみは、ぼくの介添えになってくれるね？」

　まるで決闘みたいだ。「いいですとも。あの……これに関する、公のどんちゃん騒ぎの予定はどうなってるんですか」

　グレゴールの表情がすこし翳《かげ》った。「その点では、レディ・アリスに明確なプランがあるらしい。ぼくは婚約式を、すぐにでもやりたいんだけど、夫人は自分がコマールからもどるまで発表してはいけないといい張っている。ぼくの代理として、ライザの両親のところにレディ・アリスを派遣する予定なんだよ。わかるだろう、すべてしかるべき形式を踏むわけだ。だから正式の婚約はあと二ヶ月はできないし、婚礼まで一年近くもかかるんだ！　婚約のほうは夫人が帰ってきて一ヶ月後にというところまで歩み寄ったけど、婚礼の日取りのほうはまだ結論が出ていない。ヴォル・レディたちにふさわしい装いを準備する時間を与えないと、みんな絶対にぼくを許さないだろうって、夫人はいっている。なぜドレスを着るだけに二ヶ月もかかるのか、まったく理解に苦しむね」

「ふうん。ぼくだったらこの件に関しては、すっかりまかせますね。あの叔母ならあなたのために、保守的な古いヴォル党派の連中でも、どんな羽目に陥るのか知らさずに丸めこめるでしょう。それで問題は半分解決したようなものです。残りの半分の問題は急進的なコマール人たちだけど、そっちは何ともいえません」

「アリスの考えでは、ぼくらはここコマールと、二回婚礼を挙げるべきらしい」とグレゴール。「二重の試練だね」彼は横に目を向けてライザの手をぎゅっと握った。「でもそれだけの価値はある」

二人とも、世間の批判がしだいに複雑さをましてせまってくるのを目のあたりにして、駆け落ちを考えているような表情だった。

「だいじょうぶ、なんとかなりますよ」マイルズは心から請けあった。「みんな手助けしますから。そうだよね、イワン」

「すでにうちの母に手伝うようにいわれてますよ」イワンは憂鬱《ゆううつ》そうにうなずいた。

「イリヤンには話されたんですか」マイルズはたずねた。

「誰よりもさきにレディ・アリスから知らせてもらったよ」とグレゴール。「イリヤンは自分でぼくのところにやってきて、個人的にも職務上でも支えますと請けあってくれた——この支えるという言葉は、みんなから聞かされているけど。ぼくは気絶しそうにでも見えるのかな。もっともイリヤンは、喜んでいるのか怯《おび》えているのかよくわからなかった。イリヤンはときどき表情が読めないことがある」

「そうでもないですよ。ぼくの想像では、彼は個人的には喜んでいるけど、職務上は怯えているんでしょう」

「イリヤンからは、きみの母上に、早めに婚約式のまえにもどってきてほしいと、手をつくしてお願いすべきだと勧められたよ。あの影響力でレディ・アリスに手を貸していただくために、ってね。きみからも母上に、そうお願いしてくれないだろうか、マイルズ。きみの父上から引き離すのはすごく難しそうだから」

「やってみますよ。じつのところ、母を引き離すにはワームホール封鎖でも必要でしょうけどね」

グレゴールはにやっとした。「マイルズ、きみにもおめでとうをいうよ。きみの父上は以前、バラヤーを変革するのに全軍の力を必要としたのに、きみは晩餐の招待ひとつで変えたんだからね」

マイルズは仕方なさそうに肩をすくめた。〈なんてことだ、これはぼくのせいだと誰も彼もがいうのだろうか。それに、このあとにつづくことも、みんなぼくのせいになるのか?〉

「このことを大袈裟に考えるのはやめましょうよ。緩和されようのない家庭の単調さを追い求めるべきですよ」

「喜んでそうするよ」グレゴールは同意した。そして陽気に敬礼をして通信を切った。

マイルズは頭をテーブルに乗せて呻いた。「ぼくのせいじゃないってば!」

「いや、そうさ。あれはすべてきみの思いつきだった。きみが思いついたとき、ぼくは聞いていたぞ」

「いや、ちがうよ。きみのせいさ。そもそもきみが、あのけしからん正式晩餐に出席しろとぼくを引っぱりこんだんじゃないか」

「ぼくはきみを招待しただけだ。きみがガレーニを招待した。それにどっちみち、ぼくはおふくろに引っぱりこまれたんだ」

「そうか。それじゃ、ぜんぶ叔母さんのせいだ。よかった。それでほっとしたよ」

イワンは同意するように肩をすくめた。「ところで、幸せなカップルのために乾杯すべきかな。きみのワイン・セラーには、古いヴォル以上に埃《ほこり》の積もったものがあるぜ」

マイルズはその案を考えてみた。「そうだね。探検に出かけよう」

地下の棚を覗きながら、マイルズが遠慮がちに夕食後のきついやつならメープル地酒はどうだと勧めると、イワンは断固として拒否した。それからしぶしぶいいたした。

「ガレーニは後悔するようなことをすると思うかい？　あるいはぼくらが後悔するようなことを？」

マイルズはしばらくためらったあと、いった。「いいや」

13

その後、イワンが脅《おど》しを実行して、うるさく治療を勧めるようなことはなかった。というよりその話は立ち消えになった。イワンがコマールに旅立つレディ・アリスの手伝いに徴兵されたからだ。アリスは出かけるまえにヴォルコシガン館《やかた》に立ち寄り、皇帝の婚礼のための数キロもある歴史資料をマイルズに渡して、よく調べておくように命じた。コマールからもどってきたら、イワンをはじめとして誰彼となく長々とした仕事のリストを渡すに決まっている。それにイワンがその筆頭だとすれば、二番めに目をつけられるのはマイルズなのだ。

マイルズは古い書物をぱらぱらめくってみて、げっそりした。いったいこの埃《ほこり》をかぶった儀式のいくつを、博物館から引っぱり出すつもりなのだろうか。このまえの皇帝一族の婚礼から四十年経《た》っている。人々の記憶に栄光と疑惑を残したセルグ皇太子と、不運なカリーン妃との婚礼だ。それはとてつもない規模の儀式だったが、セルグは単なる世継ぎで、統治中の皇帝ではなかった。もっとも、こういうヴォルの儀式の復活はほころびかけているヴォルという階級のアイデンティティを固めることにはなるだろう、とマイルズは思った。よく考えられてうまく運営された儀式なら、おそらく一種の社会的免疫抑制剤として働いて、移植されたコマールの体組織にヴォルが拒絶反応を起こすのを防ぐことになるだろう。たしかにアリスはそう考えているように見えるし、そういったことを心得ていて当然なのだ。ヴォルパトリル家は植民当初からつづく古いヴォルなのだから。

マイルズはこれからの任務について、むっつり考えた。婚礼で皇帝の介添えを務めるということは、政治的にも社交的にも、この二つが連動しているヴォルバール・サルターナではかなり重要なことだ。といってもマイルズは、それが燭台《しよくだい》を掲げ持つ庭園の石膏像《せつこうぞう》程度の役割のような気がしていた。もっとも……これまでも、任務によって奇妙な仕事をたくさん命じられてきた。永久凍土基地にもどって凍った下水の掃除をするほうがましだろうか。それともジャクソン統一惑星で、精神異常の大豪が率いる乱暴者の軍隊の鼻先を駆けまわるほうがいいのか。

〈その答えは口にするなよ〉

レディ・アリスはグレゴールのお目付役の代理を、コウデルカ准将の妻でデリアの母であるドロウ・コウデルカに頼むことにしたらしい。マイルズがそれを知ったのは、マダム・コウデルカが通話してきたときだった。またもやグレゴールの婚約者とのピクニックにヴォルという飾りとして来いという招待／命令を伝えてきたのだ。

皇宮の東口に少々早めに着いたマイルズは、観兵式用の赤と青の制服に身を固めた一群が、もっとも格式の高い朝の式典から出てくるところに出くわした。マイルズは脇に寄って、羨《うらや》ましさが顔に出ないように気をつけながら彼らをやりすごした。

一人の男が手すりにつかまって、注意深くゆっくりと階段を降りてきた。マイルズはすぐにそれが誰か気づいて、衝動的に近くの植えこみの陰に身を隠しそうになったがなんとか踏みとどまった。ヴォルベルグ中尉だ。ヴォルベルグはネイスミス提督には会っていない。小柄な戦闘アーマー姿を見ただけだ。どうやら今日は、グレゴール帝からさまざまな認証が授けられる式典の日だったらしく、ヴォルベルグの胸には真新しい勲章が輝いていた。帝国軍の負傷兵に与えられる勲章だ。マイルズはこういう勲章なら、引出しに入れた広口瓶が半分埋まるくらい家に持っている。あるときを境目にイリヤンが勲章を寄越さなくなったのは、いつか全部一度に身につけようかなといったマイルズの厭味《いやみ》を、たぶん冗談にとらなかったからだ。ところがヴォルベルグは、明らかにこれまでそういう機会がなく今回がはじめての名誉だったらしい。当惑したような、照れくさそうな表情で勲章をつけていた。

マイルズは我慢できなくなった。

「あの――ヴォルベルグ、ですね」中尉が横を通り過ぎるときに彼は声をかけた。

ヴォルベルグはマイルズを見て自信なさそうに瞬《まばた》きし、それから顔が明るくなった。

「ヴォルコシガンですか？　コマールの銀河業務司令部で会ったことがあると思うけど」彼は丁重に、機密保安庁急使のヴォルという仲間同士の会釈《えしゃく》をした。

「その飾りの不運にはどこで出合ったんですか」マイルズはヴォルベルグの胸のほうに顎をしゃくった。「それとも、訊かないほうがいいですか」

「ぼくの機密認可はそんなに高かないですよ。いつもどおりの――まあいつもどおりの――仕事でゾアーヴ・トワイライトを通ったわけです。するとけしからんハイジャッカーの一団が現れて、乗っていた船が拿捕《だほ》されましてね」

「まさか、うちの惑星の急使船じゃないでしょうね！　それならぼくも聞いてるはずだな。そりゃあ大騒ぎだっただろうから」

「急使船ならよかったんですけどね。それなら機密保安庁も正規の軍隊を送りこんだかもしれない。ところがそいつは、ゾアーヴ船籍の貨物船にすぎなかったんですよ。それでとにかく、機密保安庁は浅はかにも予算の足りない会計院の勧めで、安い金で請け負う傭兵部隊を掻き集めてぼくを奪回させようとしたんです。もともとそういうつまらん船の切符を寄越すくらい予算が足りないわけだから。その傭兵隊がとんでもないへまをやってね」ヴォルベルグは内緒話をするように声を低めた。「きみがあっちのほうに行くときには、デンダリィ自由傭兵艦隊とか自称している馬鹿者の集団は避けなさいよ。まったく最低の連中だ」

「ずいぶんひどいいいかたじゃないですか」

「自分の身になってみれば、これでもひどくはありませんよ」

「ほう」友軍の誤射でやられたのだと、誰かがヴォルベルグに告げたにちがいない。軍医かもしれない。彼女はどうしようもない正直者だから。「だけど、デンダリィのことなら聞いてますよ。つまり、その軍隊のなかには変節したバラヤー人がいるのは明らかですね。さもなきゃ、うちの領地を代表する地形にちなんだ名をつけるわけがない。祖父のゲリラ戦に感銘を受けた軍事史マニアでもなければ」

「たしかに連中の上級参謀は、バラヤーからの国外追放者か何かでした。その男には会いましたよ。連中の司令官はベータ人だという噂です。どうやらベータの治療院を抜け出したやつらしい」

「デンダリィ隊は立派なものらしいと、思ってたんですがね」

「ろくなもんじゃないですよ」

「でも、そうやって帰郷できたじゃないですか」マイルズは苛立ちながらいった。だが自分の気持ちを抑えた。「それで……また軍務にもどるんですか」

「二、三週間は、司令部の椅子を温めなきゃならんでしょう、このあとは」といってヴォルベルグは、漠然といま終わったばかりの式典を指すように顎をしゃくった。「ま、必要もないような仕事をしてね。旅行中になぜ足の治療が終わらなかったのか納得いかないけど、明らかに医者のほうじゃ、必要なら全速力で逃げ出せるくらいにすべきだと思っているらしい」

「それはそうでしょう」マイルズは無念な想いで認めた。「ぼくだって、もうちょっと速く動けたら……」彼はいいかけた言葉を呑んだ。

そのときはじめて、ヴォルベルグはマイルズの地味な私服に気づいたようだった。「きみも医療休暇なんですか」

マイルズはそっけなくいった。「ぼくは医療退役です」

「ほう」ヴォルベルグには当惑顔をつくるだけの配慮があった。「だけど——きみには特別な免除のようなものがあると思ってましたよ、その、上のほうからの」ヴォルベルグはマイルズ自身のことはあまり知らないだろうが、父のことは熟知しているのだ。

「それを越えてしまったんですよ。ニードル手榴弾を見舞われて」

「うえーっ」とヴォルベルグ。「それはプラズマ銃撃よりもひどそうですね。気の毒に。で、これからどうするんですか」

「じつをいうと、まだわかりません」

「領地へもどるんですか」

「いや……しばらくは、あー、社交上の任務があってヴォルバール・サルターナにいなきゃなりません」

グレゴールの婚約はまだ公表されていない。どうせそのうちどこからか洩れるだろうが、マイルズは自分から洩らすつもりはなかった。全面的に皇帝の結婚準備にかかったら、機密保安庁はめまぐるしいほどに忙しくなるだろう。マイルズがまだ保安庁に勤めていたら、いまは長期のはるか彼方の銀河特命を探す好機だっただろう。とはいえそれをヴォルベルグに警告することはできなかった。

「ヴォルコシガン館でも……じゅうぶんに故郷に帰った気分ですよ」

「たぶん、どこかでまた会えるでしょうね。お大事に」

「そちらも」

マイルズは分析官のような軽い敬礼をして別れた。ヴォルベルグは相手が民間人なのでもちろん敬礼の格好はせず、丁寧《ていねい》に会釈しただけだった。

グレゴールの執事長に案内されたさきはやはりガーデン・パーティーだったが、今回は馬もいなかったし、このまえほど内輪の集まりでもなかった。グレゴールの親友のヘンリー・ヴォルヴォーク国守と夫人がそこにいたし、ほかにも旧友が二、三人来ていた。その午後の社交上の予定表では、花嫁に迎えるはずの人を、アリスやマイルズやイワンのような親戚づきあいの人々に次ぐ皇帝の友人グループに紹介することになっているらしい。グレゴールはすこし遅れて姿を見せた。どうやら朝の表彰式のための正装軍服を着替えてすぐに来たらしかった。

デリアの母親のドロウ・コウデルカが、ここにいないアリスの代理を活発に務めた。ドロウはコウデルカと結婚するまえには、幼かったグレゴールその人のボディガードだったこともあるし、マイルズの母の警備についていたこともある。ドロウとライザがうまくやってほしいと、グレゴールが気を揉《も》んでいるのがマイルズにはわかった。

しかし、そんな心配は無用だった。ヴォルバール・サルターナのありとあらゆる現場を踏んでいるマダム・コウデルカは、誰にでも合わせられるのだ。自身はヴォルではないが身近にヴォルを観察してきたので、ライザに助言する立場にはぴったりの人間だった。これはグレゴールの思いつきらしい。

ライザも、いつもどおりうまくやっていた。彼女には大使の素質があって、観察眼に優れ、二度と同じ過《あやま》ちは犯さない。バラヤーのスラム街や片田舎に投げこまれてもライザなら生き延びるだろうと予想するのは楽観的すぎるかもしれないが、バラヤーの銀河との接点をじつにやすやすと操っていけるのは明らかだった。

予定表に反して、食事が終わるとグレゴールはそれとなく上手に人々が三々五々、庭の散歩に向かうように勧めて、しばらくフィアンセと二人きりになった。マイルズはデリア・コウデルカと庭園の幾何学模様を見晴らすベンチに引っこんで、人々が一生懸命気を使ってグレゴールとライザを避けて庭園の枝道をそぞろ歩く、メヌエットのような動きを観察した。

「きみのお父さんは元気?」マイルズは腰を落ち着けるとデリアにたずねた。「会いにいかなきゃいけないだろうね」

「ええ、あなたが故郷で休暇をとっているのに、なぜ自分を避けているんだろうと父は不思議がっていたの。そのあと、医療退役の噂を聞いたのよ。とても残念に思っていると伝えてくれといっていたわ。あの公式晩餐会の夜、近いうちにそうなるとわかっていたの？　けぶりにも見せなかったわね。でもあなたには、突然のことではなかったんでしょう」

「いや、それでも必死で、なんとか逃れられないかと思っていたんだ」

厳密にいえば、これは嘘だ。頭からそれを否定して、考えてもいなかったのだから。思い返せば馬鹿な過ちだ。

「あなたのガレーニ大尉はお元気？」

「みんなまったく逆の思いこみをしているけど、ダヴ・ガレーニはぼく個人の所有物ではないよ」

彼女は、なによというように口を尖《とが》らせた。「どういう意味でいったか、わかってるでしょ。ライザがグレゴールと婚約したことを、彼はどう思っているの？　彼は絶対に彼女に夢中なんだって、あの晩思ったのよ」

「あまり元気じゃないね」マイルズは認めた。「だけど乗り越えるだろう。彼の求愛はのろますぎたんだと思うよ。ライザは彼が自分にはたいして興味がないんだと判断してしまったにちがいない」

「武骨者が這いあがって自分を変える、絶好の機会だったのにね」とデリアはため息まじりにいった。

マイルズはハーケンと大量のロープを握ってデリア山にとりついている自分の姿を想像し

た。それは非常に危険な壁面だ。

「それできみは、最近イワンとはうまくいっているの？　あの晩きみを彼からハイジャックしちゃって、謝るべきだったのかどうかわからないけど」

「ああ、イワンねえ」

マイルズはかすかに微笑した。「この皇帝の婚礼は楽しみかい」

「そうねえ、母は完全に舞いあがっているわ。少なくともグレゴールを思う気持ちでね。わたしたちの衣装はもうすっかり計画ずみだし、妹のカリーンをベータ植民惑星から呼びもどせるかどうか心配しているの。母は結婚って伝染するものだと思ってるんじゃないかしら。ママとパパはそのうち家を自分たちだけのものにもどしたいんだって、わたしたちには以前からちょこちょこほのめかしているのよ。少なくともバスルームぐらいはね」

「それできみは？」

「そうねえ、ダンスはあるでしょう」デリアはにっこりした。「それに興味深い男性に会うかもしれないし」

「イワンは興味深くないの？」

「男性っていったのよ、男の子じゃなくて」

「イワンはじきに三十だよ。きみはええと、二十四だっけ」

「年齢じゃないのよ、振る舞いの問題。男の子はただ寝たがるの。男性は結婚して、人生設計をしようとするの」

「男性だって寝たがるのは同じだと思うけどね」マイルズはいくぶん弁解するような口調でいった。

「そうねえ、かもしれないけど、ああいうそればっかりって欲望じゃないわよ。男性にはほかの機能のための脳細胞が残っているのよ」

「女性がそうではないとはいえないだろう」

「たぶんわたしたちは、もっと選びたいのよ」

「きみの主張は、統計上からは支持されないな。人はほとんど全員結婚をする。だからって、そんなに選んでいるわけじゃない」

どうやらこの反論はきいたらしく、デリアは考えこんだ。「わたしたちの文明ではね。カリーンが、ベータではちがうやりかただっていってるわ」

「ベータ植民惑星では何でもちがうんだよ」

「それにきっと伝染するのね」

〈それなのに、なぜぼくは免疫があるんだ？〉「きみの姉妹が、一人もまだ決まっていないと知って、ぼくはびっくりしたよ」

「それは四人姉妹だからだと思うわ」デリアは打ち明けるようにいった。「わたしたちに近づいてくる人たちは、みんな誰を目当てにしたらいいか混乱するのよ」

「それはわかるな」マイルズは認めた。まとまると、コウデルカ金髪集団というのは、これほど動転させられる現象はない。「妹たちと離れていたいんだね」

「いつもね」デリアはため息をついた。

ヴォルヴォーク夫妻がそばを通りかかり、立ちどまって話しかけてきた。マイルズとデリアはやがてマダム・コウデルカに合流して、パーティーもお開きになった。マイルズはヴォルコシガン館にもどると、レディ・アリスが置いていった宿題以外にやることはないかと一生懸命探しまわった。

夕食のあと、マイルズは黄色の客間に落ち着き、ツィッピスの月間財務報告にじっくり目を通してメモをとったが、相変わらず片隅にある革紐《かわひも》で縛った埃だらけの書類の山は無視していた。そこにマーチンが割りこんできた。

「誰か会いにきています」

やや驚いたような口調でマーチンは伝えた。執事見習いという仕事は、運転手やたまにやる皿洗いの任務のほかに、否応なくマーチンに押しつけたもので、訪問客をなかに招《しょう》じ入れたり、迷宮のような館のなかで暮らす住人のもとまで連れてくるときのふさわしい応対のしかたを教えこんである。このへんでもう一度、主な作法を復習させる時期かもしれない。

マイルズは読書ユニットを下に置いた。「それで……彼か彼女かそいつかを、なかに入れたのかい。セールスマンじゃないよね。門衛が普通、そういう連中は追い払ってくれるものだけど……」

ダヴ・ガレーニが、マーチンの背後からはいってきた。マイルズはつづきの言葉を呑みこんだ。ガレーニは一日の仕事をすませたままの通常軍服姿だった。武器を持っているような気配はない。というより、ただ疲れきった表情だった。それに少々心乱れた感じではあるが、赤信号だと感じるほどの不自然な感じはない。

「やあ」マイルズはかろうじていった。「はいって。座ってください」

ガレーニは、すでにはいってしまっているがご招待ありがとうというように、皮肉っぽく手をひろげた。そして、硬い椅子にぎごちなく腰を下ろした。

「よかったら……何か飲み物でも？」

「いや、けっこうだ」

「ああ、それじゃもういいよ、マーチン。ありがとう」一拍おいてマーチンはその言葉の裏を察して出ていった。

マイルズはこれからどういうことになるのか見当がつかなかったので、どうぞというように眉を上げた。

ガレーニは気詰りそうに咳払いした。「きみには謝らねばならないと思ってね。常軌《じょうき》を逸《いっ》していた」

マイルズは気が楽になった。これならたぶんだいじょうぶだろう。「ああ、たしかにそうだった。だけどあれはよくわかる。それでもうじゅうぶんだよ」

ガレーニは短くうなずいて、ふだんの冷静な態度にもどった。

「あー……あの晩いったことはぼくだけしか聞いてないだろうね」

「ああ。だけどあの問題は、ぼくが直面するものの前触れでしかなかったんだ。もっと難しい問題が起きた」

〈今度は何だ？　これ以上複雑な愛憎劇などやめてくれ……〉「へえ？　どういうことなんだい」

「今度のは個人的な問題ではなくて、仕事上の悩みなんだ」

〈ぼくはもう機密保安官じゃない〉マイルズは気をつけて、それを指摘しなかった。相手のつぎの言葉を待つあいだに、好奇心が膨《ふく》らんだ。

ガレーニは渋面《じゅうめん》をさらにゆがめた。「きみに訊きたいんだ……シモン・イリヤンの間違いを見つけたことはあるかい」

「さあね、彼はぼくを馘《くび》にしたけど」マイルズは苦々しくいった。

ガレーニは手をぱっと振って、そのジョークを払いのけた。「いや。失策ということだ」

マイルズはためらった。「彼だってスーパーマンじゃない。誤った推論にはまって、途方にくれているのを見たことはあるけど、そうたびたびはなかった。自分の理論をつねに新しいデータで検討しなおすのがけっこううまいからね」

「そういう複雑なミスじゃないんだ。単純なものだ」

「それはなかったね」といってから、マイルズはちょっと考えていった。「そんなことがあったのか」

「いままではまったく経験がない。彼の身近で働いたことがなかったから。わかるだろう。週に一度ぼくの部署に指令が届くほかは、ときどき特別な情報を求められるだけだ。ところが四件ばかり……この三日のあいだに、みょうな出来事があったんだ」

「出来事って？　どういった？」

「最初のは……ぼくが準備していた要約を催促されたんだ。で、それを仕上げて上のオフィスに送ったんだが、二時間後にまた同じものを要求する通話がはいった。ちょっとまごついたけど、そのあと彼の秘書がオフィスのログでぼくがそれを提出済みなのを確認して、すでにイリヤンに渡してあるといってくれたんだ。そのときはイリヤンもデスクの上の暗号カードを見つけて謝ってくれたんだよ。だからぼくもそれっきり何も考えなかった」

「彼は……あせっていたんだろう」マイルズはいってみた。

ガレーニは肩をすくめた。「二つめはごく些細《ささい》なことなんだが、彼のオフィスから出た覚書《おぼえがき》の日付がちがっていたんだ。ぼくは秘書に通話して、それを訂正させた。問題はなかった」

「ふうん」

ガレーニはひと息ついていった。「三つめは、五ヶ月もまえからいないぼくの前任者に宛てた日付のおかしい覚書で、タウ・セチを通って長期の巡回に出かけたコマールとバラヤーの合同通商船団について最新の報告を求めるものだった。ところがその船団は、六ヶ月もまえに故郷の軌道にもどっているんだよ。どんな情報を欲しいのか訊こうと思って通話すると、そんなことは要求していない、と否定されたんだ。だからその覚書を送り返すと、すっかり黙りこんで通話を切ってしまった。これは今朝の話だ」

「それで三件だね」

「それから午後になって、うちの部署のぼくら五人のコマール業務分析官とアレグレ将軍を集めて、この週の指令があった。イリヤンのふだんの命令伝達の様子は知っているだろう。間合いは長いが、しゃべるときには歯切れがいい。それが……間合いがさらに長かった。その間合いのあいだに出てくる内容も、飛び飛びのような感じで、ときに当惑するほどだった。そしてこっちが半分も報告を終えないうちに、早々と終わらせてしまったんだ」

「あー……今日の話題は何だったんだい」

ガレーニは口をつぐんでいた。

「そうか、わかった、きみは口に出したくないだろうね。だけどグレゴールの近くおこなわれる婚礼の計画なら——彼はきみのために、省略したのかもしれない。そそくさと片づけたんだろう」

「ぼくを信用していないのなら、あの場には呼ばなかったはずだ」ガレーニはいい返した。それからしぶしぶいいたした。「それはもっともな理屈だけどね。だけどまったくそんな感じでは……あそこにいなきゃわからないな」

マイルズは軽口でいい返そうとしたが、やめた。「どういうことだと思っているんだい」

「わからない。機密保安庁は多額の金と時間を使って、ぼくを分析官に育ててくれた。だからぼくは決まったパターンのなかの変化を探し出す。これがその一例だ。だけど、ここではぼくは新人だし、おまけにコマール人だ。きみは生まれたときからイリヤンを知っている。こんなことがいままでにあったかい？」

「いや」マイルズは認めた。「といっても、ぜんぶ、誰でもやるありきたりな過ちみたいだけどね」

「もっと間合いがあいていたら、気づいたかどうかわからない。詳しいことは必要ないが――知りたいとも思わないが、ひょっとしたらイリヤンはいま、オフィスの誰も知らない特別な緊張を、私生活で抱えているんじゃないだろうか」

〈きみと同じような緊張をかい、ダヴ〉「イリヤンに私生活なんかないと思うよ。結婚もしてないし……仕事場から六ブロック離れた小さなアパートに、そのビルが壊されるまで十五年間住んでいた。二年前に司令部の下層にある証人用の部屋にとりあえず移ったんだけど、いまだにわざわざ引っ越す気はなさそうだね。若いころのことは知らないけど、最近では女性の噂はまったくない。男性の相手もね。羊一匹いないよ。もっとも羊なら理解できるけど。羊は即効性ペンタにかけたって何もしゃべらないから。これは冗談だよ」ガレーニがにこりともしなかったので、マイルズはそういいたした。「イリヤンの生活は時計のように規則正しい。音楽が好きで……ダンスはだめだな……香水とか香りのいい花は区別できるし、匂いには全般的に敏感だ。これは彼のチップを通さない種類の感覚情報だね。肉体の感覚もチップとは関係ないと思う、触感はね。関係あるのは聴覚と視覚だけだ」

「そうそう。そのチップのことを考えていたんだよ。そのチップが誘発する精神病といったものを何か知らないか」

「チップのせいだなんてありえないと思う。技術的な仕様はよく知らないけど、普通はみんな装着後一、二年で不安定になるはずなんだ。イリヤンの頭が狂うのなら、何十年もまえに狂ってるはずだよ」マイルズはためらった。「疑うとしたら……ストレスか。軽い発作か。彼は六十いくつだ……ねえ、きっとただ疲れたんだよ。あんなひどい仕事を三十年もやってきたんだぜ。彼が五年以内に引退するつもりなのを、ぼくは知っているんだ」なぜ知っているのかは説明しないことにした。

「イリヤンのいない機密保安庁なんか、想像できないな。そのふたつは同意語だ」

「彼があの仕事が好きかどうかははっきりしない。非常によくやっている、というだけのことだ。経験豊かなので、驚くことがほとんど何もないのさ。あわてることもない」

「イリヤンはあそこを運営するのに、独自の機構を持っているね」とガレーニは批評した。「じつは、まったくヴォル風のやりかただ。バラヤー外の機関では彼らの仕事ぶりを、あそこでは交換可能な部品のように部下を仕立てていると定義している。それが組織としての継続性を保証しているんだね」

「それに思いつきを排除している。イリヤンの指導スタイルが花火のように派手でないのは認めるけど、彼は柔軟性もあるし、何よりも限りない信頼があるんだ」

ガレーニは、へえっというような顔をした。「限りない、か?」

「ふだんは信頼できるってこと」

マイルズは急いで訂正した。そのときはじめて、イリヤンは生来退屈な人間だったのではないか、と思った。退屈に見えるのはイリヤンの仕事の高い機密性によるものだといままで思っていたのだ——敵につかまれたり捩《ねじ》られたりしないように、手がかりを与えない生き方なのだと。だが、もしかしたらそうではなく、あのめりはりのない態度は、人々を威圧してきた記憶チップというものがどんなものであっても、それにうまく合わせていくための生き方だったのかもしれない。

ガレーニは膝に両手を開いて乗せた。「いま話したのは、ぼくが気づいたことだ。何か思いついたことはないか」

マイルズはため息をついた。「観察するんだね。そして待つ。きみがここに持ちこんだのは、理論でも何でもない。片手一杯の水だ」

「ぼくの理論は、その片手一杯の水と、どこかひどく食いちがっているんだよ」

「それは直感だね。といっても、侮辱《ぶじょく》してるわけじゃないよ。直感には深い敬意を払えということをぼくは学んでいる。でも証明されたと勘ちがいしてはいけないんだ。何ていったらいいかわからないけど。イリヤンの認識力に微妙な問題が発生しているのなら、保安庁の上官たちに波及して……」

何が起こるんだ？　反乱？　イリヤンをすげ替える？　そういう昇格の処置のできるのは、惑星上で二人しかいない。ラコジー首相とグレゴール帝だ。

「その話がほんとうなら、そのうちほかの人たちも気がつくだろう。それに、機密保安庁内では、きみ以外の人が最初に指摘するほうがよさそうだ。ぼくはべつにして。ぼくだともっと悪い」

「誰も彼も同じように感じたら？」

「ぼくは……」マイルズは額を撫でた。「ぼくに話してくれて嬉しいよ」

「自分の知り合いのなかで、実際に長いあいだイリヤンを知っているのは、きみだけだったから話したんだ。さもなければ……まったく口に出さないでいるのがいいのかどうか、自信がなかった。機密保安庁の外では」

「保安庁のなかでもだよ。ハローチならいいけどね。ハローチはぼくと同じくらい長期にわたって直接イリヤンの下《もと》で働いている」

「だからこそ、彼には近づきにくい気がしたんだろうな」

「ところで……またぼくに話してくれるね？　また困るようなことが起きたら」

「調子のいいことといって」ガレーニはあまり期待しない顔でいった。

マイルズは、いまではそれが百メートルも彼方の否定なのに気づいた。「そうさ。あー……さっき飲み物はいらないといったけど、返事を変える気はないかい」

「もらうよ」ガレーニはため息をついた。

それから二日後の午前中、マイルズはクローゼットのなかの数少ない民間用品を調べるのに没頭して、足りないもののリストをつくりながら、従者を一人雇って「よろしく頼む」というほうが簡単ではないかと考えていた。そのとき通信コンソールのチャイムが鳴った。それでも数分は無視していたが、やがていらない衣類の山から這いあがって、よたよたと返事をしにいった。

そこにイリヤンの厳格な顔が現れると、マイルズの背は反射的にぴんと伸びた。「イエス、サー」

「どこにいるんだ？」イリヤンは唐突に訊いた。

マイルズは相手を見つめた。「ヴォルコシガン館ですよ。ここに通話されたんでしょう」

「そんなことはわかってる!」苛立った声でイリヤンはいった。「なぜ命令どおり、〇九〇〇時にこっちに来ていないんだ?」

「失礼ですが、どんな命令ですか」

「わたしの命令だ。『メモ帳を持って、ここへ〇九〇〇時ぴったりに来るように。きみは気に入るだろう。脱走だ』という命令だ。時間前に来ると思ったがね」

マイルズは、その自分の言葉を引用したいいまわしにイリヤンらしさを認めた。だいじょうぶ。だがその内容からは、かすかなベルの音が聞こえた。警報ベルだ。

「それはどういうことですか」

「わがセタガンダ担当分析官諸君が何かうまいものを用意して、ここ一週間ほどわたしに投げて寄越しているんだ。非常に高い利益を生む、安上がりな戦略的ジュウドウなのかもしれない。ここにトレモント大佐という名の紳士がいて、連中はこの男が尻すぼみになってきたマリラック・レジスタンスのカンフル剤となる最適な人物かもしれないと思っている。ほんの小さなきっかけでいいんだ。彼はいまセタガンダのダグーラ第四惑星の捕虜収容所のお客になっている。彼が解放されれば、その経験がレジスタンスの大きな動機づけになるだろう。もちろんこっちの名は出さない。方法としてはかなり慎重なものを計画しているが、わたしの望んでいる結果はこういうことだ――マリラックに新しい指導者を与え、バラヤーとは無関係に見せる」

マイルズはその特命任務を思い出したばかりでなく、その言葉は最初にイリヤンの口を出たときとそっくり同じだと断言できた。機密保安庁司令部での朝の極秘会議で、ずうっとまえに……。

「シモン。ダグーラ特命は五年前に完了しています。マリラックは去年、セタガンダ人をすべて惑星から追い払いましたよ。それに、あなたは一ヶ月前にぼくを馘にしたんです。もうあなたの下で働いてはいません」

「気でも狂ったのか」イリヤンはそうなじったあと突然黙りこんだ。二人は見つめあった。

イリヤンの顔色が変わった。表情が凍りついた。

「すまなかった」ぼそりといって彼は通信を切った。

マイルズは何もないホロビッド盤を見つめて座りこんでいた。ほかに誰もいない部屋でじっと座っているだけなのに、こんなに動悸がするのははじめてだ。ガレーニの報告を聞いたときは心配しただけだった。

いまやマイルズは恐怖にかられていた。

14

マイルズは十分ほどそこから動けなかった。ガレーニのいうとおりだ。いや、とんでもない、ガレーニは実体の半分もわかっていないようだ。イリヤンは現在のことを忘れているだけでなく、いまはありもしない過去を思い出しているのだ。フラッシュバックか。

〈おい、あの男が、いまがいつかわからないんだとすると、以前のぼくの仕事をとりもどす手が打てるぞ……〉

そう考えてもおかしくはない。

どうすればいいんだ？　たしかにマイルズはいまのところ、バラヤーでいちばんイリヤンの批判を口に出しにくい立場だ。そんなことをしたら馘《くび》になった苛立ちのせいにされるのが落ちだし、もっと悪ければ、復讐を企《たくら》んでいるのかととられかねない。

とはいえ、いま知ったようなことを知らなかったとしても、こういう状態を看過《かんか》することはできない。命令はイリヤンのオフィスから流れ、人々はそれに従っている。全幅《ぜんぷく》の信頼を置いて。三十年蓄積された信頼は、壊すには時間のかかる防波堤なのだ。そのあいだにイリヤンによってどれほどの損害がもたらされるのだろうか。いまではつねにそういう状態なのだろうか。たとえばイリヤンが、もっと忌《い》まわしいコマールの反乱のある瞬間にフラッシュバックしたらどうなるだろう。

しかもガレーニが気づくまでに、どれくらいこんな状態がつづいていたのだろうか。突然はじまったように見えるが、おそらく突然目についただけのことだろう。何週間——何ヶ月——のあいだの命令が、こういうあてにならない状態で出されたのだろうか。イリヤンのオフィスから出たあらゆる通達を、そのうち誰かが調べなおさねばならなくなるだろうが——いつのぶんからだろうか。〈誰かがね。ぼくじゃない〉

それに機能不全になっているのはチップなのか、イリヤン自身の神経組織なのか。それとも何か微妙な相互作用による異常なのだろうか。これは医学的かつ生体工学的な疑問だから、その答えは専門技術者に訊かねばわからない。〈これも、ぼくじゃない〉

いろいろ考えているうちに、確実な解決策が見えてきた。この問題を通話してしまえばいいのだ。ガレーニが頼った方法だ。〈誰かほかの者に情報を送り出して、そっちで何かしてくれることを期待すればいいのさ〉そのあと、イリヤンの観察をする関係機関で熱いボールのやりとりが終わって、実効性のある行動にまとまるまでにどれほどかかるだろうか。〈だけどぼくの決定じゃない。ぼくに決定権があればいいのにな〉

しぶしぶながらマイルズは通信コンソールにコードを叩き入れた。そして通話に出た機密保安庁伍長に告げた。

「こちらはヴォルコシガン卿です。惑星内業務部の執務室につないでください」

ハローチ将軍は席にいなかった。「連絡がとれしだい、ぼくに通話をくださるようにいってください」マイルズは執務室の事務員にいった。「緊急の用です」

返事を待つあいだ、マイルズは衣類の山の整理にもどった。どれを選んでどれをもとにもどすべきか、よくわからなかった。ハローチは通話してこない。ハローチがつかまるまでに、マイルズはさらに二度オフィスに通話を入れた。

ハローチは通信コンソールの画面から苛立った渋面《じゅうめん》をマイルズに向けた。「はい。何の用ですか、ヴォルコシガン卿」

マイルズは深呼吸をしていった。「シモン・イリヤンがさきほどわたしに通話してきたんです。その通話を検討なさるべきだと思います」

「何ですって」

「イリヤンのオフィスに行って、秘書に通話を再生してもらってください。じつは、お二人いっしょにそれを見てもらいたいんです。記録されてるのは、わかってます。標準的な操作の処理手続きですから」

「何のために？」

まったくだ。ハローチは、自分が尊敬している上司のイリヤンが、ぼくという〈保安庁の不可触民〉を鼬にして、付き添って司令部から連れ出すところを見届けているのだ。そんなやつの言葉に、なぜ従う必要があるだろう。

「将軍、これはほんとうに重要なことなのです。ほんとうに緊急で、ぜひともご自分で判断していただきたいのです」

「なんだか芝居がかって怪しげですね、ヴォルコシガン卿」ハローチは不愉快そうに顔をしかめ、反感をあらわにした。

「申し訳ありません」マイルズは淡々とした冷静な声を保った。「ご覧になればわかります」

ハローチは片眉を上げた。「ほう。それじゃ、たぶん見ることになるでしょう」

「ありがとうございます」

マイルズは通話を切った。ホロビッドを見たあと折り返し通話をくださいと頼んでもだめだろう。こうなったらもうマイルズの手を離れたのは確かだ。

そうら。やったぞ。現在の状況でできる、最善に近い正しいことをしたのだ。

マイルズはひどく気分が悪かった。

さてと。グレゴールに通話すべきだろうか。こういうことを皇帝に伏せておくのは公正なやりかたではないが、なんともはや……。

ハローチがきっとすぐに手を打つだろう、とマイルズは思った。一連の出来事を把握してイリヤンに相応の医療処置を用意したら、ハローチは命令系統によって自動的に機密保安庁長官の役を引き継ぐだろう。そのつぎにやることは、グレゴールにこの不愉快な出来事を報告して、どうすべきか皇帝としての意志を決定してもらうことだ。すべてが今日じゅうに片づくだろう。

もしかしたらイリヤンの混乱の原因は何か単純なことで、たやすく治るのかもしれない。数日のうちに仕事にもどれるかもしれない。たとえば、チップがショートしたというようなことで。〈あのチップは簡単にどうなるものじゃないぞ〉いずれにせよ機密保安庁は自分で片がつけられるだろう。

マイルズはため息をついて、自分に課したつまらない作業にもどったが、身がはいらなかった。本を読もうともしてみたが、気持ちが集中しない。イリヤンが自分のやったことの跡を隠そうとしたらできるだろうか。ハローチが二階に行ってその通話記録を見ようとしても、もはやログに残っていなかったら？ といっても、イリヤンにそこまで自意識が残っているのなら、自分で治療を受けにいくはずだ。

その日は際限なくだらだらとつづいた。夕方になって作業をやめ、グレゴールとハローチの両方に通話を入れてみたが、どちらにもつながらなかった。たぶんこの危機について二人で話しあっているのだろう。通話してほしいというメッセージを残したが、かかってこなかった。その晩はよく眠れなかった。

マイルズは情報の蚊帳《かや》の外に置かれるのが、たまらなく不愉快だった。つぎの日の夕方、機密保安庁の裏口から乗りこんで、自分にはまったく見る権利のない秘密の報告を見せろと要求するつもりで出かけようとしていたとき、ガレーニがヴォルコシガン館《やかた》に訪ねてきた。勤務が終わってからまっすぐ来たらしく、彼は軍服を着たままで、いつもの仏頂面《ぶっちょうづら》がさらに暗かった。

「飲むかい」マーチンが今回はふさわしい取り次ぎをして、客を黄色の客間に通したとき、マイルズはガレーニの顔をひとめ見るなりいった。「それとも夕食がいいか」

「飲む」ガレーニは近くの肘掛け椅子に身を投げ出して、背骨に届くかと思うほど頭を背後にのけぞらせて寄りかかった。「そのうち夕食のことは考える。まだ腹がへってないんだ」そしてマーチンが立ち去るまで待ってからいいたした。「終わったよ」

「話してくれ。何があったんだ」

「今日の午後、イリヤンは全部署との会議の最中に完全に壊れてしまった」

「今日だって？　ハローチ将軍は昨日のうちに、イリヤンを機密保安庁医療部に連れていかなかったのかい」

「何だって？」

マイルズはイリヤンのみょうな通話のことを説明した。

「ぼくはすぐにハローチに知らせたんだ。彼がぼくのいったことを何もしなかったなんていわないでくれよ」

「そんなことはわからない」とガレーニ。「ぼくは自分が見たことしか報告できない」

ガレーニは歴史学者であることはさておいても、訓練を積んだ分析官として、目撃証言と風聞《ふうぶん》と憶測を区別することに敏感だ。彼が口にしていることがそのどれであるかは、いつもはっきりわかるのだ。

「イリヤンはいま、医者の世話になっているんだろうね」マイルズは心配してたずねた。

「ああ、もちろん、そうさ」ガレーニはため息をついた。「今日の会議はほとんどいつもと変わりなくはじまった。各部長が要約した週間報告をし、ほかの部に注意してもらいたい重要な事項を列挙した。イリヤンはふだんより神経質で落ち着きのない感じで、テーブルの上のものをいじったりしていて……途中でデータ・カードを半分に折って、何やらぼそりと謝った。それから立ちあがって、いつもどおり仕事のリストを全員に渡したが、渡された文面は……一行としてほかの行とのつながりがなかった。イリヤンのようすは、あらゆる面でおかしかった。今日だけ体調が悪いというより、二十日もまえから体調が悪かったように見えた。文面はすべて文法的には正しかったが、まったく前後のつじつまがあわなかった。しかも自分でそれに気づいたようすもなく、全員が口をあんぐりあけて見つめているのを見てはじめて意気消沈したんだ。

そのときハローチが立ちあがった——あんな勇敢な振る舞いは見たことがない。彼はこういった。『閣下、あなたはただちに医者の検査を受けられるべきだと思います』するとイリヤンが自分は病気ではないと怒鳴り返し、ハローチに、ちくしょう座れ、といったが……目の色は怒りと当惑のあいだで揺れ動いていた。からだは震えていたよ。ところであの図体のでかい男の子は、飲み物をどこへ持っていったんだろう？」

「きっとまた曲がり角を間違えて、ちがう棟に行ってしまったんだろ。そのうち自分で気づくよ。話を進めて」

「あー」ガレーニは首をこすった。「イリヤンは行こうとしなかった。ハローチは医者を呼びにいかせた。イリヤンはハローチの要求を拒絶して、危機に直面しているのに休暇などとれるかといったが、そのいま直面している危機というのは十年もまえの、セタガンダのヴァーベイン侵攻のことらしかった。そのころにはハローチは顔面蒼白になっていて、イリヤンの腕をつかんで外に連れ出そうとした――これはよくなかったな。イリヤンは抵抗しはじめたんだ。ハローチはわめいた。『くそっ、早く医者を連れてこい！』ってね。それが賢い判断というものさ。ちくしょう。だがイリヤンは喧嘩となると野蛮なんだな。あんなのははじめて見たよ」

「ぼくも見たことないな」マイルズは話にすっかり引きこまれて、むかむかしはじめていた。「医者がやってきたころには、ほかの二人にも、医者が必要な状態だった。医者はイリヤンに目がとろんとするまで鎮静剤を投与して、階下の機密保安庁司令部の診療所に縛りつけた。

そこで今日の会議はお開きになったのさ。会議が退屈だなんて、いままでよくも文句がいえたものさ」

「ああ、まいったね」マイルズは両眼を手で押さえ、それから顔をマッサージした。この筋書きは、誰かが混乱を招いて恥をかかせようと故意に画策したとしても、これ以上考えられないくらいひどいものだったといえそうだ。しかも目撃者もたくさんいる。

「ハローチは今夜は晩《おそ》くまで残って仕事をしているよ、いうまでもないだろうけど」ガレーニは話をつづけた。「ビルじゅうでひそひそ噂しあっている。もちろんハローチはそこにいた全員に、口外するなと命令したんだけどね」

「ぼく以外にはいうなって？」

「なぜだか、きみを除外するのを忘れていたようだね」ガレーニは皮肉っぽくいった。「だから、きみはぼくからこんなことは聞かなかったのだ。きみはこの情報はもらっていない。以上終わりだ」

「まったくだ。わかったよ。いまごろはハローチからグレゴールに報告が行っていると思うけど」

「そう願いたいね」

「ちくしょう、ハローチはゆうべの終業時間までに、イリヤンを医者に見せるべきだったんだ！」

「ハローチはかなり怯《おび》えた顔つきだったよ。みんなそうだったけど。機密保安庁司令部のまんなかで、その長官を逮捕するなんて……たやすい仕事じゃないものな」

「そう。そうだね……戦火のさなかにいる男を批判すべきじゃないね。ハローチは確認するのに時間がかかったんだろう。イリヤンの履歴の重みを思えば、間違いだったですむことじゃないからね。それをハローチはやったんだ」

とはいえ、そういった公《おおやけ》の場でイリヤンをへこますなんて、そこまでする必要はない。むごいしわざだと思われた。〈少なくともイリヤンはぼくに臓をいいわたしたときは、人払いをしてくれた〉その反面、このやりかたなら明々白々でまったくあいまいなところがなく、混乱や噂やあてこすりのはいりこむ余地がないのも確かだ。あるいは議論の余地も。

「じつにタイミングが悪いけど」マイルズはつづけた。「バイオサイバネティクスの故障に都合のいいタイミングなんてあるとは思えない。もしかしたら……近いうちにいろいろ出てきそうな、そのー、帝国としての要求を考えて過度に緊張したことが原因かな。いや、そんなことはありそうもないね。イリヤンは婚礼なんかよりずっとたいへんな危機を乗り越えてきたんだから」

「緊張というのは、かならずしもそれほど決定的に最悪なものではないよ」ガレーニは指摘した。「今回のことは、いつかはわからないがある時点から、一触即発の状態だったのかもしれない」といってちょっとためらい、「まさか彼がきみを馘にしたときからすでにそうだったとは思えないけどね。つまり……彼の判断力はあのときすでに損なわれていたと、きみはいいたいのか」

マイルズは息を呑んだ。自分がそこまで考えられずにいたことをガレーニがあっさり口に出したのは、ありがたいことだというべきかどうかよくわからない。

「そういえればいいけどな。だけどちがう。あのときのイリヤンの判断には何ひとつ誤りはなかった。まったく論理的に、主義に則したものだった」

「それじゃ、これはいつはじまったんだろう。それが肝心な疑問だ」

「そうだね。ぼくもそれを考えていた。ほかの者もみんなそれを考えているのは確かだ。そのことは保安庁の医者の判断を待つほかないと思うよ。医者といえば、原因は何なのか正確な答えはもう出ているのかい」

「ぼくのところまでは何も洩れてこない。だけど、おそらくまだこの問題の検査ははじまっていないだろう。人目につかない専門医のところに急行しなければならないだろうね」

マーチンがやっと飲み物を持って現れ、ガレーニは夕食までいることにした。この小さな決定を聞いて、マーチンはがっかりしたようだった。コスティのおっかさんは突然の客とマイルズの二人に、優雅な夕食をたっぷり出すとなると、おまえのぶんはお客に出すからあきらめなさいとマーチンにいってサンドイッチで我慢させるのだろうと、マイルズは推察するしかなかった。すばやく軽食を考えるコスティおっかさんをこれまでも見ているので、それほど悪いことをしたと思ったわけではないが、今夜の彼女の芸術品は、ほかに気をとられているマイルズとガレーニには無駄な気がした。

それはともかく……イリヤンについては最悪の事態が終わって、さらなる危険は避けられた。残りは後始末だけだ。

機密保安庁の脇口の楣《まぐさ》に貼りついたガーゴイルが、今朝はとくに湿っぽく見える、とマイルズは思った。まるで悲しみにうちひしがれて、いまにもなかから不吉な秘密の圧力がかかって破裂しそうなようすだ。それに、すれちがった数人の人々の顔の表情は、その花崗岩《かこうがん》の縁起物《えんぎもの》とどことなく似ていた。警備カウンターの係員は、顔を上げてマイルズを見ると、あわてたように瞬《まばた》きした。

「何かご用でしょうか」

「ヴォルコシガン卿です。シモン・イリヤン長官に会いにきました」

係員は通信コンソールを調べた。「面会者名簿にはありませんが」

「いや。長官に会いたくて、ちょっと寄っただけです」係員もほかの者もみんな、少なくともイリヤンが仕事に来ていないことは知っているはずだ。ハローチが現在は長官として行動していることを知らされているはずだから。「診療室にいる長官に。番号札を渡してなかに入れてください」

「それはできません、閣下」

「もちろんできるでしょう。それがきみの仕事なんだから。今日の日直士官はどなたですか」

「ジャーレイズ少佐です」

「よかった。彼ならぼくを知っている。それでは彼に連絡して許可をとってください」

数分後に係員の通信コンソール上にジャーレイズの顔が現れた。「はい？」

係員はマイルズの要望を説明した。

「それはできないと思います」ジャーレイズは、係員の肩越しにホロビッドの受像範囲に顔を出したマイルズにいった。

マイルズはため息をついた。「あなたの上司に連絡して……いやだめだ、そんなことしてたら司令系統をぜんぶ通り抜けるまでに三十分はかかってしまう。中間は省略しましょうよ。今朝は間違いなく忙しいのはわかってるけど、ハローチ将軍に直接連絡してください」

とうぜんながら、ジャーレイズも同じように上司の邪魔をするのを渋ったが、自分のロビーまでやってきたヴォル卿に帰れというのは難しいし、無視することもできない。わずか十分後には、ハローチの通信コンソールにつなぐことができた。こんな状況のときにしてはいい仕事ぶりだ、とマイルズは思った。

「おはようございます、将軍」マイルズは係員のホロビッド盤上のハローチの映像に向かっていった。「シモンに会いにきました」

「不可能です」ハローチは、どすのきいた声でいった。

マイルズの声が尖《とが》った。「不可能なのは彼が死んだときだけですよ。つまりそれは許可したくないってことなんでしょう。なぜだめなんですか」

ハローチはためらってからいった。「伍長、防音円錐をセットして、きみの通信コンソール席をちょっとだけヴォルコシガン卿にゆずってくれないか」

係員は素直に脇に寄った。すると保安ジェネレーターから固定椅子の上に影が伸びて、マイルズとハローチの映像をすっぽりと包んだ。

「この話はどこから聞いてきたんですか」プライバシーが保障されると、すぐにハローチは疑惑の色を見せてたずねた。

マイルズはさあねというように眉を上げたが、ただちにギアを切り替えた。「心配してたんです。おととい通話をしたあと返事をいただけなかったし、再度メッセージを送っても返事がないので、最後にグレゴールに通話をしたのです」

「そうですか」とハローチ。疑惑は消えて、単なる苛立ちに変わった。

〈いまのはきわどかったな〉マイルズにはわかった。ハローチがまだグレゴールに報告していないのなら、いまの言葉は重大な失言になって、ガレーニに害を及ぼす可能性があった。皇帝にいつ話したことにするかは、言葉に気をつけてあいまいにしておこう。実際に話すまでは。

「イリヤンに会いたいんです」

「たぶんイリヤンは、きみを認識することもできませんよ」しばらく考えたすえに、ハローチはいった。「極秘事項を一分間に一メートル分の速さでべらべらしゃべっていてね。だから最高機密レベルの看守をつけねばならなかったんです」

「だから何なんです。わたしには最高機密レベルの認可があります」なんだよ、ぼく自身が極秘事項なのに。

「もちろんそれはない。きみの認可はすでに……退役になったときに無効になっている」

「確認してください」

ああ、ちくしょう。いまではハローチはイリヤンのあらゆるファイルを覗けるのだ。時間さえあれば、マイルズの解雇のほんとうの事情を調べることもできるはずだ。昨日のうちにそんなことを調べるほどの余裕が彼になかったことを、マイルズは祈った。

ハローチは眉をひそめてマイルズを窺《うかが》ったあと、通信コンソールにコードを打ちこんだ。

「きみの認可はまだファイルに残っている」やや驚いたような声で彼はいった。

「ほら、そうでしょう」

「イリヤンは変更するのを忘れていたにちがいない。そんなまえから混乱がはじまっていたんだろうか。それでは……」手がキーを叩いた。「いまそれを無効にしよう」

〈あんたにそんなことはできないぞ！〉マイルズは怒りの叫びを呑みこんだ。いまハローチがそれをできるのは確実だ。マイルズは憤懣《ふんまん》やるかたなく相手を見つめた。それでこれから自分は何をしようというのか。「いまに見ていろ！　おまえのことを兄さんにいいつけてやるからな！」と怒り狂って叫びながら機密保安庁を飛び出すのか。とんでもない。グレゴールは一回しか切ることのできない札だ。もっとも緊急を要する場合に一回だけ。マイルズはふうっと息を吐き出して、抑えたため息のなかに注意深く怒りを発散させた。

「将軍。慎重なのはけっこうですが、敵と味方の見分けのつかない妄想は困ったものです」

「ヴォルコシガン卿」ハローチも同じように硬い口調でいった。「これがどういうことなのか、わたしたちにもまだわかっていないんですよ。今朝は、味方だろうと何だろうと、好奇心でひまつぶしにやってきた民間人をもてなしているひまなんかありません。これ以上うちの職員を悩ませないでください。皇帝陛下があなたに何を伝えるかは、陛下の決められることです。わたしの任務は陛下に報告することだけです。ごきげんよう」

彼はがつんと通信を切った。防音円錐はマイルズのまわりから消えた。ロビーにとりのこされた彼を、係員が食いいるように見つめていた。

〈これはうまくいかなかった〉

ヴォルコシガン館にもどってきて最初にしたのは、寝室にこもってグレゴールに通話することだった。通じるまでに四十五分もかかった。たとえ四十五時間かかっても、マイルズは同じようにねばったことだろう。

「グレゴール」マイルズは皇帝の顔がホロビッド盤の上に現れると、前置きなしにいいはじめた。「イリヤンはいったいどうしたんですか」

「どこからそれを聞いたんだい」グレゴールは気づかぬままハローチの言葉をくり返して心配そうな顔をした。

マイルズは、二日前にイリヤンから受けた通話と自分がハローチにかけた通話のことを、かいつまんで話した。ここでもガレーニのことは口にしなかった。

「それで何が起こったんですか。何かが起こったのは明らかでしょう」

グレゴールはイリヤンの故障について簡単に説明したが、ガレーニから聞いたぞっとするような詳しい経緯にはほとんど触れなかった。

「ハローチが保安庁の診療所にイリヤンを入れたけど、いまの状況ではもっともだと思う」

「そうですね、今朝ぼくはイリヤンと話をしようとしたんです。ハローチはどうしてもなかに入れてくれませんでしたけど」

「装置でも専門家でも、必要なものは何でも持ちこめるんだ。ハローチの請求したいものがすべてそろうように、予算と権限を与えておいた」

「グレゴール、ちょっと聞いてください。ハローチはぼくをなかに入れようとしないんです。

イリヤンに会おうとしても」

　グレゴールは、苛立ったように掌《てのひら》をひろげた。「マイルズ、彼にも時間をやれよ。急にイリヤンの仕事を引き継いで、自分のこれまでの部署は次官の管理にまかせている状態で、いまは手一杯なんだ――頼むから彼の肘をつついたりしないで、落ち着くまで二、三日待ってくれ。すっかり掌握できたと感じたら、もっと気持ちが楽になるだろうから。こういう緊急事態では、誰よりもシモンが用心深い対応に賛成するのはきみも認めるだろう」

「そのとおりです。シモンは本気で機密に気をくばる人たちの世話になりたいでしょう。だけどぼくは、本気でシモン・イリヤンに気をくばる人たちの世話になっているのかどうか、そのしるしが見たくなったんです」

　マイルズは低温蘇生後の記憶喪失のあいだの、いまでも忘れられない悪夢のような時期を思い出した。あれは自分の生涯で、もっともおぞましい期間だった。自分の記憶を完全になくしていて……イリヤンはいま、あのときの自分に似たことを経験しているのだろうか。それとも、もっとグロテスクなことだろうか。マイルズは見知らぬ人々のあいだで記憶をなくしていた。イリヤンは友人のはずの人々のなかで、己《おのれ》を失っているのだ。

　マイルズはため息をついた。「わかりました。気の毒なハローチにかまうのはやめます。誓っていうけど、彼の仕事を羨《うらや》んでるんじゃありませんよ。でも病人の容体《ようだい》については、ぼくにも知らせてくださいませんか。ぼくはこの件では……自分でも意外なくらいまいっているんです」

グレゴールの顔に同情の色が浮かんだ。「イリヤンはきみにとって、ほんとうの教師だったんだね」

「辛辣《しんらつ》で要求はきつかったけど、そうですね。思い返せば、素晴らしいやりかただった。といってもそういう関係になるまえは、むしろ……シモンは三十年間、ぼくの生涯と同じくらい長く、うちの父に仕えていたんですよ。だからぼくは十八歳になるまで、〝シモン小父《おじ》さん〟と呼んでいました。士官学校に入学を許可されるまでね。そのあとは〝長官〟というようになったけど。そのころには彼にはもう家族はいませんでしたが、長官の仕事とあの頭に入れた忌まわしいチップのせいで、新たに家族を持つ可能性がなくなっていたんでしょう――これは最近思いついたことだけど」

「マイルズ、きみが彼のことを養い親のように思っていたなんて、気づかなかったよ」

マイルズは肩をすくめた。「養い叔父ぐらいですね。それは……内輪の話です。それにぼくはヴォルですから」

「きみがそれを認めるとは嬉しいね」グレゴールはつぶやくようにいった。「その事実に気づいているんだろうかと、ときどき疑問に思うことがある」

マイルズは赤くなった。「ぼくがイリヤンに対して感じている恩義は、養い叔父と一族の家臣の混ざりあったようなもので……それにいまのところ、この惑星上にヴォルコシガンはぼく一人しかいませんからね。ぼくの気持ち……いや、これはぼくが責任を持つべきです」

「ヴォルコシガン一族は」グレゴールは認めた。「つねに忠節を重んじる人々だ」

「もう習慣のようになっています」

グレゴールはため息をついた。「もちろんきみには知らせよう」

「一日一回知らせていただけますか。ハローチは毎日あなたに報告しますね。知ってますよ、朝の機密保安庁との打ち合わせを」

「そう、イリヤンはいつも、ぼくの朝のコーヒーといっしょにやってきた。ときどき、彼一人のときもあって、そういうときは彼がコーヒーを持ってきた。ぼくはいつも、それは丁重にほのめかしているのだと感じたものだ——起きあがって注意して聞いてください、って」

マイルズはにやっとした。「それがイリヤン流ですね。一日一回、いいですね？」

「ああ、いいとも。さあ、もう行かないと」

「ありがとうございます、グレゴール」

皇帝は通話を切った。

マイルズは多少満足して、椅子に寄りかかった。人々にも事件にも、正常にもどるための時間を与えねばならないのだ。それから直感と証拠について、ガレーニに冷静に忠告したことを思い出した。自分の直感という悪魔は、いまのところ箱のなかにもどすことができる——マイルズは、ネイスミスの形をした子鬼をトランクに詰めて、蓋《ふた》に紐《ひも》をかけている自分の姿を思い浮かべた。するとなかから、小さなキーキー声や叩く音が聞こえてきて……。〈ぼくはイリヤンのトップクラスの諜報員にはならなかった。それはほかの誰よりもルールに従う人間だったからさ〉だが、そうはいっても、〈この図式はどこかおかしいぞ〉といったり、うるさく考えるだけでもまだ早すぎるのだ。

機密保安庁は、自分のものの面倒は自分で見るだろう。ずっとそうしてきたのだ。それにマイルズは、公衆の面前で馬鹿な真似をくり返すつもりはなかった。待つことにしよう。

15

その週はのろのろと過ぎた。通信コンソールを通して毎日グレゴールから伝達されてくる短い情報は、最初はよさそうに思われたが、そのうち前日のとくらべてほとんど進展が感じられなくなり、機密保安庁がマイルズに用心してひどく冷やかなのではないかという気がしてきた。マイルズはそのことをグレゴールにこぼした。

「きみはいつも我慢が足りないね、マイルズ」グレゴールは指摘した。「きみに合う速さのものなんか、ありゃしないよ」

「イリヤンは、医者まかせにすべきじゃないですよ。ほかの者なら、たぶんそうなんでしょうけど、この場合はちがいます。まだ医者たちの結論が出ないんですか」

「発作を防ぐ処置はしたよ」

「それは最初の日にしたでしょう。それから何をしたんですか。チップはどうなんです?」

「状況証拠から見て、チップの質が低下しているか損傷しているのは明らかなようだね」

「それもすでに予想ずみのことです。どんな種類の低下や損傷ですか。それにいつから?

どうやって？　なぜ？　いったいぜんたい、連中は毎日何をやっているんですか」

「いまもまだ、ほかの神経学上の障害を排除しようとしている。それに心理面の障害もね。どうやら簡単なことではなさそうだよ」

マイルズはむっつりと肩を落とした。「ぼくは医原性の精神病って考えは賛成できません。こうなるまで、イリヤンは何の問題もなくあれだけ長いあいだ、あのチップを身につけていたんですから」

「そうだ……そこが重要な点、だろうね。イリヤンはあの特殊な神経増強装置を頭に入れた人間のなかで、いちばん長生きしている。ほかに比較できるような基準がない。彼が基準なんだよ。三十五年間蓄積された人工的な記憶が、一人の人格にどんな影響を及ぼすのか、誰にもわからない。たぶんそれをいま探り出しているわけなんだろう」

「そうだとしても、もっと早く探り出すべきだと思います」

「みんなできるだけのことはしているんだ、マイルズ。きみもほかの者と同じように待つほかない」

「はいはい……」

グレゴールは通信を切った。マイルズはホロビッド盤上を見つめていたが、何も目にはいっていなかった。要約された情報というものの難点は、つねに漠然としていることだ。悪魔は細かい部分に、つまり生《なま》のデータのなかにいる。データの底に隠れているのは小さな糸口ばかりだが、それが直感の悪魔の餌となって、やがて力をつけ太っていって、ときには実際の〈理論〉だとか〈証拠〉にさえも成長することがあるのだ。マイルズと真実とのあいだには、少なくとも層が三つある。機密保安庁の医者たちがハローチに状況を要約して話し、ハローチはそれを温めなおしてグレゴールに伝え、グレゴールはフィルターで漉《こ》したものをマイルズに寄越す。そうやって透明な滴《しずく》になるころには、意見の色がつけられるような事実はあまり残されていないのだ。

つぎの日の朝、レディ・ヴォルパトリルがコマールへの出張からもどってきた。そして早速午後に、マイルズの通信コンソールに通話してきた。マイルズは社交的任務が頭上に落ちてくるかと思って、衝撃に対して身構えた。〈来たぞ！〉と内心の抑えた声が叫び、隠れ場を探したが無益だった。マイルズの心のなかの臆病者は、踵《かかと》を持って引きずり出されたら、ぱっと立ちあがって命令に従うだろう。

ところが彼女の最初の言葉は意外なものだった。「マイルズ、いったいいつから、シモンの身に起こった、この恐ろしい馬鹿げたことを知っていたの？」

「あー……二週間ほどまえからですよ」

「あなたたちは三人もそろっていながら、わたしがそれを知らせてほしいはずだとは思いつかなかったの？」

三人って――イワンとマイルズと……グレゴールだろうか。レディ・アリスは動転していた。

「叔母様にできることは何もなかったでしょう。コマールに向かっている最中ですよ。それにすでに、最優先の仕事を抱えていたし……いや、正直にいうと、まるで考えませんでした」

「馬鹿な人たち」彼女はささやくようにいった。茶色の目が涙でくもっていた。

「あの……ところで、どうでしたか。コマールでは？」

「どうしようもないほどではなかったわ。ライザのご両親はかなり狼狽していたけど。できるだけご両親の不安をなだめたのよ。その不安のいくつかは、たしかに根拠のあることだと思えたから。あなたのお母さまにも、コマールに寄ってライザのご両親に話をしてほしいとお願いしておいたわ」

「母はじきにもどってくるんですか」

「まもなくだと思うわ」

「あー……その仕事には、ほんとうに母がいちばんふさわしいと思いますか。バラヤーについてはずいぶん厳しい意見を持ってますよ。それに、いつも外交的だとはいえないし」

「そうね、でもあの方は正直そのものよ。それにどんなに異世界風でおかしなことでも、完全に筋のとおったことだと思わせる特殊技術を持っているわ。少なくとも、あなたと話しているときのコーデリアはそうでしょ。みんな結局彼女に同意して、そのあと一ヶ月ぐらい、なぜこんなことになったんだろうって考えるのよ。いずれにしてもわたしは、グレゴールのバーバとして、ふさわしい儀式と任務はすべて果たしてきましたからね」

「それで……グレゴールの婚礼はおこなわれるんですか、やめになったんですか」

「あら、もちろん、やりますとも。でもごたごたのなかで挙行されるのと、素晴らしく立派に挙行されるのとはちがいますからね。これから、わたしにもなだめられない不安なことがいくらでも押し寄せてきます。とり除けることは、ひとつだって残しておく気はありません。こういう親切は貴重なはずですよ」彼女は猛烈に顔をしかめた。「親切といえば、親切心が欠けているというか——シモンは機密保安庁司令部の診療所に入院していると聞いて、もちろんわたしはすぐにお見舞いにいったの。でも何て名前だったか、あの馬鹿な将軍がわたしをなかに入れてくれないのよ！」

「ハローチ？」マイルズは思い切っていった。

「そう、それよ。ヴォルじゃないでしょ、あの男は。やっぱりね。マイルズ、なんとかしてくれない？」

「ぼくですか！　ぼくなんか何の権威もありませんよ」

「でもあなたは、あの、あの……人たちと何年もいっしょに働いていたんでしょ。あなたはあの人たちを理解しているはずよ」

「ぼくは機密保安官だ」とエリ・クインにいったことがある。機密保安官全員がひとつになって、より高度な一種のサイボーグを形成しているかのように、その強力な機関に属している自分を非常に誇らしく思っていたのだ。もっとも自分がそこから切り離されたいまも、機密保安庁はまったく気にもせずにのし歩いている。

「ぼくはもう彼らのために働いてはいませんよ。それに、働いていたところで、位の低い中尉でしょう。たとえヴォルの中尉だって、中尉は将軍に命令はできません。ハローチはぼくもなかに入れてくれないんです。グレゴールに話したほうがいいと思いますね」

「さっき話したのよ。グレゴールったら、まったく気が狂いそうなくらい、あいまいなことしかいわないの」

「きっと叔母様を煩《わずら》わせたくないんですよ。いまイリヤンの頭の状態はかなりひどくて、人の見分けもつかないとかいうことです」

「そうお、でも知人が誰も会う許可がもらえないのなら見分けようがないでしょ」

「うむ。いい指摘ですね。いいですか、ぼくはべつにハローチの肩を持つ気なんかないんです。ぼくだって、あいつにはかなり迷惑してるんですから」

「迷惑どころじゃないわ」レディ・アリスはぴしゃりといった。「ハローチはずうずうしくもわたしにこういったの——このわたしによ——レディのご見物なさるようなものはありません、って。わたしは彼に訊いてやったわ。あなた、ヴォルダリアンの反乱の内戦では何をしていらしたの、って」そこで言葉を切ると、アリスは声にならないつぶやきを吐き出した──マイルズにはよく聞こえなかったが、きっと兵隊の隠語を嚙み殺したのだろうと思った。「グレゴールが、このさきずっとハローチとやっていかなきゃならないと考えているのはわかりますよ。ハローチは、自分は機密保安庁長官としてはまだ新任で地位が安定していないから、権威のない危険な──しかも女の──わたしのような者にちょっかいを入れられるのは困るって、グレゴールを説得したんだと思うのよ。もちろんこんなことをグレゴールがくだくだいったわけじゃないけど。シモンはそんなふうに二の足を踏んだことなんか、一度もないけどね。コーデリアがここにいたらいいのに。コーデリアはいつも、男権主義者のたわごとを切り抜けるのがわたしよりうまかったわ」

「そうともいえますね」

マイルズは母の手にかかったヴォルダリアンの運命を思いながらいった。だが、レディ・アリスのいったことはほんとうだ。イリヤンはつねに彼女を、立場はちがうが、価値のあるグレゴールの支援グループの一人として扱っていたのだ。今回のハローチの職業意識の匂う偏狭《へんきょう》な命令は、アリスには少々ショックだったにちがいない。マイルズは言葉をつづけた。

「ハローチは、いちばんグレゴールを説得しやすい位置にいますからね。彼はグレゴールへの情報の流れを完全に支配できるんです」

といっても、やりかたが変わったとはいえない。これまでもつねにそのようにおこなわれてきたのだが、イリヤンが水門を守っていたときには、なぜかマイルズには気にならなかったのだ。

アリスは黒い眉を寄せた。だが口に出しては何もいわなかった。その考えこんでいる渋面《じゅうめん》の下の沈黙が……気になるほどになった。

マイルズは自分の不用意な言葉が招いた居心地の悪さを破ろうとして、軽い口調でいった。

「ストライキをすることだってできますよ。グレゴールに、ハローチの腕をねじってくれなきゃ婚礼はやってあげないっていえば」

「何か納得できることを、それも近いうちにやってくれなかったら、そうするかもしれないわ」

「いまのは冗談ですよ」マイルズはあわてていった。

「わたしは冗談じゃないわよ」彼女はそっけない笑みを見せてから、通話を切った。

つぎの朝の夜明けに、マーチンがそうっとマイルズを揺すり起こした。

「あの……マイロード。階下にお客さまが見えています」

「こんなとんでもない時間にかい」マイルズは寝ぼけた顔をこすって欠伸《あくび》をした。「誰?」

「ヴォルベルグという名だといっておられます。機密保安庁の関わりの方じゃないんですか」

「ヴォルベルグだって?」マイルズは目をぱちくりさせた。「うちに来るなんて。こんな時間に。なぜだろう」

「お話があるそうです。ですから直接お訊きになったらいいでしょう」

「そりゃそうだね、マーチン。ええと……まさか玄関の外に待たしているわけじゃないだろうね」

「いいえ、東側の階下の、あの大きなお部屋に通してあります」

「第二応接室か。それならいい。すぐにまいりますと伝えてくれ。それからコーヒーを淹《い》れて。それをカップふたつと、いつものつまみといっしょに盆に載せて運んでおいてくれ。きみのおかあさんの焼菓子かパンが厨房《ちゅうぼう》に残っていたら、それもバスケットか何かに詰めて持っていってくれるかい。それでよし」

好奇心にかられたマイルズはそこらにあったシャツとズボンを身につけて、裸足《はだし》のままぱたぱたと湾曲した中央階段を二階分降りた。それから左に曲がって三つの部屋のまえを通り過ぎ、やっと第二応接室にたどりついた。マーチンは客のためにひとつの椅子のカバーだけはずして、床の上に白く積みあげていた。厚いカーテンのあいだから朝日の指先が覗き、影のなかに座っているヴォルベルグをさらに暗く見せていた。中尉は通常軍服を着ていたが、顔には無精髭が薄黒く伸びている。彼はものうげにマイルズを見上げた。

「おはよう、ヴォルベルグ」マイルズは口調に気をつけて丁寧《ていねい》にいった。「こんなに朝早くヴォルコシガン館《やかた》に見えたのは、どんなご用ですか」

「ぼくにとっては一日の終わりなんです」とヴォルベルグ。「夜勤があけたところですから」といって眉をひそめる。

「仕事をもらえたんですか」

「そうです。診療所を厳重に警戒する夜警の司令官ですけどね」

マイルズはコーヒーなしでもいきなりぱっちり目が覚めて、カバーがかかった椅子に腰を下ろした。〈ヴ、ォ、ル、ベ、ル、グ、がイリヤンの警備をしているんだって？〉といっても、もちろん急使なのだから、ある程度の機密認可はこれまでにもあったはずだ。何もすることがないいまは、知能が必要で肉体的に軽い任務ならいつでも役に立てるわけだ。それに……彼はこれまで司令部には関わりがなかった。噂話をしあうような、昔馴染みの友人なんかいないはずだ。マイルズはなにげない淡々とした声を保つように努めた。「ほう。何かあったんですか」

ヴォルベルグはまるで怒っているようなこわばった声でいった。「きみの態度はよくないと思いますよ、ヴォルコシガン。こういう状況では狭量《きょうりょう》だといえるくらいです。イリヤンは何年もきみの父上の部下だったでしょう。ぼくも少なくとも四回ぐらい、メッセージを届けたことがあります。なぜきみは来ないんですか」

マイルズは腰を浮かせもしなかった。「失礼。はじめのほうをちょっと聞き洩らしたようです。何が、あー……そちらでどういうことが起きたのか、正確に話してもらえませんか。

あなたがその任務についたのはいつなんですか」

「イリヤンが診療所に連れこまれた最初の晩です。かなりひどい状態でした。鎮静剤が効《き》いていないあいだはべらべらしゃべりまくってね。鎮静剤が効いていても、闘争心が蘇《よみがえ》るとやはりべらべらしゃべるけど、何をいっているのかわからない。だからたいていいつも医者に拘束されています。まるで頭のなかで歴史上の世界をさまよっているような感じだけど、しばらくすると現在にもどるようですね。で、そういうときに、きみの名を呼ぶんです。最初は父上の国守を呼んでいるのかと思ったけど、たしかにきみなんですよ。『マイルズ』っていうから。『あの馬鹿者をここへ連れてこい、まだあいつは見つからないのか、ヴォルベルグ。あの活動過多のちびすけを見間違えることはあるまいに』やあ、失礼」ヴォルベルグはそういってから気づいていいたした。「と彼がいったってことです」

「イリヤンらしいいいまわしだ」マイルズはかすれ声でいった。それから咳払いして、声を普通にもどした。「それはすみません。はじめてそれを聞いたもんですから」

「そんな、まさか。夜勤報告で四晩から五晩つづけて言伝《ことづて》していますよ」

それをグレゴールがうっかり伝えそこねた、なんてことはありえない。グレゴールは何も聞いていないのだ。ヴォルベルグに下りてくる命令系統のどこかで、途切れてしまったのだろう。〈よし、探り出してやるぞ。そうとも、きっと探り出してやる〉

「どんな治療や検査を受けているんですか」

「知りません。ぼくの勤務時間にはたいして何もありません」

「まあ……それはそうでしょうね」

マーチンがコーヒーと、皿代わりにシートをつけたままのロールパンを運んできたので、二人は黙りこんだ。〈執事教育の六番めの授業としてメモしておこう――もてなす器具を見つけること〉マーチンは自分のぶんのロールパンをつかむと、陽気な笑みを見せてぶらぶら出ていった。ヴォルベルグはこのみょうな給仕ぶりに目をぱちくりさせたが、礼をいってコーヒーを啜《すす》った。それからまた顔をしかめて、さらに好奇心の窺《うかが》える目をマイルズに向けた。

「深夜にあの男からいろいろとみょうなことを聞かされるんです。鎮静剤が切れてから、つぎに、あー、騒々しくなってまた鎮静剤を打たれるまでの合間《あいま》に」

「そうでしょう。想像できますよ。イリヤンがぼくを呼んでいるのはなぜだかわかりますか」

「いや、はっきりとは。落ち着いているときでも、かなり声が濁って聞きづらいから。だけどだんだんに、わからないのはひどくくやしいけれど、半分は自分のせいだとわかってきたんです。つまり背景がわからないので、はっきりした言葉でいわれても理解できないということですよ。それではじめて、きみは単なる急使なんかじゃなかったんだと気づいたんです」

「そうです。秘密工作員でした」朝日が椅子の肘掛けに射してきて、その上に載せた薄い茶碗のコーヒーを赤く照らした。

「高いレベルの秘密工作員ですね」光と影の縞《しま》のなかにいるマイルズを見つめて、ヴォルベルグはいった。

「最高レベルの」

「なぜ彼がきみを解雇したのかわからない――」

「ああ」マイルズは寒々《さむざむ》とした笑みを浮かべた。「ほんとうにいつか、きみには話さなければならないでしょう。ニードル手榴弾のことはほんとうです。ただそれだけではなかったということです」

「イリヤンは、きみを解雇したことがわからないときもあるようです。わかっているときもあるけど。そういうときでも、きみを呼んでくれと頼むんです」

「このことはハローチ将軍に直接報告したんですか」

「ええ。二回も」

「で、彼は何といいましたか」

「ありがとう、ヴォルベルグ中尉、って」

「なるほどね」

「ぼくにはわからない」

「そうだなあ……ぼくだって、完全にわかってるわけじゃない。でもその理由は探り出せると思いますよ。あー……もしかしたらこの会話はなかったことにしたほうがいいんじゃないかな」

ヴォルベルグは眉をひそめた。「ほう？」

「人に訊かれたら、皇宮の入口で交わした会話を代わりに持ち出すことにしましょう」

「いいですよ。ところできみはデンダリィ傭兵隊の何なんですか、ヴォルコシガン」

「いまは何もしていません」

「そうか……きみたち秘密工作員ほど、言を左右にする連中にはお目にかかったことないし、いまでもきみを信頼していいかどうかわからないけど、正直にものをいっているのなら……きみが父上の臣下を見捨てていないのは、ヴォル仲間として嬉しいです。ずいぶん少なくなったでしょう、心配りのできる者は。そういう心配り……どういったらいいのかわからないが」

「ヴォルをヴォルらしくあらしめる心配り」とマイルズはいってみた。

「そうです」ヴォルベルグはうなずいた。「そういうことです」

「ぼくは正直そのものですよ、ヴォルベルグ」

一時間後マイルズは、灰色に変わった朝の空気のなかを大股に歩いて、機密保安庁司令部の脇門をくぐった。東から雨雲が吹き寄せていて、早朝には晴れかと思われたのに冷え冷えとしてきている。空気に雨の匂いが感じられる。花崗岩《かこうがん》のガーゴイルは影のない薄い光のなかで無表情にむっつりしていた。その上に建物は大きく聳《そび》え、閉鎖的でずんぐりしている。それに醜い。

ハローチがまず気を配ったのは、イリヤンのまわりに最高の機密認可のある警備兵を配置することだった。最高の身分証明のある医者やメドテクを連れてこいとか、機密認可はともかくできるだけ優秀な専門家を探せとかいったことは、ひとこともいっていないのだ。ハローチはイリヤンを患者というよりは囚人として扱っている。自分の機関にとらわれた囚人として——イリヤンはこの皮肉に気づいているだろうか。気づいていそうもない。

ハローチというのは、もともとこういう偏執的で愚鈍《ぐどん》な人間だったのだろうか。それとも新しい責務に一時的にあわてふためいているだけだろうか。馬鹿だったらその地位まで昇るはずはないが、今回の複雑な仕事は、ほとんど前ぶれもなくいきなり彼の手元にころがりこんできたのだ。ハローチの軍歴の出発点は帝国軍内の警察組織に所属する憲兵だ。惑星内業務副部長をへて部長になったが、この部署は主に部下や内部を管轄するところで、決まりきった軍隊内の部下の問題を処理してきた。これに対してイリヤンは上と外に向けた機密保安庁の顔として、皇帝や、ヴォル卿たちや、特異なヴォル組織の、明文化されていない、ときには承認もされていないあらゆるルールを、円滑に処理してきたのである。たとえばイリヤンのアリス・ヴォルパトリルの扱い方は狡賢《ずるがしこ》くあざやかで、彼女を通して首都のヴォル社会の私的な面につながる太い情報のパイプラインを手に入れていた。このパイプラインはより公的な関係を補う非常に価値のあるものであることを、これまでに一度ならず証明している。ハローチはアリスとの最初の出会いで、同盟軍になるべき人をひどく怒らせてしまったのだ。まるでアリスが政府組織のフローチャートに出てこないのは、彼女に何も権力がないからだといわんばかりの扱いをして。愚鈍な憶測をする者のために、大物の名は特筆しておくべきだ。

もっとも、偏執的といえば――イリヤンの頭にはここ三十年間のバラヤーに関するもっとも危険な秘密がぎっしり詰まっていて、はるか以前にメルトダウンを起こしていないことこそ驚異だと認めねばならない。いまがいつなのかわからない状態で、イリヤンを町なかに出すことなどできないのだ。ハローチの慎重さは立派なものだが、そこにもうすこし何かあってもいいのでは……何だろう。尊敬だろうか、礼儀だろうか、悲嘆だろうか。

マイルズは深呼吸をひとつして入口をくぐった。国守の装甲地上車用とあっていつになくじゅうぶんな広さの駐車場を近くに確保できたので、マーチンも不安顔でついてきていた。家族に関係者がいるといっても、この不吉な建物には明らかに威圧されているのだ。マイルズは警備カウンターのまえに突っ立って、係員に渋面を向けた。先週任務についていたのと同じ男だ。

「おはよう。またシモン・イリヤンに会いにきました」

「えーと……」係員は通信コンソールのキーを叩いた。「今日もあなたは名簿に載っていません、ヴォルコシガン卿」

「そう、ところがここまではいってこられた。それにいい結論が出るまでここに居すわるつもりです。上司に連絡してください」

係員はためらったが、マイルズのような短軀《たんく》で変なやつでもヴォルはヴォルなので、ふさわしい地位の者にヴォル卿を撃退してもらうためにいわれたとおりに通話をつないだ。すぐに以前はイリヤンの秘書だったハローチの秘書のところまでたどりつき、マイルズは係員を固定椅子から追い出して、強引にハローチ自身と対面した。

「おはようございます、将軍。イリヤンに会いにここに来ています」

「またですか。その件は片づいたと思っていたんだが。イリヤンは社交的なつきあいをするような体調ではありませんな」

「そんな体調だとは思ってませんよ。彼に面会する許可を要請します」

「その要請は却下します」ハローチの手が通話を切ろうとして動いた。

マイルズは気持ちを抑えて、柔らかい言葉をぬらりくらりとつづけた。なかにはいれといわれるまで、一日じゅうでも話しつづけるつもりだった。いや、柔らかい言葉はよくない——ハローチは元来、磊落《らいらく》なものいいが好きだ。演説がヴォルバール・サルターナの上流の標準に叶うように、たゆまず推敲《すいこう》しているのはそのせいだ。

「ハローチ将軍！　ちゃんと話してくれ！　もう飽き飽きしたぞ。いったいぜんたいここで、あんたのケツの毛が総毛立《そうけだ》つようなどんなひどいことが起こってるっていうんだ？　こっちは手助けしようとしているんだぞ、ちくしょう」

一瞬ハローチの渋面がほぐれかけたが、すぐに硬い表情にもどった。「ヴォルコシガン、きみはいま保安庁とは関係がない。どうかさっさと引きとってもらいたい」

「いやだ」

「それなら排除するまでだ」

「そしたらまた来るぞ」

ハローチが唇を噛んだ。「きみを撃つことはできないな、父上のことを考えると。しかも、きみにはいま……頭脳に問題があることがわかっている。だが、そうやって迷惑をかけつづけるなら、逮捕させるかもしれないぞ」

「どんな罪状で？」

「禁止された場所に侵入したってだけでも、一年間の拘留にはじゅうぶんだ。ほかの理由も考えられるだろう。逮捕に抵抗すれば、それだけでもいい。といっても、スタナーならためらうことなく撃たせるからな」

〈そんなことはできまい〉「何回来たら？」

「きみは何回ぐらい必要だと提案するのかね」

マイルズは歯を食いしばっていった。「ブーツを脱いだって、二十二以上は勘定できないだろう、ハローチ」

この言葉は、突然変異の傷跡を持つこの惑星では、余分な指があることをほのめかす重大な侮辱《ぶじょく》のいいまわしだった。マーチンも係員も、しだいに警戒心を増しながら体温の上昇してきたやりとりを見守っていた。

ハローチの顔が真っ赤になった。「もうたくさんだ。イリヤンは柔軟性があるからおまえを退役にしたが——わしは軍法会議にかけてやる。たったいま、わしのビルから出ていけ」

「イリヤンに会うまでは出ないぞ」

ハローチは通話を切った。

約一分後に、武器を持った警備兵が二人、通路の角から現れて、マイルズに向かってきた。マイルズはもう一度ハローチの秘書につなげと、係員にしつこくせがんでいるところだった。

〈ちくしょう。まさかやらないだろう——やるかな……〉

そのまさかだった。前置きなしに警備兵たちは両側からマイルズの腕をつかみ、出口のほうに引きずりはじめた。爪先が床から離れたが、彼らは気にもとめなかった。マーチンは、興奮しすぎて吠えるべきか嚙みつくべきか迷っている小犬のように、ばたばたとそのあとを追ってきた。出入口を通り抜ける。外のゲートもくぐる。警備兵たちは塀の外の歩道にマイルズを放り出した。マイルズはかろうじて足で踏ん張った。

年長の士官が門衛にいった。「ハローチ将軍がさきほど、じきじきの命令を下された。この男がふたたび建物のなかにはいろうとしたらスタナーで撃てということだ」

「イエス、サー」

年長の警備兵はマイルズに敬礼して不安そうに見つめた。マイルズは頰を紅潮させて、屈辱と怒りで締めつけられた胸に息を吞みこんだ。警備兵たちは身を翻《ひるがえ》して建物のなかに行進していった。

通りの向かい側のほとんど植栽のない細長い公園に、機密保安庁の悪名高い建物を眺められるベンチがいくつか置かれているが、冷たい霧が漂いはじめているいまは、そこに人の姿は見えなかった。マイルズは震えながら道を渡りベンチのひとつに歩み寄って腰を下ろすと、二回めにも敗北を喫《きっ》した建物をじっと見つめた。マーチンはおぼつかなげについてきて、用心深く離れたベンチに座って命令を待っていた。言葉をかけようともしない。

ネイスミス流の秘密作戦の襲撃を敢行する荒々しい場面が、マイルズの頭に浮かんだ。傭兵隊の灰色の制服を着た自分が、機密保安庁司令部の壁面を越えて降りていく姿が見える……くだらない。ほんとうに撃たれる気なのか。嘲笑《ちょうしょう》が口を洩れた。イリヤンはネイスミスには手の届かない捕虜なのだ。

〈ハローチのやつ、よくもぼくを脅《おど》したな〉マイルズは心のなかで怒鳴った。とんでもない、ぼくを脅せないわけでもあるか。この十三年間、マイルズは自分のものだと見てもらえる功績だけで判断されようと必死になって、ヴォルコシガン卿という腸《はらわた》を抜き出して暮らしてきた。自分自身だけを見てもらいたかったのだ。父の息子でもなく、祖父の孫でもなく、十一代つづいたヴォルコシガン一族の子孫としてでもなく。そして懸命に努力した結果、誰にでも、自分自身にさえも、信じこませるのに成功したのだ。ヴォルコシガン卿は……ものの数にもはいらない人間だと。

　ネイスミスはどんな犠牲もいとわずに勝利に執着し、勝ったことを人に見せつけることにこだわっていた。

　いっぽうヴォルコシガンは……ヴォルコシガンは降伏できない。

　それとこれとは同じではないだろう？

　降伏できないのは一族の伝統だった。歴史のなかのヴォルコシガン卿たちは突き刺されたり、撃たれたり、水死させられたり、踏みつぶされたり、生きたまま焼かれたりしている。いちばん最近の華々しい例としては、ほとんどまっぷたつに爆撃されて、急速冷凍され、温めなおされ、縫い合わされて押しもどされ、ぼうっとしたままよろよろとふたたび歩き出した、ってわけだ。伝説的なヴォルコシガン一族の頑固さも、部分的にはそれが運命だったのではないだろうか。幸運か悪運かはわからないが。たぶん一人や二人は降伏しようとしたのだろうが、時機を逸《いっ》したのだろう。つぎのような最期の言葉が残されている将軍もいるのだ。

「心配するな中尉。敵もおそらくここでは撃ってこないだろう――」

デンダリィ領に関するジョークにはこんなのがある。彼らは戦いをやめたかったのだが、字の読める者がおらずセタガンダの大赦《たいしゃ》の申し出がわからなかったので、とまどいながらも戦いつづけて勝利を収めたのだ、と。〈自分で思っている以上に、ぼくのなかには山男の素質があるらしい〉秘かにメープルの地酒を好んでいるのだから、それに気づいてしかるべきだった。

ネイスミスにヴォルコシガンを殺すことができたのは実証ずみだ。彼は小さな貴族を露天掘りし、まっとうで人間的なあらゆる特徴を掘り下げて、冷たく不毛なデンダリィのむきだしの基盤までたどりついた。ネイスミスは彼のエネルギーを横領し、彼の時間や神経や知恵をあさり、彼の声から声量を漉しとり、性欲まで盗んだのだ。だがそこまでで、ネイスミスといえどもそれ以上はできなかった。マイルズの山の岩のように無口な山男は、やめるという言葉を知らない。〈ぼくはヴォルコシガン・ヴァシノイの所有者だぞ〉

マイルズは頭をそらして笑い出した。そして開いた口のなかに降りこむ霧雨の金属のような味をあじわった。

「マイロード」マーチンが不安そうにいった。

マイルズは咳払いをして、顔に浮かんだ気味悪い笑みをこすって消そうとした。「あ、ごめん。たったいま、なぜまだ頭の治療をしにいかないのかわかったんだ」それなのに、ネイスミスはずるいやつだと思っていた。〝ヴォルコシガン流最後の抵抗〟か。「それに気づいたらおかしくてね」実際、楽しい考えだ。マイルズは立ちあがり、くすくす笑いを嚙み殺した。

「またあそこにもどる気じゃないでしょうね」マーチンは警戒する声でいった。

「いや。いまは行かない。ヴォルコシガン館がさきだ。帰るぞ、マーチン」

マイルズはまたシャワーを浴びて、その朝かぶった雨と街の埃《ほこり》を洗い流そうとした。じつは、まだ残っている不快な恥の匂いをこすりとろうとしていたのだ。母の民族が持っている洗礼の習慣のことも頭をかすめた。マイルズはタオルを腰に巻いて、いくつかの押し入れや簞笥《たんす》をあさり、衣類をひっぱり出して点検した。

ここ数年、皇帝の誕生日にも冬の市の舞踏会にも、ヴォルコシガン館の制服は着ていない。それは脇へほうって自分にとってもっと高い地位を示すと思われた、正装軍服や観兵式用の赤と青の軍服など本物の帝国軍の制服を着用していたのだ。彼は茶色い服を蛇のぬけがらのようにベッドの上にひろげた。そして、傷んでいないかどうか、縫いめや、襟と肩と袖にほどこされたヴォルコシガンのロゴの刺繡《ししゅう》を、丁寧に点検した。しかし誰か召使いが細かく気を配って清潔にカバーをかけていてくれたので、素晴らしい状態に保たれていた。焦げ茶色のブーツも、保管用の袋から出して見ると、相変わらず柔らかな光を放っていた。

国守とその世継ぎは、帝国の現役の職務から名誉ある引退をしたあとも、古来からの風習によりヴォルの公的で歴史的な地位を認められて、館の制服の上に軍人用の勲章をつけることを許されている――あのばかげた呼称は何ていったっけ？〈帝権の筋肉、皇帝の右腕〉として。〈帝権の知能〉とは誰も呼んでくれなかったんだな、とマイルズは皮肉っぽく思い返した。どうして誰もいままで、たとえば、〈帝権の膵臓《すいぞう》〉とか〈皇帝の膀胱〉とかにしようと主張しなかったんだろう。まだ試されていない、最高の比喩がありそうだ。

マイルズはこれまで、山ほどためこんだ名誉の印を一度につけたことがない。ひとつにはその五分の四が極秘の活動に関するもので、それにまつわる話ができないのでは勲章も面白みがなかったからだし、またひとつには……なぜだっけ？　それがネイスミス提督のものだったからだろうか。

儀式のようにそれらをすべて、茶色の上着の上に正しいと思われる順序に並べてみた。ヴォルベルグのように負傷のために得た不運の徽章《きしょう》は、一列を埋めてさらにつぎの列にも及んだ。いちばん最初にもらった勲章は、ヴァーベイン政府からのものだ。最後のものはマリラックからの感謝の印で、かなりあとになってジャンプ便で届いた。マイルズは秘密工作が大好きだった。そういう非常にめずらしい場所に赴《おもむ》く機会を与えてくれたからだ。それから、片手に余る数のさまざまな名称のバラヤー帝国星形勲章を並べた。名称のちがいは、マイルズ自身が前線で流した血の量より、その特命任務のあいだイリヤンが司令部でいかに冷や汗をかいたかに因《よ》っているのだ。ブロンズ色のものは、司令官が第二関節まで爪を齧《かじ》ったのを示すもので、金色のは手首まで囓ったのを示している。

すこしためらったのちに、マイルズはきれいなリボンのついたセタガンダのメリット勲位の金色の勲章を、きちんと上着の詰め襟のまわりにかけた。手で押さえると、冷たく重かった。彼は対戦中の惑星の双方から勲章を贈られた、数少ない軍人の一人だといえそうだ……といっても、ほんとうをいえば、メリット勲位を贈られたのは戦後のことで、それもじつはちびの提督ではなくヴォルコシガン卿がもらったものだった。

すべてをつけてみると、その効果はまさに狂人の一歩手前というところだった。

小さな秘密の仕切りのなかに分けて入れてあったので、マイルズはこうしてふたたび全部いっしょにつけてみるまで、どれほどためこんでいるか気づいていなかった。いや、ふたたびではない。これがはじめてだ。

〈ようし、全部つけてやろう〉陰気な笑みを浮かべながら、マイルズはそれらをつけていった。彼は白いシルクのシャツを素肌に着て、銀色の刺繡入りのサスペンダーをつけ、銀のパイピングが脇についた茶色のズボンを穿《は》き、ぴかぴかの乗馬ブーツを履《は》いた。そして最後に重い上着を着た。それから祖父にもらった、ヴォルコシガンの印章が宝石入りの柄《つか》についている短刀をクロワゾンネの鞘《さや》に入れて、ウエストに巻いたそれ用のベルトに差した。そして髪に櫛《くし》を入れると、一歩下がって鏡のなかで輝いている自分の姿を眺めた。

〈郷に入らば郷に従え、か〉辛辣《しんらつ》な声がだんだん小さくなった。

「難問の詰まった缶をあけるつもりでいるのなら」ここではじめて声に出していった。「缶切りの選び方がいちばんの難題だぞ」

携帯ビューアーの読書に夢中になっていたマーチンは、マイルズのブーツの音に顔を上げ、びっくりしながらも大喜びした。

「車を正面玄関にまわしてくれ」マイルズは冷静に指示した。

「どこへ行くんですか、マイロード」

「皇宮だよ。予約があるんだ」

16

グレゴールは皇宮の北翼のやんごとない私的執務室にマイルズを迎え入れた。だが通信コンソール・デスクに向かってディスプレイ上で何か調べつづけていて、執事長がマイルズの来訪を告げて引きさがるまで顔を上げなかった。グレゴールがコントロール・パネルを叩くとホロビッドは消えて、彼の目のまえには茶色い制服を着てむっつりと立っている小柄な男の姿が現れた。

「いいよ、マイルズ、いったい今度は何の——何だそれは」グレゴールは驚いて背筋を伸ばした。そして眺めまわすにつれて眉が上がってきた。「きみが意図的にヴォル卿らしい格好で現れるのをはじめて見たよ」

「まさにいまは」とマイルズ。「ぼくの両耳から、意図が湯気のように立ちのぼっているはずです。賭けてもいい——」〝この機密保安官の銀の目に賭けて〟というのが、これまでのマイルズの口癖だった。「何でもお望みのものに賭けていいですが、ハローチの報告よりもっとひどい事態がイリヤンの身に起こっているようですよ」

グレゴールはゆっくりいった。「彼の報告はどうしても要約になるからね」

「ほう。陛下もそれを感じていらしたんですね。ハローチは、イリヤンがぼくに会いたいと頼んでいることを、ひとことでも伝えましたか」

「いや……そんなことを頼んでいるのか。だけど、きみはそれをどうして知ったんだ？」

「ぼくは、あー、どういったらいいかな、信頼できる匿名の情報源から知ったんです」

「どれくらい信頼できるんだね？」

「その男が偽《にせ》の情報でぼくを騙《だま》したのだとしたら、ぼくがうんざりするほど正直だと判断している人物に怪奇趣味があることになります。そのうえ、騙した動機は何かという問題も発生します。実際上信頼できる、とだけいっておきましょう」

グレゴールはゆっくりいった。「わたしの理解しているところでは、イリヤンはいま……そうだね、はっきりいうと、危険なほど正気を失っている。実際的でないことをあれこれ要求しているようだ。空想の侵略を阻止するために、ジャンプ船でヘーゲン・ハブに襲撃をかけるなんて話も聞いている」

「それは実際にあった話です。陛下もそこにいらしたでしょう」

「十年前にね。これも同じような幻覚によるうわごとではないといいきれるのか」

「そこが問題なんです。ぼくは彼に会うことを許されていないので判断できません。誰も許可されないんです。レディ・アリスのことはお聞きになったでしょう」

「ああ、聞いたよ」

「ハローチには、ぼくはもう二回も拒絶されました。今朝は、これ以上つきまとうとスタナーで撃つとまでいわれましたよ」

「どれくらいつきまとったんだ？」

「通信コンソールに残っているぼくらの今朝のやりとりを見せろと要求なさればいいんです――ぼくが陛下なら、それを要請要求しますよ。けっこう面白いかもしれません。でもグレゴール――ぼくはイリヤンに会う権利があります。これまで彼の部下だったからだけでなく、父の息子として。機密保安庁のなんか通りこして、べつの入口からなかにはいるのが、ヴォルの義務というものです。もちろん連中は狼狽するでしょうが、それは連中の問題です。ぼくの疑念は……いや、何を疑っているのかよくわかりません。ただ、それがはっきりするまで、じっと座ってなんかいられないんです」

「何か匂うと思っているのか」

「いえ……かならずしもそうではありませんが」マイルズはいままでよりもゆっくりいった。「でもときには、愚かさは悪意と同じくらい悪質です。チップの故障がぼくの記憶喪失のようなものなら、イリヤンにとっては地獄のはずです。自分の頭のなかで迷子になるなんて……ぼくはあんなに孤独だったことはいまだかつてありません。しかもマークが乗りこんでくるまで誰も来てくれなかったんですよ。少なくともハローチは、臆病と未経験ゆえにこの事件の扱いを誤っています。それに穏やかに、いやそれほど穏やかでなくてもいいけど、正常化することが必要です。最悪の場合を考えると——故意の破壊工作があったのかもしれない。その可能性が陛下の脳裏をかすめたはずです。そうはっきりと口に出されてはいませんが」

グレゴールは咳払いした。「ハローチから、あまりきみにはいわないように頼まれた」

マイルズはためらった。「とうとう彼はぼくのファイルを読んだんですね」

「そう思うね。ハローチは……忠誠心に関しては厳格なる模範だよ」

「そうですとも。だけど……ぼくのいっているのは、忠誠心の模範かどうかの問題じゃないんです。彼の判断ですよ。どうしてもなかにはいりたいんです」

「イリヤンに会いにかい？　それは命令できると思うけどね。ぼくの感じでは、会うのにかなり時間がいりそうだね」

「いや、それだけじゃありません。ぼくはこの件にかかわるあらゆる生《なま》のデータを調べたいんです。医療データでもほかのものでも。監視したいんですよ」

「ハローチは喜ばないだろうね」

「ハローチはラバのように強硬になると思いますよ。それにぼくが十五分ごとに陛下に通話を入れて、支援の表明をくり返していただくわけにもいかないし。ぼくは本物の権威が欲しいんです。ぼくに皇帝直属の聴聞卿をつけてくださいませんか」

「何だって？」

「機密保安官でも、聴聞卿には頭を低くして手のうちを見せるでしょう。聴聞卿は法的には何でも見せろと要求できるから、ハローチだろうと誰だろうと、いきまくぐらいのことしかできずに——いやいやながらも見せるはずです。聴聞卿は陛下の声を代弁します。だからみんな聞かざるをえない。陛下だって、聴聞卿が配慮してしかるべき重要な問題なのは否定できないでしょう」

「そうだね、たしかに。だけど……どういうことを探り出したいんだい」

「それがわかっていれば、探す必要はありませんよ。ぼくにわかっているのは、この問題には……」彼は両手をひろげた。「何かまっとうでない感じがするということだけです。その理由は、結局つまらないことなのかもしれない。あるいはその逆かもしれない。わからないんです。だから、どうしても知りたいんです」

「誰か心に決めた聴聞卿がいるのかい」

「えーと……ヴォルホーヴィスは？」

「最高の人物だ」

「知ってます。彼といっしょに働けたらいいですね」

「残念ながら、いまコマールに向かっているところだ」

「おや。何か重大なことでなければいいですが」

「予防保全だよ。近いうちに公表する結婚のことで、コマールの寡頭《かとう》政治家たちに根まわししてもらうためにヴォルオブエフ卿夫妻を派遣したんだが、潤滑油として彼にいっしょに行ってもらった。

「ふうん」マイルズはためらった。これを思いついたときには、実際にヴォルホーヴィスの名が念頭にあったのだ。「ヴォルレイズナーや、ヴァレンティーンや、ヴォルカロネルなんかはみんな、少々……保守的ですね」

「ハローチ側についてきみに反対するんじゃないかと心配なんだね」

「ええまあ」

グレゴールの目が輝いた。「ヴォルパラディーズ将軍ならいつでもいいよ」

「うわ、何ですって。勘弁してくださいよ」

グレゴールは顎をこすって考えこんだ。「きみの計画では、問題が起こりそうだね。どの聴聞卿をつけてやっても、翌朝きみはまたここへやってきて、その聴聞卿を抑えられる人物をもう一人つけてくれといいだしかねない。ほんとうに欲しいのは聴聞卿じゃないだろう。聴聞卿という楯《たて》を、自分が調査をしているあいだ背後に欲しいということじゃないのか」

「それはまあ……そうです。わかりませんけど。たぶん……たぶん、結局ヴォルパラディーズでもなんとかなるのかもしれません」考えているうちに、マイルズは気が滅入ってきた。

「聴聞卿というのは」とグレゴール。「単なるわたしの声ではない。わたしの目であり耳でもある。わたしに代わって聴聞をする機関だ。探測装置――もちろんロボットとはまったくちがうが、わたしが行けない場所に行き、まったくほかの者に左右されない独自の視点で得た見解を報告するわけだ。ところが」グレゴールは唇の片端を上げた。「きみみたいに独自の視点からの見解を持っている者を、ほかには知らない」

マイルズは心臓が止まりそうな気がした。まさかグレゴールがそんなことを考えているはずは――。

「思うに」とグレゴール。「単純にきみを、皇帝直属の聴聞卿という職務に任命すれば、余計なステップを踏まずにすむんじゃないだろうか。もちろん通常の幅広い権限を持った九人めの聴聞卿ということだ。だが幅広い権限といっても、きみの行動は評価するように指示されたことに多少なりとも関わりがなければならない。この場合はイリヤンの故障に関してだ。聴聞卿は処刑を命じることはできないし、予期せぬ出来事にぶつかっても逮捕の指示もできない……そうだな、うまく告発できそうな証拠をじゅうぶんにつけて報告してくれれば大いにありがたい。それから聴聞卿の調査にはとうぜん伝統的な礼儀が付随するとみなされるし、しかるべき注意も必要だ」

「やる価値のあることはすべて」とマイルズはヴォルコシガン国守夫人の言葉を引用した。「立派にやる価値があります」

自分の目はいま輝きはじめたのではないだろうか。まるでおきのように目のなかが熱かった。

グレゴールはその言葉の出所を察して微笑した。「まったくだね」

「でもグレゴール——ハローチはこれがペテンだと思うでしょう」

グレゴールの声が和《やわ》らいだ。「そうとったら、ハローチはとんでもない過《あやま》ちを犯したことになる。これまでこの件への対応が進んでいるように見えても、わたしは満足していなかった。といっても、自分で見にいく手だてがなかったから、どうすべきかわからなかったのだ。今度はわかるだろう。この答えで満足かい——ヴォルコシガン卿」

「ええ、ええ、グレゴール。どんなに満足か、ご想像できないくらいですよ。この十三年間司令系統のなかで働いてきたけど、まるで象とワルツを踊ってるようなものでした。ゆっくりどたどた動く相手で、いつ踏みつぶされて油の染みにされるかわからないんですから。一度でいいから象の下でではなく、その頭の上でダンスができたらなあ、って思ってました。想像できますか」

「気に入るだろうと思ったよ」

「気に入る？　それどころか、オルガスムに達してしまいそうなくらいです」

「あんまり興奮するなよ」グレゴールはまなじりに皺を寄せて忠告した。

「だいじょうぶ」マイルズは息をととのえた。「でも……それならうまくいくと思います。ありがとうございます。ご委任をお受けいたします、わが君」

グレゴールは執事長を呼んで、聴聞卿の象徴である公職の鎖と、それとともに与えるまったく象徴性のない電子印章を皇宮の金庫にとりにいかせた。執事長を待つあいだに、マイルズは思い切っていった。

「聴聞卿が最初の訪問をするときは、前触れなしにおこなうというのが前例でしたね」そして状況を思い描きながらつけ加えた。「聴聞卿にとっては、さぞかし面白いでしょうね」

「以前からそうじゃないかと思っていた」グレゴールも同意した。

「でもぼくは、機密保安庁の正門を通り抜けたとたんにスタナーで撃たれたくないんです。陛下からハローチに通話を入れていただいて、ぼくの最初の会見をお膳立てしていただいたほうがいいんじゃないでしょうか」

「そうしてもらいたいかい」

「うーん……よくわかりません」

「それなら……前例どおりにいこう」グレゴールの声には冷静な科学者のような響きがあった。「どうなるか見ようじゃないか」

ふと疑問にかられてマイルズは足をとめた。「いまの言葉、なんだかうちの母に似ていましたよ。ぼくが何をしでかすか、おわかりなんですか」

「きみのことは、いま現在やっていることしかわからない、ってだんだん思うようになった。もっとも……ハローチのことはずっと考えていたんだ。観察しながらね。イリヤンのことであたふたしているのはわかるが、それ以外の機密保安庁の通常業務は難なく引き継いでいるようだ。もしイリヤンが……回復しなかったら、遅かれ早かれ、ハローチをこの職務に固定するかべつの人物を任命するかの決定を迫られることになる。だから彼がこれにどう対処するか興味があるんだ。きみは彼にとって、表面的な問題にとどまらないテストになるだろう」

「失敗する機会を、彼に与えたいとおっしゃるんですか」

「早いほうがいいね」

マイルズは顔をしかめた。「その逆の可能性もありますね。ぼくにも失敗の機会をくださってるわけですか」

ごくかすかな笑みが、グレゴールの唇に浮かんだ。「これだけいっておこうか……問題は視差をもって見たとき、いちばんはっきりわかるのかもしれない」そしてつけ加えた。「イリヤンの脳神経補強装置が、破壊工作にあったか自然に劣化したのかの問題については、ひとつ考えたことがある」

「ほう？」

「破壊工作だったら、イリヤンが倒れた直後の混乱のあいだに、つづいて何らかの攻撃がおこなわれたはずだ」

「もっとありうるのは、倒れる直前の攻撃かもしれません」とマイルズ。

「たしかに。ところがイリヤンのこと以外には、何もふだんとちがうことは起こっていない。イリヤンの件はどう呼んだらいいのかわからないけどね……病気というか体調が悪いというか」

「体調が悪いというのは穏当ないいかたですね。病気というと、からだのなかに原因があるみたいです。負傷はからだの外が原因です。いまのところ、どの言葉がいちばん適切なのかはっきりしません」

「まったくだ。とにかく、イリヤンの体調が悪いこと以外、ふだんとちがうことはいまのところ起こっていない」

〈イリヤンの破壊さ〉「気づくかぎりではね」とマイルズ。「その動機が、たとえば個人的な復讐といったものでなければ、ですね。ワンツー・パンチでなく、ワン・パンチだけですから」

「ところで、もう可能性のある容疑者のリストづくりをはじめているのかい」

マイルズは呻《うめ》いた。「政治的な動機だけでなく個人的なものも入れて考えると――この三十年間に、機密保安庁がいつ誰に何をしたかということまで振り返る必要がありますね。正気の人間でない場合もあるかもしれない――もともとの損傷とはくらべものにならないほどに悪意を育ててしまった者とか。そうなると、リストづくりをはじめるにも問題は際限がなくなって、範囲がばかばかしいほどひろがります。だからチップからはじめたいんです。それはたったひとつですから」マイルズは咳払いした。「それから、入口でスタナーで撃たれないようにという問題が残っています。一人で機密保安庁に乗りこむつもりはありませんでした。たとえば本物の聴聞卿の、あの押し出しのいい退役提督と連れだって、その背後に隠れていくつもりだった——それにいまでも目撃者が欲しいと思ってます。助手といってもいいけど、ありていにいえば目撃者なんです。ぼくが信頼できて、陛下も信頼なさっていて、ある程度機密認可のある人物で、しかも機密保安庁には属していない者」

「誰か意中の人がいるのかい」グレゴールはたずねた。

「何だそれは」マイルズを見上げたイワンは、知らぬまにグレゴールと同じ言葉を口に出した。「本物かい？」

そして手を伸ばして、マイルズの首からぶらさがっている、皇帝直属聴聞卿という要職の象徴であるずっしりした金鎖を指先でつついた。その太い鎖のさきにはヴォルバーラの旗印とロゴを打ち出した四角い琺瑯《ほうろう》の徽章《きしよう》がついていた。マイルズの感じでは、肩から垂れて胸を横切っている鎖の重さは、一キロはありそうだ。金の留《と》め金でその中央にとりつけられた電子印章にも、グレゴールの旗印が彫りこまれていた。

「銀紙を破いて、なかのチョコレートを食べたいかい」マイルズは皮肉っぽくいった。

「げっ」イワンはグレゴールの執務室を眺めまわした。皇帝は通信コンソール・デスクの端に腰かけて、片足をぶらつかせていた。「グレゴールのお仕着せを着たやつが司令部につかつかはいってきて仕事中のぼくを連れ出したときには、いまいましい皇宮が火事になったか、おふくろが心臓発作でも起こしたかと思ったよ。なのに、きみが用があるだけなのか、マイルズ?」

「とうぶんはマイルズ聴聞卿閣下といってくれ」

イワンはグレゴールに訴えた。「これは冗談だといってください」

「いや」とグレゴール。「まぎれもない本物だ。聴聞こそ、わたしが望んでいるものだ。わたし、というよりも公式にいおう、朕《ちん》は現在までの経過が気に入らない。知ってのとおり、皇帝直属聴聞卿は何であれ思いどおりの要求ができる。彼の最初の要求が助手だったのだ。おめでとう」

イワンは目をくるりとまわした。「彼は荷物を運ぶ驢馬《アス》が欲しくなり、最初に思いついたとんま《アス》がぼくだったわけですね。それはご親切に。ありがとう、マイルズ聴聞卿閣下。さぞかし楽しい仕事になるでしょう」

マイルズは静かな口調でいった。「イワン、ぼくらがこれから聴聞するのはイリヤンの故障を機密保安庁がどう扱っているか、についてだ。どんな重荷を運んでくれと頼むことになるかわからないが、少なくとも起爆性が高くなる可能性があるから、絶対に信頼できる驢馬が必要なんだよ」

「ああ」とうとつにイワンは皮肉っぽい態度を振り捨てた。そして背筋を正した。「そうか、イリヤンなんだね」ちょっとためらってからいいたす。「よし。上で蓋《ふた》をしている誰かの下に火をつけるべきときだ。おふくろが喜ぶだろう」

「そう願っている」グレゴールが真摯《しんし》な口調でいった。

目には真剣な色を浮かべながらも、イワンはにやりと口の端を上げた。「よう、よう、マイルズ。なかなかよく似合うぜ。きみには首輪が必要だと、いつも思っていたんだ」

今度の訪問では、マイルズは地上車を機密保安庁の正門前につけるようにマーチンに命じた。そこでグレゴールから借りたヴォルバーラのお仕着せの親衛兵士二人をさきに降ろし、自分が門衛に近づく際には左右を固めるように二人に合図した。イワンは魅《み》せられたように見つめながらついてくる。マイルズは二人の親衛兵士とイワンに、さきに身分確認とスキャナーの透視を受けさせた。

「こんにちは、紳士諸君」

その儀式がすんで、マシンにぱっと緑色のライトが灯《とも》ったとき、マイルズは門衛に丁寧《ていねい》に挨拶した。門衛たちは疑わしげに薄目になって身構えた。自分の良心に訊いているのならいいけど、とマイルズは思った。そして年長の軍曹に目を向けていった。

「通信コンソールでハローチ将軍に、皇帝直属聴聞卿がここに来ていると伝えてください。

庁舎の正門でご本人と直接面会したいと、要請要求します。いまただちに」

「あなたは、今朝おれたちがここから放り出した人じゃないんですか」門衛は心配そうにたずねた。

マイルズはうっすらと笑みを浮かべた。「まったく同じではないですよ」〈あれからちょっとした変化があってね〉彼は空《から》の両手を突き出した。「構内にはいろうとしていないことに注目してください。上司の命令を無視するか反逆罪を犯すか、という選択を迫られるジレンマに、諸君を追いこむつもりはありません。けれども、長官室から正門まではほぼ四分で来られるのはわかっています。その時点で、諸君の悩みは終わりです」

年長の軍曹は番小屋にしりぞいて、通信器に慌ただしく話しかけた。話しながら髪の毛を掻きむしっている仕種《しぐさ》が興味深かった。軍曹が出てきたところで、マイルズはクロノメーターで時間を確かめた。

「さあ、グレゴールがいったように、何が起こるか拝見しよう」

イワンは下唇を噛んだまま口を開かなかった。

ややあって、機密保安庁のばかでかい中央階段の横の口から、制服姿がころがるように出てきた。ハローチが、雨に濡れて滑りやすい玉石の上を急ぎ足でやってくる。その後ろにはいうまでもなく、記録係としてイリヤンの秘書の姿もあった。

「四分二十九秒」マイルズはイワンに小声でいった。「悪くないね」

「茂みの後ろで吐いてきてもいいかい」機密保安庁の権力者が迫ってくるのを見て、イワンは小声でいい返した。

「だめだ。やつの部下みたいに考えるのはやめろ」

マイルズは休めの姿勢のまま、ハローチが目のまえで息を切らしてとまるのを待った。そしてほんの一瞬、将軍の顔にあっけにとられたような表情が浮かぶのを見て、何ともいえない喜びを味わったが、ハローチはマイルズが胸に何をつけているのか気づくと顔を引き締めた。さっきのハローチの顔は、あとで記憶を呼びもどして楽しむことにしよう。医学的な拷問に遭《あ》っているイリヤンの姿が目のまえにちらついて、いまは気持ちがはやっている。

「こんにちは、将軍」

「ヴォルコシガン。二度とここへは来るなといったはずだ」

「もう一度試しにきました」マイルズは厳しい顔でいった。

ハローチはマイルズの胸で輝いている鎖を見つめた。顔見知りのヴォルバーラの親衛兵士がマイルズの両脇を固めているにもかかわらず、彼はうわずった声でいった。

「それが本物のわけがない」

「皇帝直属聴聞卿の人物証明を偽造した者の刑罰は」マイルズは冷静な声でいった。「死です」

マイルズにはハローチの頭のなかのギアのまわる音が聞こえるようだった。数秒がのろのろ這うように過ぎ、ハローチはややしわがれた声でいいなおした。

「聴聞卿閣下」

「ありがとう」とマイルズはかすれ声でいった。これで二人のやりとりは記録され、マイルズの新しい権威は正式に認証されたことになる。これで、話をさきに進められる。「わが主《あるじ》グレゴール・ヴォルバーラ帝はわたしに、機密保安庁における現状への対処を聴聞するように、要請要求されました。この調査に貴官の全面的な協力を要請要求します。このあとの話は、そちらの執務室でつづけてもよろしいでしょうか」

ハローチは眉をひそめた。そしてかすかな皮肉の光が目に灯った。「ああ。そうすべきだと思います。聴聞卿閣下」

マイルズはヴォルバーラの従者二人を皇宮に送り届けるようにマーチンにいってから、ハローチのさきに立って構内にはいった。

フィルターを通したどんよりと重いイリヤンの執務室の空気には、記憶が満ちあふれていた。この部屋でマイルズは、腰かけているときも立っているときもあったが、百回ほども命令を受けたり結果を報告したりしてきた。うっとり聞きほれていたり、興奮したり、確信を持って挑んだり、ときには勝ち誇っていたりもしたが、疲労困憊《こんぱい》していたこともあったし、挫折《ざせつ》感を味わったり、痛みをこらえていたときもあった。ときには非常につらいときもあった。この部屋は彼の命が輝きを発する中心だったのだ。それがいまは、すべて過去のことになった。イリヤンの通信コンソール・デスクをはさんで立っている位置こそ変わらないが、権威の流れは逆向きになっている。過去を反映させないように、気をつけねばならないだろう。

ハローチは壁から、マイルズのために椅子を手ずから引き出した。一瞬おいて、イワンは自分用の椅子を引き出してマイルズの横に座った。ハローチはイリヤンの椅子に腰を下ろし、黒いガラス面の上で両手を合わせて慎重に待ち構えた。

マイルズは身を乗り出し、確かめるように右手の指を冷たい表面に押しつけた。「よろしいですか。もうお察しのとおり、グレゴール帝はイリヤンの故障に対するこの組織の対応を、非常に不愉快に感じておられます。そこで、これからいうことは、わたしがそう望んでいるというだけでなく、望みどおりにおこなわれるようにという命令でもあります。まず第一に、イリヤンとの面会を望みます。それから、彼の医療に携わっている者全員との会議を望みます。会議にはこれまでに得た資料をすべて持ち寄り、報告の準備をととのえているように望みます。そのあとは……そのあとのことは、また思いつくでしょう」

「やむをえません、全面的に協力いたします。聴聞卿閣下」

「すぐに仕事にかかれるよう、手つづきなどは棚上げしてかまいません」

「とはいえ閣下のおかげで、ジレンマに陥っているんです」

それに、一瞬心臓麻痺を起こしそうになったのならなおいい、とマイルズは意地悪く思った。だが、こんなことはいっていられない。いまは個人的な悪意など、はいりこむ余裕はない。

「ほう？」

「イリヤンのチップの機能不全の原因が特定できないうちは、破壊工作があったのだと何者かを告発するのは時期尚早《しょうそう》でした。いや、いまだに時期尚早なのです。もしかすると非常に困ったことに、原因は自然発生だったとわかるかもしれない」

「そのことは、わたしも気づいています」

「ええ……まあ、そうでしょうな。ですが、その先を考えざるをえません。実際に、これはわたしの仕事なんですからね。だから多少のリストはつくっていますが、確定する資料が手にはいるまでは灰色のまま握っているところでしてね」

「多少、ですか」

「イリヤンはつねに、短いリストと長いリストに分けて考えていました。一種の選別法だと思います。いいやりかたのようですね。ところがわたしの短いリストの――上のほうにあなたの名があります」

「ほう」マイルズはまたいった。突然、ハローチの強硬な妨害のわけが腑《ふ》に落ちたのだ。

「ところがいまや、あなたは手の届かない人になってしまった」とハローチはいいたした。

「それをいうなら、手の届かない不愉快なヴォルですよ」とマイルズ。「なるほど」

これこそイリヤンを救おうとしているマイルズがいちばん恐れていた屈辱的な疑惑だった。

そうか……ひどすぎるな。

二人は黒いガラス面をはさんでじっとたがいを見据えた。ハローチは言葉をつづけた。

「つまり、あなたがイリヤンのもとに行くのをなんとしても認めたくなかったのは、またも銃を発射しかねないからです。ところが認めざるをえないらしい。とはいえ、抗議したうえで認めたという事実は正式に記録してもらうつもりです、聴聞卿閣下」

「たしかにうかがいました」マイルズの口はからからに乾いていた。「ところで、わたしがやりかねない機会とかまだ存在しない手段とかを基準にしてつくったそのリストには、わたしの動機もついていますか」

「明白じゃありませんか」ハローチは手をひろげた。「イリヤンに突然解雇された。そしてこれまでの経歴がゼロになってしまったんだ」

「イリヤンはネイスミスの創造に手を貸したのです。だから、それを消し去る権利があった」

ああいう事情では――ハローチもいままでは、それを完全に知っているはずだ。マイルズは相手の眼差しからそれを察した――まるで恩義をほどこすような目だ。

「イリヤンがあなたを解雇したのは、報告を偽造したからです。この事実には証拠書類もある。この点も正式に記録したいと思っています、聴聞卿閣下」ハローチはイワンにちらりと目を向けた。イワンはこれまでどおり、いつも完璧な防衛反応によって、素晴らしく穏やかな表情をたもっていた。

「たったひとつの報告、一回だけです。それにグレゴール帝も、そのことはすっかりご存じです」

マイルズは、大地が入れ替わるのを足の裏に感じたような気がした。いままでこの男を愚《ぐ》鈍《どん》なやつだと決めつけていたのは、いったいなぜだろう？　さっき勢いこんだときと同じくらい急激に気持ちが萎《な》えていく。とはいえ彼は、負けを認めるとか、説明するとか、抗議するとか、謝るとかして、とにかく自分の目標から撤退したくなる気持ちをぐっと抑えて、顎を引き締めた。

「あなたは信頼できません、ヴォルコシガン卿」

「そうであっても、あなたはわたしを押しつけられたのです。任命した皇帝自らの声明がなければ振り払うことはできません。あるいは、国守評議会と閣議の合同会議を招集して、弾《だん》劾《がい》決議に会員の四分の三の賛成がえられた場合だけです。そういうお膳立ては、いささか難しいのではありませんか」

「では、グレゴール帝のところに行ってほかの聴聞卿をこの事件に要請しても、役に立ちそうもないですな」

「やってみてもいいですよ」

「ふん。それが答えか。ではたとえあなたに罪があっても……わたしに何がやれるか疑問になってきましたよ。抗議できる相手は皇帝しかいないのに、すでに相手が皇帝と結託しているのではね。誘惑に負けてここからあなたを放り出すなんてことは、経歴上の自殺行為でしようかね」

「そうですね……逆の立場だったら、できるだけ大きな釘であなたを壁に磔《はりつけ》にするまであきらめませんけどね」そして、ひと息おいてマイルズはいった。「もっともイリヤンに会いにいって二度めの暴発を起こすとしたら……かならず、最大の注意を払って弾道を計算するつもりですよ」

ハローチは長い吐息をついた。「まだ時期尚早なんです。医師たちの診断で原因が自然発生だということに落ち着いたら、いちばんほっとするのはわたしですよ。極端にひどいショートの一例かもしれないし」

マイルズは顔をしかめてしぶしぶうなずいた。「妥当な考えですね、将軍」

二人は節度ある一種の慎《つつし》みを持って見つめあった。あれこれ考えると、マイルズは気落ちしたというよりは安堵したような気がした。疑惑を晴らしたいと思っても、ハローチにはせいぜいこの程度のぶっきらぼうな態度しか望めまい。とやかくいっても、この男とはうまくやっていけるのかもしれない。

ハローチがじろじろ見ていたのは、マイルズの上着に吊るされている鵲《かささぎ》のコレクションのような軍隊の金ぴか玩具《おもちゃ》だった。その声がふいに悲しげになった。

「ヴォルコシガン、教えてくれませんか――それはほんとうにセタガンダのメリット勲章なんですか」

「ええ」

「それで、ほかのものは？」

「父のデスクの引き出しから洗いざらい持ってきたわけじゃありませんよ、それをお訊きになりたかったのなら。ここにつけてきたのはすべて、わたしの極秘ファイルを見ればわかるものばかりです。この惑星上では、あなたはそれを説明する必要がない数少ない人の一人ではないでしょうか」

「ふむ」ハローチの眉がぴくりと動いた。「では、聴聞卿閣下、ご自由に。それでもあなたを見張るつもりですからね」

「けっこう。じっくり見張ってください」マイルズは黒いガラス面をこつんと叩いて立ちあがった。イワンはその背後にぴったり寄り添った。

階下の司令部診療所に行く途中の通路で、イワンがぼそりといった。「将軍が腰かけたままタップダンスするのをはじめて見たぜ」

「ぼくは地雷原で踊るメヌエットのように感じたけどな」マイルズはいった。

「ちび提督が現れて将軍に立ち向かう場面は、金を払って見る価値があったけどね」

「えっ」マイルズはつまずきそうになった。

「わざとやったんじゃないのか。きみはネイスミス提督を演じているときとまったく同じ話し方だったぜ。ベータ訛《なま》りはなかったけど。完璧な突っこみ、何の抑制もなし。無邪気《むじゃき》な傍観者は命からがら這い出るほかないよ。恐怖はおまえのためだ、動脈の浄化に役に立つ、とかなんとかいうんじゃないのか」

ネイスミス提督の勲章が魔法の護符《ごふ》のように働いたのだろうか。いまのところマイルズは、そのほのめかしを味わう気にもなれなかった。そこで、ただ軽くいなした。

「きみは自分を無邪気な傍観者だと思っているのか」

「そうあるべく努力していることは、神様がご存じさ」イワンはため息をついた。


機密保安庁司令部の一階分を法医学研究室と分けあっている診療所の空気には、嗅《か》ぎ慣れた匂いが重くたちこめていた。はいったとたんに、マイルズはそう思った。不愉快な医薬品の匂い。何年ものあいだに、彼自身いやというほど何回もここで過ごしているのだ。いちばんはじめは低体温症からきた初期の肺炎を治療するための入院で、最後はヴォルベルグ中尉救出の不運な任務からもどって受けた諸検査のためだった。ここの匂いを嗅ぐと、マイルズはからだが震える。

四つある個室のひとつを除いて、どれもほかの患者はおらず、空室のドアは暗くあけ放たれていた。ひとつだけ閉ざされたドアのまえには、緑色の制服の警備兵が一人、直立して任務についていた。

マイルズが診療所にはいると、医療徽章を上着につけた機密保安庁大佐がさっと立ちあがって、ぴたりと横についた。

「聴聞卿閣下。ルイバル医師と申します。どのようなお役に立てましょうか」ルイバルは背の低い丸顔の男で、毛深い眉が心配のために寄って、くねくねと一本につながっていた。

「イリヤンのようすを話してください。いや、まず会わせてください。あとで話しましょう」

「こちらです、閣下」医師は警備兵に脇に寄るように手で示し、マイルズのさきに立って窓のない部屋にはいった。

イリヤンは仰向けにベッドに横たわっていた。シーツで部分的に覆われてはいるが、手首と足首は医師たちが〈軽い拘束〉と呼ぶ方法で縛られていた。呼吸が荒い。鎮静剤を投与されているのだろうか。目は開いているが、どんよりして焦点が合っていない。いつもは清潔な顔に、髭が濃く伸びて黒々と見える。温かい室内には乾いた汗の匂いとさらに不愉快な体臭が漂っている。マイルズは以前にここで、それまでは試す気にもなれなかった極端な方法を採用して、一週間で無理やり回復しようとしたことがある。いま彼の心を占めているのは、尻尾《しっぽ》を巻いてまたここから逃げ出したいという考えだけだった。

「なぜこの人は裸なんですか」マイルズは大佐にたずねた。「失禁しているんですか」

「いえ」とルイバル。「処置のためです」

チューブもゾンデも機械類も、あたりにはない。「どんな処置ですか」

「あー、いまは何もしておりません。ですけれど、扱いにくいものですから。衣類を着せたり脱がせたりするのも、ほかのことと同じように……うちのスタッフは苦労しておりまして」

まったくだ。いまドアの内側に佇《たたず》んでいる警備兵の目のまわりには青黒いものがはっきり見える。それにルイバル自身も口元に痣《あざ》をつくり、下唇が裂けていた。

「ああ……そうですね」

マイルズは気持ちを奮いたたせてイリヤンのほうに寄り、頭の近くで片膝をついた。

「シモン」彼はあやふやな口調でいった。

イリヤンがこちらに顔を向けた。濁っていた目がきらめき焦点が合った。そして認識の光が灯《とも》った。

「マイルズ！　マイルズか。ありがたい、来てくれたのか」気が急《せ》くのか声がしわがれている。「ヴォルベインの妻子は――生きて救い出せたのか。第四セクターのリヴェック准将は半狂乱になっているぞ」

マイルズにはその特命任務に覚えがあった。それは五年ぐらい前のことだ。彼は唇を舐《な》めていった。

「ええ。みんな面倒を見ましたよ。全員無事に救出しましたとも」そのときには、金星章をもらっている。それはいま列の左側から三番めに下がっているのだ。

「よかったよかった」

イリヤンはため息をついて仰向けになり、目を閉じた。それから無精髭に覆われた口が動いた。目を開き、ふたたび認識の光が灯った。

「マイルズ！　ありがたい、来てくれたのか」手が動き、拘束に逆らってすこし上がる。

「これは何だ？　わたしを自由にしろ」

「シモン。今日は何日ですか」

「明日は皇帝の誕生日だ。それとも今日だったか。きみはちゃんと正装になっているな……わたしは行かないといけない」

「ちがいます」とマイルズ。「皇帝の誕生日は数週間前でした。あなたの記憶チップは機能不全になっているんです。悪いところを見つけて直すまで、あなたはここにいなければいけません」

「そうか」そして四分後にイリヤンはマイルズにまた顔を向けた。驚きあわてたように唇をすぼめる。「マイルズ、いったいここで何をしている？　タウ・セチに送りこんだはずだぞ。なんだって命令に従わないんだ？」

「シモン、あなたの記憶チップは機能不全になっているんです」

イリヤンはためらった。「今日は何日だ？　ここはどこかね？」

マイルズは同じ情報をくり返した。

「なんてことだ」イリヤンはささやくようにいった。「そりゃあ、ひでえ話だ」イリヤンは失望した顔でものうげに横たわっていた。

五分後、彼はマイルズを見上げていった。「マイルズ！　いったいきみはここで何をしているんだ？」

くそっ。立ちあがって一分ぐらい歩きまわりでもしなければたまらない。〈こんなこと、どこまで耐えられるかわからないぞ〉そこでルイバル医師がじろじろ自分を観察していることに彼は気づいた。

「一週間前からずっとこんなひどい状態なんですか」

ルイバルはかぶりを振った。「確実に、目に見えて進行しています。彼の……どう説明したらいいかな。一時的に混乱する瞬間の現れる間合いが、確実にせばまってきているんです。最初の日には、知覚が飛んだのに六回気づきました。昨日はそれが、一時間に六回になりました」

いまはその倍になっている。マイルズはイリヤンのほうに顔をもどした。ややあってイリヤンが顔を上げ、顔に認識の光が灯った。

「マイルズ。いったい何がどうなっているんだ?」

我慢強く、マイルズはもう一度説明した。そして同じいいまわしをくり返してもかまわないことに気づいた。イリヤンはまったく飽きないのだ。あるいは、五分後には覚えていないというべきかもしれない。

つぎの回には、イリヤンはマイルズに向かって顔をしかめた。「いったいおまえは何者だ?」

「マイルズです。ヴォルコシガンの」

「馬鹿いうな。マイルズはまだ五歳だ」

「シモン小父《おじ》さん。ぼくをよく見てください」

イリヤンは真剣にマイルズを見つめ、それからささやきかけた。「気をつけろ。おじいさまはきみを殺したがっている。ボサリを信用しろよ」

「ああ、そうします」マイルズはため息をついた。

三分後。「マイルズ! いったい何がどうなっているんだ? ここはどこだ?」

マイルズは反復練習をくり返した。

目に黒い痣をつけた警備兵がいった。「どうして毎回、あなたの言葉を信じるんでしょうか。われわれのいうことは五回に一回ぐらいしか信じないんですよ。ほかの四回はわれわれを殺そうとするんです」

「さあ、なぜだろうね」いい知れぬ苦しみを感じながらマイルズはいった。

またただ。「マイルズ！　ヴォルベルグはきみを見つけたんだな！」

「はい……はい？」マイルズは姿勢を正した。「シモン。今日は何日ですか」

「おや、わからないな。わたしのばかチップが直しようもなくいかれたようだ。頭のなかで鼻くそに変わってしまった。頭が狂いそうだ」イリヤンはマイルズの手をしっかり握り、このうえなく切迫した顔で、マイルズの目を見つめた。「こんなこと耐えられん。ちゃんと直らなかったら……きみの手でわたしの喉を切ると誓ってくれ。永久につづかせないでくれ。自分ではどうしようもないだろう。誓ってくれ。ヴォルコシガンとしての約束だ！」

「なんてことを、シモン。そんなこと約束できません！」

「しなければならないんだ。永遠にこんな状態にほうっておかないでくれ。誓えよ」

「できません」マイルズはささやいた。「そのために……あなたはぼくを呼びにいくように、ヴォルベルグにいったんですか」

イリヤンの表情がまた変わった。絶望の表情の焦点がぼやけて当惑になった。「ヴォルベルグとは誰だ？」それから厳しい疑惑の表情になる。「いったいおまえは誰だ？」イリヤンは手を振りほどいた。

さらにこれを五回ほどくり返してから、マイルズは廊下に出た。そして壁に寄りかかって、吐き気が収まるまで頭を下げていた。抑えても抑えても震えが足元から頭まで這いあがって、からだが小刻みに揺れた。ルイバル医師がゆっくり近寄ってきた。イワンもやっと外に出られて深呼吸をしている。

「われわれが直面しているのがどういうものか、おわかりでしょう」ルイバルがいった。

「これは……礼儀をわきまえないやりかただ」マイルズの声はささやくようだったが、ルイバルは縮みあがった。「ルイバル。イリヤンのからだを洗ってやれ。髭を剃《そ》って。衣類を返してやれ。階下にあるイリヤンのアパートメントに行けば、私服がひと揃いあるはずだ。わたしはそれを知っている」イリヤンが動物のような外見でなくなれば、連中も動物のような扱いをしなくなるだろう。

「閣下」大佐はいった。「部下の衛生兵たちに、さらに歯をなくす危険を冒せとはいいにくいです。けれども閣下がいっしょにいてくださるのなら、やってみましょう。彼が殴りかからない相手をはじめて見ましたよ」

「ああ。もちろんだ」

マイルズは彼らがイリヤンの世話をするあいだずっと見ていた。身近に親しい人間がいることは、実際にイリヤンを落ち着かせる効果があったようだ。いちばん長いつきあいの者がいちばんいい。五分ごとにどんな年月日時になって目をあけても馴染みのある顔が見えて、信頼できるいきさつを話してくれるのだ。ふたたび衣類を身につけると、イリヤンは椅子に腰かけて、衛生兵が持ってきたトレーで食事をした。どうやらそれはこの二、三日ではじめて口にするものだったらしい。彼は食べ物を投擲《とうてき》兵器に変えようとはしなかった。

一人の士官が入口に姿を見せて、ルイバルに何か伝えた。

「ご要請のあった会議の用意ができました、聴聞卿閣下」

ルイバルがマイルズにいった。そのへつらうような口調はマイルズの聴聞卿としての権威によるものだけではなかったらしい。彼はさらに熱のこもった口調でいいたしたのだ。

「のちほどまたここにもどってきていただけますか」

「ああ、いいですとも。それまでのあいだは……」マイルズの目がイワンの上にとまった。

「ぼくは」イワンは小声でいった。「一人でここに残されるくらいなら、裸でレーザー砲の担当になるほうがましだよ」

「その言葉を覚えておくよ」とマイルズ。「それはそれとして——ぼくがもどるまで、彼といっしょにいてくれよ」

「ああ」イワンはイリヤンの横の、マイルズの座っていた椅子に腰かけた。

マイルズがルイバルを追って部屋を出るとき、苛立っているどころかむしろ愛想がいいともいえるイリヤンの声が聞こえた。

「イワン、このばかもの。ここで何をしているんだ？」

検印
廃止

訳者紹介　東京女子大学文学部英米文学科卒。訳書にビジョルド「戦士志願」「自由軌道」「親愛なるクローン」「無限の境界」「ヴォル・ゲーム」他多数。

メモリー 上

2006年7月28日　初版

著者　ロイス・マクマスター・ビジョルド

訳者　小《お》木《ぎ》曽《そ》絢《あや》子《こ》

発行所　（株）東京創元社
代表者　長谷川晋一

162-0814/東京都新宿区新小川町1-5
電話　03・3268・8231-営業部
03・3268・8204-編集部
URL　http://www.tsogen.co.jp
振替　00160-9-1565
工友会印刷・本間製本

ISBN4-488-69812-3　C0197

Ray Bradbury

レイ・ブラッドベリ（米 一九二〇― ）

少年時代からバローズの火星シリーズや〈アメージング・ストーリーズ〉を耽読し、SFへの夢を育んでいたレイ・ブラッドベリは、その流麗な文体によってSFの抒情詩人といわれている。彼は本質的に短編作家であるが、ことに代表的な短編集『10月はたそがれの国』はE・A・ポオの衣鉢をつぐ怪奇幻想文学の第一人者としての特色が遺憾なく発揮されている。

レイ・ブラッドベリ
大久保康雄 訳

何かが道をやってくる

ある年の万聖節前夜、ジムとウィルの十三歳の二少年は、一夜のうちに永久に子供ではなくなった。カーニバルの騒音のなかでの回転木馬の進行につれて、時間は現在から未来へ、過去から未来へと変わり、魔女や恐竜の徘徊する悪夢のような世界が展開する。SF界の抒情詩人が世に問う絶妙なリズム。ポオの衣鉢をつぐ一大ファンタジー長編。

61201-6

レイ・ブラッドベリ
宇野利泰 訳

10月はたそがれの国

ポオの衣鉢をつぐ幻想文学の第一人者、SFの抒情詩人・ブラッドベリの名声を確立した処女短編集「闇のカーニバル」全編に、新たに五つの新作をくわえた珠玉の作品集。後期のSFファンタジーを中心とした短編とは異なり、ここには怪異と幻想と夢魔の世界がなまなましく息づいている。ジョー・マグナイニの挿絵十二枚を付した決定版。

61202-4

レイ・ブラッドベリ
大西尹明 訳

ウは宇宙船のウ

幻想と抒情のSF詩人・レイ・ブラッドベリの不可思議な呪縛の力によって、読者は三次元の世界では見えぬものを見ることができ、触れられぬものに触れることができる。あるときは読者を太古の昔に誘い、またあるときは突如として未来の極限にまで読者を運んでいく。驚嘆に価する非凡な腕をみせる作者自選の十六編を収める珠玉の短編集。

61203-2

レイ・ブラッドベリ
一ノ瀬直二 訳

スは宇宙《スペース》のス

――ヴェルヌはぼくの父親、ウェルズはぼくの賢明なる伯父さん、ポオは蝙蝠の翼をもった従兄弟、シェレー夫人はぼくの母親だったこともある。バローズやハガード、スティヴンスンの小説をむさぼり読んだ少年の日のぼく――幻想と抒情のSF詩人・ブラッドベリが、読者を幼年時代へ、怪異な夢魔の息づく不可思議な世界へと誘う傑作短編集。

61204-0

Fredric Brown

フレドリック・ブラウン（米 一九〇六―一九七二）

SF文庫の刊行第一弾となった『未来世界から来た男』は、初めてSFを手にする読者からも絶賛を博し、現在もSF入門に恰好の作家として愛され続けている。奇抜な着想と話術で描くショートショートの第一人者とされる一方、『73光年の妖怪』『宇宙の一匹狼』等の長編では卓越したサスペンスを堪能させてくれる。アンソロジイ編纂にも優れた手腕を発揮した。

フレドリック・ブラウン
小西 宏 訳

未来世界から来た男

SFと悪夢の短編集

奇想天外な着想と巧妙な話術を身上とする当代一流のストーリー・テラー、フレドリックブラウンがその真価を発揮する短編集。第一部SF編には「二十世紀発明奇譚」以下二十数編、第二部悪夢編には「魔法のパンツ」「最後の恐竜」等二十編を収める。未来世界と大宇宙の戦慄、怪奇と幻想に彩られた悪夢の恐怖を綴るブラウンSFの第一弾！

60501-X

フレドリック・ブラウン
小西 宏 訳

天使と宇宙船

二つの太陽間を8の字形の軌道を描く惑星上では、はたして何が起こるか？ 十八万年前に生まれた男から届いた手紙とは？ 電力を失った二十世紀文明は？ 悪魔と坊やとの大決戦は？ 既刊『未来世界から来た男』で絶賛を博したブラウンのSFとファンタジー、男性も女性も大人も子供も楽しめる傑作中短編、全十六編を収録。司修 画

60502-8

フレドリック・ブラウン 編
小西 宏 訳

SFカーニバル

鬼才フレドリック・ブラウンが編纂したSF短編の名アンソロジー。地球侵略、タイム・トラベル、ロボット、スペース・オペラ、ミュータント（突然変異種）など、SFの主要なテーマを余す所なく網羅した絶好のSF入門書。本邦初訳作品を多数収録し、多彩な現代SFの展望をあたえてくれるファン必携のハンド・ブックである。司修 画

60503-6

フレドリック・ブラウン
中村保男 訳

スポンサーから一言

SFショート・ショートを書かせては、その右に出る者がない当代の鬼才フレドリック・ブラウンの傑作集。彼が一言呪文を唱えるやいなや、悪魔は地獄の門を開いて読者にウィンクし、宇宙船は未来の空間を航行しはじめる。この現代の魔術師の導きで、二百万光年のかなたからやって来た宇宙人との冒険旅行、悪魔といっしょにランデブーを！

60504-4

James Patrick Hogan

J・P・ホーガン（英 一九四一― ）

コンピュータ・セールスマンから転身、一気に書き上げた処女作『星を継ぐもの』が翻訳紹介されると同時に爆発的な人気を博する。以後、『創世記機械』、『未来の二つの顔』、『未来からのホットライン』など、最新科学技術に挑戦する作品を矢つぎばやに発表。幅広い読者を獲得している。現代ハードSFの旗手と目され、ことごとくがベストセラーとなっている。

星を継ぐもの

ジェイムズ・P・ホーガン
池 央耿 訳

月面調査員が真紅の宇宙服をまとった死体を発見した。綿密な調査の結果、この死体はなんと死後五万年を経過していることがわかった。果たして現生人類とのつながりはいかなるものなのか。やがて、木星の衛星ガニメデで地球のものではない宇宙船の残骸が発見された……。ハードSFの新星ホーガンが一世を風靡した出世作。星雲賞受賞作。

66301-X

ガニメデの優しい巨人

ジェイムズ・P・ホーガン
池 央耿 訳

木星の衛星ガニメデで発見された異星の宇宙船は二千五百万年前のものと推定された。ハント、ダンチェッカーら調査隊の科学者たちは、初めて目の当たりにする異星人の進歩した技術の所産に驚きを禁じ得ない。そのとき宇宙の一角からガニメデ目指して接近する物体があった。遙か昔に飛びたったガニメアンの宇宙船が故郷に戻って来たのだ。

66302-8

巨人たちの星

ジェイムズ・P・ホーガン
池 央耿 訳

冥王星の彼方から届く〈巨人たちの星〉のガニメアンからの通信は、地球人の言葉で、データ伝送コードで送られてきている。と、いうことは、この地球がどこからか監視されているに違いない……それも、もうかなり以前から……!! 前二作で提示された謎のすべてが、本書で見事に解き明かされる。《巨人たちの星》シリーズ、第三部！

66303-6

創世記機械

ジェイムズ・P・ホーガン
山高 昭 訳

若き天才科学者クリフォードは、統一場理論の研究を進めるうちに、宇宙の無限のエネルギーを直接とり出す機械を発明した。この装置をうまく利用すれば究極の兵器がつくれると判断した軍部は、ともすると反体制的なクリフォードを辞職に追いやる一方で、独自の研究開発を続けたのだが……。ホーガン、面目躍如の大作長編。星雲賞受賞作。

66304-4

内なる宇宙　上

ジェイムズ・P・ホーガン
池　央　耿　訳

架空戦争に敗れた惑星ジェヴレン。その全土を運営する超電子頭脳ジェヴェックスは、一方で人々を架空世界浸けにし、政治宗教団体の乱立を助長していた。一指導者による惑星規模のプロジェクトがひそかに進行するなか、困窮した行政側は、地球の旧き友、ハント博士とダンチェッカー教授に助力を求めるが。《巨人たちの星》シリーズ第四部。

66317-6

内なる宇宙　下

ジェイムズ・P・ホーガン
池　央　耿　訳

ある日突然人格が他者のものとすり替わってしまう——いたるところで奇異な現象が多発するジェヴレン社会に、ハント博士らは直面した。人格変容の起こった者はアヤトラと呼ばれ、新興宗教の活動家となるか、あるいは発狂するという。だが、それは精神異常の類ではない。〝内なる宇宙《エントヴァース》〟と名づけられた全く別の宇宙の存在が！　星雲賞受賞。

66318-4

量子宇宙干渉機

ジェイムズ・P・ホーガン
内田昌之訳

世界が再び全面戦争の危機に直面した二十一世紀、ついに量子コンピュータは完成を見た。この世界は唯一の存在ではなく、同様に無数の世界が並行してあり、それらの相互干渉によって何が出来《しゅつたい》するかが決まるのだ。国防総省の極秘計画では、ある別世界に干渉することで現実の世界危機を回避できるというのだが。量子論的多元宇宙ＳＦ！

66319-2

造物主《ライフメーカー》の選択

ジェイムズ・P・ホーガン
小　隅　黎　訳

人類が土星の衛星タイタンで発見した異種族は、意識を持ち自己増殖する機械人間だった。地球の中世西欧そっくりの暮しを営む彼らは、人類との接触で新たな道を歩みはじめたが、大きな謎が残されていた。彼らの創造主とは何者なのか？　コンタクトの立役者、無敵のインチキ心霊術師ザンベンドルフが再び立ち上がる。『造物主の掟』の続編。

66320-6

仮想空間計画

ジェイムズ・P・ホーガン
大　島　豊　訳

極秘プロジェクトの一環でヴァーチャル・リアリティの開発にあたっていた科学者が、見知らぬ場所で目を覚ます。テスト段階で神経接合したのだが、その後の記憶がない。計画は途中で放棄されたはずだった。そこへ女が現れ、二人とも仮想空間内に取り残されたままだと言う。虚構世界から脱出の道は？　リアルすぎる仮想現実に挑む本格ＳＦ！

66321-4

ミクロ・パーク

ジェイムズ・P・ホーガン
内田昌之訳

超小型ロボットを手がける民間企業で、二足歩行のマイクロマシンに人間が直接神経接続して操作する技術が生まれようとしていた。社長の息子と親友の電脳おたく少年は、早くも最新技術を裏庭の遊び場に持ち込み、戦闘ゲームを披露して大人から箱庭型テーマパーク化の可能性を見込まれるが。ホーガンのナノテク＋仮想現実技術ハードＳＦ。

66322-2

ジェイムズ・P・ホーガン
内田昌之訳

揺籃の星 上

地球はかつて土星の衛星だった!? 土星の衛星クロニアに住む科学者たちは、地球の科学者にとってとうてい受け入れがたい惑星理論を展開する。太陽系は何十億年も同じ状態を保ってきたのではない。現に今、木星から生まれた小惑星のアテナは突如彗星と化し、地球を襲おうとしているのだと……。宇宙の謎にせまるハードSF新三部作開幕!

66323-0

ジェイムズ・P・ホーガン
内田昌之訳

揺籃の星 下

通信障害の増加、著しく明るいオーロラの発生。彗星アテナの息吹は確実に地球に届きつつあった。大変動の日を迎えたとき、地球の未来に貢献できる人物とはクロニアにたどりつける者であり、そこに行く唯一の手段とは軌道上にあるシャトルに乗り込むこと。そこで有能な原子力エンジニアであるキーンが招集されるが……。彼の下した決断は?

66324-9

ジョー・ホールドマン
中原尚哉訳

終わりなき平和

神経接続による遠隔歩兵戦闘体での戦いが実現した近未来。連合国は中米の地域紛争に対し、十人の兵士が繋がりあって操作するこの兵器を投入し絶大な戦果をあげていた。一方このとき人類は、木星上空に想像を絶する規模の粒子加速機を建造し、宇宙の始まりを再現する実験に乗り出していた。ヒューゴー賞・ネビュラ賞・キャンベル記念賞受賞。

71201-0

Anne McCaffrey

アン・マキャフリー（米 一九二六― ）

女性作家が繚乱する現代アメリカSF界でもナンバーワンの人気を誇る。女性を主人公とする情感溢れる物語づくりに定評があり、各種あるシリーズの中では《パーンの竜騎士》が有名だが、著者自身最も愛着があると語るのが、デビュー間もない頃に書いた『歌う船』である。宇宙船の身体をもつ一人の少女の冒険を綴った傑作連作集で、その後シリーズ化された。

アン・マキャフリー
酒匂真理子訳

歌う船

金属の殻に封じ込められ、神経シナプスを宇宙船の維持と管理に従事する各種の機械装置に繋がれた〈ヘルヴァ〉は、優秀なサイボーグ宇宙船だった。〈中央諸世界〉に所属する彼女は銀河を翔け巡り、苛烈な任務をこなしていく。が、嘆き、喜び、愛し、歌う、彼女はやっぱり女の子なのだ……！　サイボーグ宇宙船の活躍を描く傑作オムニバス長編。

68301-0

マキャフリー&ラッキー
赤尾秀子訳

旅立つ船

歌う船シリーズ

「かわいそうな少女を生かしてやれる可能性はただひとつ、殻人《シェルパーソン》プログラムに入れてやるということです」七歳のおしゃまな女の子を突然襲った病は、容赦なく彼女を全身運動麻痺にまで追いこんだ。が、果敢にも自力で病因をつきとめようと決心した少女は、ついに宇宙船として生まれ変わった！　名作『歌う船』に続く人気シリーズ、第二弾。

68304-5

マキャフリー&スターリング
嶋田洋一訳

戦う都市 上

歌う船シリーズ

銀河系は外辺部、一つの宇宙ステーションがあった。ここを管理するのは、頭脳船《ブレインシップ》の場合同様、人間の脳。シメオンという名の脳《ブレイン》だ。近頃トラブルつづきの彼に、さらに追い撃ちをかけるような事態が発生した。操縦不能のおんぼろ船がステーションめがけて突っ込んでくる！　人口一万五千の都市は始まって以来の大ピンチ!!　シリーズ第三弾。

68305-3

マキャフリー&スターリング
嶋田洋一訳

戦う都市 下

歌う船シリーズ

なんとか無事におんぼろ船を迎え入れたものの、続いてやってくる宇宙海賊に対して、非武装のステーションではなすすべもなかった。もしシメオンが殻《シェル》から取り出されてしまえば、ステーションの命はもはやそれまで。力でかなわないのなら頭を使えとばかり、スタッフは一丸となって海賊を欺く作戦に出た！　ステーションの明暗はいかに？

68306-1

完全新訳で贈るスペース・オペラの金字塔！

レンズマン・シリーズ
《全7巻》

E・E・スミス◎小隅 黎 訳
カバーイラスト■生頼範義

「この小隅訳には、私が初めて
E・E・スミスと出会ったときの
瑞々しい興奮が生々しく渦巻いている」
——野田昌宏

① **銀河パトロール隊**
② **グレー・レンズマン**
③ **第二段階レンズマン**
④ **レンズの子供たち**
⑤ **ファースト・レンズマン**
⑥ **三惑星連合**
⑦ **渦動破壊者**